U0905690

冰雪中国

ICE AND SNOW SPORTS IN CHINA

艾田 杨占武 著

山西出版传媒集团 山西教育出版社

图书在版编目（CIP）数据

冰雪中国 / 艾田，杨占武著. — 太原 ：山西教育出版社，2022.2（2022.3 重印）
ISBN 978-7-5703-2146-9

Ⅰ. ①冰… Ⅱ. ①艾… ②杨… Ⅲ. ①报告文学—中国—当代 Ⅳ. ①I25

中国版本图书馆 CIP 数据核字（2021）第 273183 号

冰雪中国

BINGXUE ZHONGGUO

出版人 李 飞
选题策划 崔 璨
责任编辑 崔 璨
复　　审 刘晓露
终　　审 郭志强
装帧设计 郭冰奇
王春声
印装监制 蔡 洁
出版发行 山西出版传媒集团 · 山西教育出版社
（太原市水西门街馒头巷7号
电话:0351-4729801 4191526 邮编:030002）
印　　装 山西基因包装印刷科技股份有限公司
开　　本 720mm×1020mm 1/16
印　　张 24.5
字　　数 326 千字
版　　次 2022 年 2 月第 1 版 2022 年 3 月山西第 2 次印刷
书　　号 ISBN 978-7-5703-2146-9
定　　价 128.00 元

北京冬奥会是老冰雪人一生的期盼！冰雪运动在中国必将生根、开花、结果、繁盛！

（王应辅）

《冰雪中国》勾勒出中国人坚韧不拔、艰苦奋斗的精神，激励人们积极投入到“三亿人参与冰雪运动”之中。在2022年北京冬奥会即将拉开帷幕之时，该书应时而作，为我们奉献了时代奋进的凯歌！

（单兆鉴）

《冰雪中国》记载了新中国成立以来数代冰雪人的奋斗与梦想，我很骄傲自己也是其中的一员。这本书，不仅是故事，更是传承，期待她能激励更多人参与到冰雪运动中来！

（杨　扬）

很荣幸为中国实现冬奥会雪上项目金牌零的突破，感谢冰雪项目前辈们的奋斗与耕耘，祝福中国冰雪健儿在2022年北京冬奥会再创佳绩！

（韩晓鹏）

作为一名运动员，我非常开心看到有这样的作品来讲述属于我们中国冰雪的故事；作为一名冬奥会冠军，我十分荣幸看到自己职业生涯的高光时刻能够被记录其中；作为一名体育人，我将继续努力，让更多人了解冰雪运动，走近冰雪运动，参与冰雪运动，爱上冰雪运动。

（王　濛）

中国冰雪运动的发展是一代代冰雪人共同努力的结果，也是祖国日益强盛的体现。希望通过此书有更多人了解冰雪运动，加入冰雪运动，一起携手实现体育强国的中国梦。

（张　虹）

作者介绍

AUTHOR INTRODUCTION

艾田：本名王向娜，中国体育报记者，自 2003 年开始参与冰雪运动报道，先后采访了 2006 年都灵冬奥会、2010 年温哥华冬奥会、2014 年索契冬奥会、2009 年世界大学生冬季运动会等多项国际冰雪赛事，此外还多次采访单项世锦赛、世界杯、大奖赛以及全国冬季运动会等国内外综合冬季运动会。采访中与队伍建立了良好的关系与深厚的友谊，对于我国冰雪运动发展历史十分了解，不仅是事件的亲历者，更具有深厚的冰雪情怀。2022 年北京冬奥会，作者也将迎来第四届冬奥会的采访之旅。

杨占武：北京大学管理学博士，中国人民大学人文奥运研究中心研究员。曾任国家短道速滑队领队，2010 年温哥华冬奥会率队夺得女子短道速滑全部 4 枚金牌。后调任中国人民大学体育部书记、主任。2014 年起参与北京冬奥会的申办和筹办工作。先后担任北京冬奥申委体育部、北京冬奥组委总体策划部和场馆管理部多个处室负责人。参与撰写北京冬奥会和冬残奥会申办报告，著有《美国大学体育业余主义存续问题研究》，并编著《中国冰上运动产业发展报告（2017）》《北京冬奥组委工作人员简明读本》《趣赏冬奥》等。

中国冰雪之路

CHINA'S ICE AND SNOW SPORTS ROAD

1949年10月1日，在天安门城楼举行了隆重的开国大典。人民领袖毛泽东向全世界庄严宣告："中华人民共和国中央人民政府今天成立了！"从此，中国人民站起来了！2022年，第二十四届冬季奥林匹克运动会即将在北京盛大举办，这座集悠久历史与现代化于一体的大都市正式成为世界上唯一一座"双奥之城"。中国，再一次向世界展示了自己的光荣与梦想。

新中国成立已有七十三年，在岁月的长河中，这段时间或许并不算很长，但它却见证了中华民族渐渐崛起、壮大。七十三年间，我国在各个领域都有了蓬勃的发展，中国的体育事业亦是如此，中国健儿们一次又一次挑战极限，刷新历史，创造辉煌。

冬季运动受环境所限，在我国开展的省份并不多，在过去的七十多年里也遇到过挫折、失利与阴影，但中国冬季运动军团的战士们没有任何怨言，大家利用有限的资源，无限地提升自我！从20世纪50年代冰球运动的艰难起步，到花样滑冰项目的精彩表现；从短道速滑实现金牌零的突破，到雪上项目各露峥嵘，我国的冰雪运动一直在拼搏奋斗中稳步前进！

借申办冬奥会的东风，中国冰雪运动更是得到了大促进、大发展，在"三亿人参与冰雪运动"的政策目标引导下，我国的冰雪运动热度攀升，2020—2021年的冰雪季，冰雪休闲旅游人次和旅游收入均创新高。过去五年，随着一系列支持政策出台落地，很多冰雪运动场地设施在全国各地应运而生，冰雪运动进校园也更加顺畅，这些都很好地推动了冰雪运动的发展。国家体育总局于2017年提出"北冰南展西扩东进"，冰雪项目在全国蔚然成风，无论是竞技体育还是群众运动，都得到长足发展。

战绩赫赫，成绩斐然！回顾历史，梳理过去的一点一滴，可以让我们更清醒地认清自己的长处与不足，总结经验和教训。同时，总结过去也会让我们更好地展望未来，为明天创造新的辉煌奠定基础。值此北京冬奥会举办之际，将我国冬季运动的发展历程慢慢回顾，通过文学形式加以记录，为每一位辛勤耕耘的中国冰雪人唱响一曲赞歌，讴歌这英雄的团体，英雄的时代，是一件很有必要、也很有意义的事。

目录 CONTENTS

速度滑冰

滑向世界的闪电

短道速滑

神龙腾飞的『报喜鸟』

冰壶
一片冰心在玉壶

自由式滑雪
中国滑雪先锋队

雪上项目 各露峥嵘

双奥之城 一起向未来

ICE HOCKEY SET OFF A NATIONAL ICE AND SNOW BOOM

壹

冰球

掀起全国冰雪热潮

位于北海的漪澜堂滑冰场由来已久，其历史要追溯到清军入关后，是清朝宫廷在冬季举行“冰嬉”表演的重要场所之一。1925年，北海公园兴建并面向公众开放，当年的冬天就开辟出了专门的滑冰场。不过，这个露天的滑冰场与现今国际化的室内滑冰馆相差甚大，那时的冰场用杉篙、芦席围成，十分简陋，但在当时也是青年学生以及追逐时尚人群的往来之处，一时间竟成了“网红打卡”之地。

邓云乡《增补燕京岁时记》中记录了一位多年活动在北海冰场化装舞会上的白髯老翁，这位老者所表演的“朝天蹬”和“金鸡独立”等均是地地道道的中国式溜冰，据说他就是曾给慈禧表演的“老供奉”吴桐轩。1946年12月26日《新民报》也记载了这位冰上老将：“（他）也时常穿着黑缎子的棉袄棉裤，飘着白须，光临在漪澜堂冰场上，玩着童子拜观音、朝天蹬等特别花样，引起四围的一片掌声。”

吴桐轩老人每次上场，就是漪澜堂冰场一道亮丽的风景线。周边围着密密麻麻的群众驻足观赏，其中有一个约莫六七岁的小男孩，一直瞪大眼睛专注地盯着老人的脚下，学习他如何滑行。这个小男孩名叫王应辅，是新中国第一代冰球运动员，在新中国冰雪运动发展历程当中十分重要，曾连续多届受聘担任世界B组和C组冰球锦标赛及亚洲冰球锦标赛裁判。他在审定规则、引进传授现代冰球裁判法等方面有着突出贡献。曾任国家体委冰雪处处长、中国冰联秘书长，著有《学滑冰》《学游泳》《实用游泳》等。

学冰球
就为了那股子
帅劲儿

“我要吃糖葫芦！”

小时候的王应辅顽皮好动，比他大 13 岁的大姐带他去漪澜堂冰场滑冰，他却抱着大姐的腿耍赖，非要吃糖葫芦，引来众人围观。大姐臊得不行，只得赶紧给他买了糖葫芦。这件趣事与滑冰的记忆密不可分，让王应辅记忆犹新。此后的每一年冬天，他都会跑到漪澜堂、什刹海、东单滑冰场等地方去滑冰玩。

在漪澜堂冰场，王应辅的小眼睛滴溜溜地盯着吴桐轩老人的脚下功夫，认真仔细地学着滑冰的诀窍：两脚一定要摆正，蹬冰后两脚要学会用里刃、外刃，才能自如地前滑和倒滑……通过一点点琢磨，一年年上冰实践，到了初中时，王应辅已经能自如地用刃前后滑行、转弯、急停，并且双脚都可做内、外刃的“8”字基本功练习和单、双足的旋转。在冰场上，他窜来窜去，成了引人注目的小精灵。连王应辅自己也没想到，少儿时代练就的熟练滑行功夫，会为他日后成为冰球运动员打下坚实的技术基础。

冰球对于王应辅而言，最初的印象是这样的：一个外国人撩起黑袍，往腰上一掖，手持一把球杆带着球在冰上疯跑，那个帅劲儿、猛劲儿、不可阻挡的男子汉劲儿，深深地刻在了王应辅的脑海里。

就在漪澜堂冰场上，王应辅和小伙伴在比他们大许多的兄长中，找到了一位可以学习冰球技术的老师——大庞（庞知忠）。他腰上掖着一条白毛巾，运着球在冰上飞奔，那大将风度的帅劲儿，引得一群小字辈儿争相追逐。还有人称“猴哥”的侯致华，也是技术高超，他那使用球杆控制球的绝技，就像延伸出了第三只手，将球牢牢“粘”在球杆上，谁也抢不走。再看小个子的郑健，冲着漪澜堂的墙壁快速击球、射球，那精彩的表演令人眼前一亮。

…… ……

很快，这群受到前辈滑冰影响的孩子们，很自然地聚拢在一起，成为新中国首批热爱冰球运动的青少年。那时候，市面上还不容易找到合适的器材，大家都在想方设法寻找冰球器材来武装自己。王应辅在家中翻箱倒柜找出了一双大哥留下的冰球鞋，凑合穿上就练了起来，而就是这双鞋，一直伴随着他参加了第一届全国冬运会。

转眼间，王应辅到了十五六岁的年纪，当时新中国刚刚成立，百废待兴，朝气蓬勃。王应辅和同学们也正值青春，血气方刚，积极向上，追求新鲜刺激与团队精神，而这恰好与冰球运动的特点十分合拍，因此，他们自然而然地爱上了冰球运动。从初中三年级直到高中毕业，王应辅和他的冰球队友们几乎形影不离。他们不仅在冰场上并肩作战，在生活中也是很好的朋友。特别是到了冬季，每天放学后和整个寒假期间，他们都会骑上自行车，架上球杆，背着冰球鞋，冲到冰场上。为了能多一点时间打冰球练技术，那真是“寻冰如宝”“惜冰如金”！

有一年，临近春节，北京的冰面将要解冻了，但漪澜堂冰场在白塔背阴的地方，因而冰面还算完整，冰场开放的时间也最长，小伙子们就在那里继续打球。有一次在打冰球的时候，大家甚至都感觉到冰面已经像波浪一样在晃动了，但他们还是不舍得离开，都非常珍惜这冰上的最后时光！

育英中学冰球队成立

1951 年，王应辅升入高中一年级，他所在的育英中学正式成立了冰球队。于是，王应辅和队友们开始与北京多个冰球队交手，并积累着参赛经验。青春阳光、敢于拼搏、团结友爱是这支青少年队伍最重要的特点，而且这支队伍好像从来没有过输球的记忆。

现在想来，在新中国成立之初，竟然能够在中学里组织成立了多支冰球队，且能够经常进行比赛，可见当时人们对于冰球运动的喜爱程度。

1952 年，中国冰上运动的“春天”来了，育英中学冰球队的同学们得到一个振奋人心的好消息：1953 年将在北京举办首届全国冰上运动大会！消息传来，全队欢腾起来！中国冰上运动的大发展时期就要来了！

那时，育英中学冰球队即将迎来一场与 K 队的比赛。K 队成员正是引领他们走上冰球之路的启蒙人，是他们最崇拜的师兄，而 K 队也是当时非常有实力的一支强队。面对强手，王应辅和他的队友们一致决定：不畏强敌，认真准备，团结配合，一拼到底！

关于那场比赛的具体细节，人们已经记不清楚了，王应辅只记得自己当时脑子里想的只有顽强防守，保护守门员，快速反攻撬开对方的大门。比赛时，队员们都全身心地投入，丝毫不觉得累，年轻的小伙子们爆发出了惊人的潜力。虽然队里只有七八个人，但是他们一往无前、一拼到底，最终赢得了比赛！

以赢球的方式战胜“引路人”，那股兴奋劲儿多日挥之不去！从此，育英冰球队名声大噪。

在北京冰球队萌芽初发、蓬勃发展之际，冰雪运动在我国的东北三省也开始蹒跚起步。

冬日凌晨 4 点，位于长春市胜利公园的天然封冻湖面上，出现了一个个小小的身影，他们在冰面上尽情滑行，不惧凛冽寒风。这一幕发生在 1950 年。在那个物质和娱乐相对匮乏的年代，在天然的冰雪世界中畅玩嬉戏便成为大多数东北孩子在寒冬时的快乐时光。

一块木板、两段铁丝组成的简易冰鞋被孩子们称为“滑子”。

当北京的王应辅和队友们痴迷于冰球之际，全国其他城市的冰雪运动也逐渐起步。

1949 年新中国成立后，党和政府对各项体育运动都给予了关怀，冰雪运动也得到倡导。1950 年 11 月 18 日，中华全国体育总会对各地体育分会发出《关于开展冬季体育运动的指示》；1951 年 11 月 4 日，团中央发出《关于青年团组织参加 1951 年冬季体育运动工作的指示》，要求有条件的地区积极开展滑冰、滑雪项目。于是，我国北方的一些城市如哈尔滨、齐齐哈尔、长春、吉林、沈阳、北京、天津等地，都修建、扩建了冰雪运动场地，为广大群众特别是青少年提供滑冰、滑雪的运动场所。

一些冰雪运动的竞赛也应运而生。以北京为例，1951 年 1 月，北京市体委开始举办市级速度滑冰、花样滑冰和冰球运动会，并形成传统，此后一年一届。1951 年 1 月 24 日，吉林市北山举行了滑雪表演大会。1951 年 12 月，距北海不远的什刹海修建了一座设有 400 米国际比赛标准的双跑道滑冰场及冰球场等大型滑冰场。

首届全国冰上运动大会

1953 年 2 月 15 日至 19 日在哈尔滨召开的第一届全国冰上运动大会是我国冬季运动史上一座划时代的里程碑。当时运动员的服装都是绒衣绒裤，各单位以不同的队服颜色来区别。

为了准备召开这届冰雪盛会，哈尔滨动员了各行各业的力量，在哈尔滨市八区修建了一座有400米标准速滑跑道的冰场，中间设冰球场（有标准围板）、花样滑冰比赛场地。冰场全部采用热水浇注，所以冰面十分平整。在冰场的一侧新建了一座主席台，连着单面看台。由于冬天不能刷油漆，全部看台建筑都是白茬外露，再加上冰雪铺天盖地，使得这座冰场北国风味十足。

参赛选手入住地为道里区中央大街的马迭尔宾馆，这是新中国成立前外国人筹建的酒店。酒店里配备的牛奶、西餐，再加上整条街上的“欧洲”遗风，给参会者带来了一番别样的意趣。

从住地到赛场，大会租用了私家车接送运动员。这些老爷车经常因汽油短缺只能烧炭而导致抛锚，司机也多是白俄侨民，这一切都给各地运动员带来了新鲜感。

正是这届运动大会的举办，在全国范围内掀起了一股冰上热。

王应辅和育英冰球队的队友们也都入选了北京冰球代表队。这届全国冰上运动大会要求以国家行政区域和行业组团参加比赛，最终由东北区、华北区、西北区、解放军、火车头体育协会五支代表队参赛。为了组建华北区代表队，1953年初，在北京什刹海冰场举办了华北区冰球队选拔赛，只有北京、天津两支队伍交锋。经过激烈的比拼，北京队最终获胜，而王应辅与冯冀柏、关润延、许传明、庞知忠、侯致华等多数北京队成员也顺理成章地入选华北队。

1953年2月初，王应辅和队友们乘火车去哈尔滨参加比赛。当时的王应辅还不满18岁，这是他第一次出远门，感到既新鲜又兴奋。虽然那个年代的火车行驶速度很慢，从北京到哈尔滨要走一天一夜，但车厢里却热闹非凡。和他们一起组成华北队的成员当中，有大家崇拜的庞知忠、侯致华、袁家华等前辈，也有来自天津的李宝华老师，这些都是令大伙儿仰慕的冰球选手。大家难得欢聚在一起，一路畅谈，欢声笑语充溢着整个车厢！

第一次来到素有“东方莫斯科”之称的哈尔滨，王应辅感到真是名不虚传。大家入住马迭尔宾馆后，一下子就被里面的装饰、服务、饮食所洋溢出的俄罗斯风情吸引了。从宾馆到体育场途经的头道街、喇嘛台、秋林公司等，也都是俄式风格建筑，令这些从北京、天津远道而来的球员们感到目不暇接、新鲜有趣。

到了八区新建的体育场地后，大家更是眼前一亮！这里几乎全部是新建的木制冰上运动场所：三个冰上项目的标准比赛场地、室内休息室、更衣室、会议室一应俱全，还散发着浓郁的松香味。观众看台和主席台也好不气派！可见国家和哈尔滨体委的重视程度，正是因为精心准备，才能呈现出这样的效果啊！

放下行李，王应辅和队友们来到标准场地进行赛前训练，华北队的队员们无比兴奋。更令人称赞的是，这个冰场有了1.22米高的界墙，这样球就再也不容易出界了。利用界墙还可以打出各种反弹球，丰富了技术、战术的发挥；盘球、过人也多了球路；利用墙面还可以挤、贴抢夺球。在这个标准场地里面，五条标志线画得十分清楚，比赛中最有特点的越位、死球规定在这样的场地打球就不会轻易漏掉了。要知道，过去冰球队经常在不规则的场地打球、练习，因为没有界墙，华北队的球员们不敢冲、撞，也不敢有身体接触，生怕出界，也因此丢失了许多冰球的重要技术，甚至有人评论北京的冰球很“文明”，像个大姑娘似的！

简单适应了一下有界墙的场地后，比赛就正式开始了。这届运动大会的冰球比赛采取单循环制，华北队首先与西北队进行了比赛。华北队的队员们凭借从小打下的良好滑行基础，不仅直线快，曲线滑行也很快，赢得了更多的突破和获球机会。西北队的大部分球员是初学者，滑行不熟练，速度上不去，所以华北队进攻三传两传就到了门前，轻轻松松就进了球。最后，华北队以大比分获胜。

解放军队和火车头队各有一两名表现突出的球员，如解放军队的孙梦熊，速度快，突破能力强，华北队在赛前就对其有所了解，他单打独斗“一条龙”，一人撑起一个队。但大家并不担心，并且制定了相应的战术——只要派一个人盯紧，不让他起速就行了。

最终，华北队在对阵解放军队这场球赛上，牢牢制约住了孙梦熊，取得了胜利。

闭幕式上，进入决赛的华北队遭遇了实力最强的东道主东北队。东北队训练时间长，全队实力平均，还拥有两名俄裔球员，人称“大修”“二修”（17号修福喜和19号修福禄），两人技术全面、配合默契。还有一名球员老韩（18号韩孝彰），射球又快又狠，擅长远射。东北队打球气势凶猛，相比之下，华北队则灵巧机智、配合默契，攻防技术好，守门员的基本技术也较好。

这场决赛打得精彩纷呈，双方奋力拼争，两队的特点都得到充分发挥，三节比赛打得难解难分。最终，华北队5：8输给了东北队，获得亚军。

第一届全国冰上运动大会还有个传奇人物，那就是代表华北队出战的穆祥雄。这是位著名游泳运动员。他在华北选拔赛中以优异成绩入选速滑长距离参赛选手行列。这也反映出在新中国成立初期，特别是在京津体育发达地区，有一批优秀体育人才，冬季滑冰夏季游泳，都取得了很好成绩。穆家兄弟姐妹便是其中的典型代表，姐姐穆秀兰与弟弟穆祥雄、妹妹穆秀珍共同入选，成为华北速滑队在首届冰上运动会上的一道风景线。穆祥雄腿部力量惊人，既能游泳又能滑冰，这得益于穆家的家传功夫——“穆家十三式”，这套功夫对于腿部力量的锻炼十分有效。于是，华北代表队的运动员们也都趁此机会跟着穆祥雄取经，每天早上跟着他练起了“穆家十三式”。

现在回想起来，在进入高水平专项训练之后，因各项目的特点不同，有些项目的力量是相悖的，有些则是相辅相成的。比如冰上项目和游泳，二者对于腿部和脚踝的力量要求其实不同，不应该选择兼项。但是在那个对于训练认识还没达到一定高度的年代，还曾有过想在北京体院设置水冰系（聚集一批水冰人才）的思维，好在后来得到了纠正。而游泳界随后及时协调了穆祥雄的兼项问题，发挥了他在游泳上的才华，于1959年打破了世界纪录！

除冰球外，第一届全国冰上运动大会还设置了速度滑冰、花样滑冰等项目，196名运动员参加了比赛。本届比赛创造了新中国速度滑冰项目的第一批全国纪录。虽然水平无法和后期相比，但在中国冰雪运动发展史上意义重大，开启了中国冰雪运动的发展篇章。这届冰上运动大会更像是一场大联欢，赛场上你争我赶，热火朝天；场下各队热烈讨论，展开交流，全国各地的风俗民歌在一起交汇。每一名参赛者都大开眼界，广交益友。

远赴内蒙古
传播冰雪运动

1949 年前后，哈尔滨的“雪冰”冰球队非常有名。至 1953 年全国冰上运动大会举行时，国内已经出现了东北、华北、西北三大行政区代表队，以及解放军代表队和火车头代表队等 5 支参赛队伍，但这 5 支队伍的水平参差不齐。

从王应辅的回忆当中，我们可以看到新中国第一代冰球运动员的成长历程。在参加完首届全国冰上运动大会后，他和冰球队的队友们继续完成学业，并将冬天的全部业余时间都投入到冰球训练和比赛当中。当冰季过后，他们就在周末和节假日爬遍北京周边的群山，或骑自行车长途跋涉，以保持体能训练，这让他们的身体素质得到全面提高，并逐渐从普通中学生成长为专业的冰球运动员。

1954 年初，北京市体委通知速滑、花样、冰球队组成北京冰上队，受邀去内蒙古自治区呼和浩特市宣传表演。各个项目的运动员不仅要全副武装，拿出真本事展示风采，还要讲解规则，讲解比赛技巧。显然，这是要让首届全国冰上运动大会回来的北京代表队，为推动内蒙古自治区冰上运动的开展做宣传。

大家都很兴奋，也觉得非常光荣。在那个交通并不发达的年代，大部分人都是第一次去内蒙古，之前只在资料里了解到那里有蒙古包，有“风吹草低见牛羊”的大草原风景。

到达呼和浩特之后，内蒙古自治区领导接见并宴请北京冰上队的全体成员，欢迎他们为推动西北地区的冰上运动来到内蒙古。北京冰上队的每一名成员都作了认真准备，熟悉冰场，通过扩音器细致地讲解规则。各种冰上项目一起登场，热闹得就像在举办“冰上庙会”。

返程前的最后一顿晚餐，是在蒙古包里吃的，有内蒙古的特色食品酥米奶茶和烤馕。队员们吃得津津有味，一边吃一边兴奋地谈论着此次来到内蒙古的感受。在内蒙古的这次经历，成为北京冰上队每一名成员的美好记忆，也在中国冰雪运动发展进程中留下了不可忽略的一笔。

冰球队配了个
篮球教练

1955年，第二届全国冰上运动大会时隔两年后，再次在哈尔滨举办。

王应辅和队友们都没有想到，才过去短短两年的时间，他们的对手就变得这么多、这么强。就拿华北队最大的对手东北队来说，这支队伍已经发展为哈尔滨、齐齐哈尔、吉林、长春、沈阳5支队伍，其中前4支队伍都有自己专门的训练场地。借助于东北地区的自然条件优势，这些东北冰球队搞起了全年集训、半年集训，训练时间比北京的冰球队员至少多出一两倍。

经过有规律的训练，东北队的队员不但体力好，技战术也更为熟练。一交手，北京队就感觉到了差距。最终在这届运动会上，他们不敌哈尔滨队、齐齐哈尔队和吉林队，获得第四名。

解放军代表队因为不受限制，可以从全军调人，发展也很快。王应辅在哈尔滨见到了刘永赓、关润延、邹道孚这几个发小，他们在参军或者上军校后被调入解放军冰球队，也来到哈尔滨参加比赛，虽然大家从队友变成了对手，但亲热劲一点儿也不减。

从 1955 年开始，全国冰球联赛改为每年一次，以地、市行政区组队，这样的赛制一直持续到 1960 年。

1956 年，冰球联赛已经成型，东北各队在各市体委的领导下，朝着体工队建制方向发展，训练时间、饮食待遇都比北京队强。冰球成了东北地区的热门项目。

北京队也不甘落后，队伍组成更加完善。王应辅的发小冯冀柏，既是冰球运动员也是体操种子选手，两年时间就变得身强体壮，臂力超人，他作为中锋与崔颐昌、王应辅搭配恰到好处。另外，庞知忠与周乃扬已配合两年，身高优势和全面的滑行技术在全国卫线中也早有名气。再加上在日本受过专门训练的守门员潘桂眉，一个完美组合就成型了。队伍中一批年轻选手如李光京、杨他眉等也后起直追，全队呈现出一派朝气蓬勃的精气神儿。北京体委又给队伍配了一名领队，名叫张广斌，是刚从部队转业的干部，充满活力，很快和队员们打成一片。张广斌是个热爱生活、热爱集体、热爱体育的人，“造起个小热潮”是他的口头禅。

“给你们派了一个教练！”北京体委传来了这样的消息。但那时还没有冰球的专职教练，派来的这位教练是著名篮球教练范政涛。虽然不是冰球专职教练，但范教练给北京冰球队带来了技战术上的大幅提升。

“要打明白仗，不打糊涂球。”这句话总挂在范教练嘴上，他要求大家做好赛后总结，每个队员都要动脑子，研究对手的特点和自己的球路，还和几名核心队员研究了各种“套路”——在比赛时喊着 1 路、3 路、8 路，常常弄得对手莫名其妙：这是又换了什么打法？

很快，第三届全国冰上运动大会即将举办，比赛场地设在吉林长春的胜利公园冰场。以北京冰球队为重点的北京冰上队最整齐，全队团结一致、朝气蓬勃地进入赛场。比赛开始后，北京队稳扎稳打异常顺利，步步逼近决赛。和东道主吉林队的比赛成为赛会的高潮，由于是主场，为吉林队加油的观众黑压压一片挤满了看台；北京队其他项目的选手也都来为北京冰球队呐喊助威。吉林队人虽不多，但主力发挥出色，前两局连进 4 球领先，赛场群情激昂，北京队遇到了严峻考验。

结束第二局休息时，北京队的每个人都在默默思考着，谁也不说话，但都憋着一股劲。接下来的第三局比赛，成为北京队每一名队员终生难忘的记忆。在小崔（崔颐昌）打入对方第一球后，全队士气高涨，热血沸腾，队员们浑身是劲，只想着要传好、接好、把球打入对方的球门。

王应辅至今还记得那种感觉，球队进球的节奏就如同打开了闸门一样，都忘了哪几个球是谁打进的，就这样一直打到 4：4 平分。全场沸腾起来了，北京冰上队的全体成员都喊破了嗓子，领队张广斌跑到观众席带着观众为北京队加油！他甚至激动得忘了还叼着一根燃着的烟头，把自己的嘴都烫伤了，这真是造起了一个小热潮！

休息室的人也都跑出来围观这场激烈的比赛，团结起来的力量，真的能创造出惊人的奇迹！这场比赛的气场转向了北京队，吉林队好像被北京队的气势震住了，终场前又被北京队打入两球，北京队最终以 6：4 反败为胜。

赛后大家才知道，这次联赛是为首次出国参加比赛的国家队选拔人才。北京冰球队的这场比赛，打出了气势，打出了在逆境中坚持到底的魄力。北京市体委专门设宴表彰冰球队，队员们在北京先农坛体育场把范教练高高举起抛向空中，以示对这个“改行”教练的尊敬和感谢。

庆功会上，宣布了冯冀柏、王应辅、崔颐昌三人入选中国国家冰球队，将代表祖国参加国际比赛。

走上
体育人生

王应辅当时还在北京市第二十五中任教，学校对于出了个国家队选手也感到十分光荣，之后，王应辅又被授予“北京市社会主义青年积极分子”荣誉称号。

由于那时王应辅有半年时间请假在外打球，学校的工作耽误不少，校长只好找来他谈话：“中学庙小，你还是学体育吧，这样更能发挥你的才能，为国争光！”就这样，王应辅在 1957 年考入了北京体育学院，这是他人生中的重要选择，确切地说，是冰球帮他走上了体育的人生道路。

那时，冰球项目是全国一盘棋，来自吉林、黑龙江体委的领导们也都在关心着北京冰球队，关心着王应辅，大家既是场上公平竞争的对手，又是场下亲密无间的队友。直到 1966 年，中国冰球一直没有断档，大家相互切磋、竞争，维系、承担着中国冰球运动的一切训练与比赛活动，包括出国比赛，接待外国队来访等，并且还培养出一批冰球运动的生力军，全队的技术水平也有所提升，在当时的条件下能够取得这样的成绩是非常不容易的。

当然，这是后话，我们先讲述北京冰球队与黑龙江冰球队的流金岁月往事。

1957 年，全国冰球甲级联赛在齐齐哈尔市举办，这是全国最高水平的赛事，以地市、行业体协为单位参赛，参赛单位增加到 11 个。齐齐哈尔是第一次举办全国性比赛，当地特别重视。比赛场地标准规范，对运动队接待热情周到。冰球比赛强度大，体力消耗大，因此大家都很关心伙食问题。主办方为大家准备的食物热量高且有特色，一个“扒猪脸”特色菜令人难忘。吃得好，睡得香，又与众多冰球友人欢聚一堂，运动员们都感到身心舒适，纷纷摩拳擦掌，就等着开赛了！

齐齐哈尔冰球队、哈尔滨冰球队，从那时候开始就是中国的传统冰球强队。尤其是齐齐哈尔有着“冰球”之乡的美誉，无论是当地领导还是市民，都期待着主队能给大家带来一场酣畅淋漓的比赛，将冠军的奖杯囊括回来。

北京队也不甘示弱，“一仗一仗打，一口一口吃”是北京队的技战术风格。在晋级决赛的比赛中，北京队遇到了齐齐哈尔队。王应辅回忆说：“齐齐哈尔队的队员比我们北京队年轻，体力充沛，打法彪悍，是实力整齐的后起之秀，又是这次联赛的东道主，占有天时地利人和的优势，颇有傲视群雄之感。”赛前，北京队核心组将对手的情况做了认真的分析，对方以沈迪宇为核心的一组配合默契，左右锋速度快，是主要得分组。沈迪宇有“智多星”的美称，是他们队的核心，如果能制约他，就能瓦解他们的凝聚力。

“盯住沈迪宇！”北京队制订了对阵齐齐哈尔队的战术。核心组的这场准备会一开就是两个小时，这是关键的场次，大家畅所欲言，尽可能地将比赛中可能出现的情况都准备到，如遇到对手领先后怎么办？遇到主场群众呐喊助威带来的精神压力怎么办？通过分析，大家都做好了预案，告诉自己一定要沉住气，打出自己的水平，并争取超常发挥。

比赛来临。当天天气格外冷，气温降到零下20多摄氏度，零星下着的小雪让体感温度更低，有人嘀咕说：“这得有零下40摄氏度吧……”即便如此，现场观众的热情可是一点不减，看台上挤得人山人海，加油助威声此起彼伏。严冬时节上演“冰球”热潮，场面壮观感人！

两队的水平势均力敌，在场上打起了拉锯战，你进我一个，我还你一个，两局打成2：2平分。

第三局的比赛进入了白热化阶段。在接近终场时，北京队后卫周乃扬忽然上来进攻，出其不意的一个远射，打到了对方守门员身上，球被弹出，周乃扬摔倒，身体滑向球门区，说时迟那时快，他顺手用球杆将球钩入球门。

赛场霎时哗然，因为这个球涉及是否球门区越位。观众喊叫，裁判员商榷。两边队员都比较冷静，没有围观也没有向裁判施压，特别是北京队要求队员不许提要求，给裁判宽松的环境，以得出正确判决。

因为临近终场，裁判宣布比赛结束，结果待定。然而这个结果涉及哪个队将进入决赛，这是头等大事，整个赛会考验着大家的定力。北京队要求每个人要表现出良好的赛风，尊重裁判，尊重对手，无论输球赢球都不能输人。由于比赛打得激烈，对抗强度大，免不了磕碰受伤，周乃扬还出了个小噱头：他建议大家把受伤处都贴上橡皮膏，笑呵呵地去吃饭，以表现出北京队“随遇而安”的洒脱心态。

大会最后的判决是进球有效，北京队以 3：2 获胜。整个联赛中北京队以 1：2 不敌哈尔滨队，最终获得了亚军，取得令人骄傲的战绩。

至于那个争议性的进球，据说赛后裁判员在场下进行了调查，并根据齐齐哈尔队的如实反映，证明周乃扬没有侵入门区，而做出了公正判决。现在回想起来，在 20 世纪 50 年代，在我国冰球运动开展不久的当时，在如此激烈的全国冰球联赛中，裁判能有如此专业的表现，东道主也有这么高尚的赛风表现，真是令人感动！

之后，在 1957 年举办的第四届全国冰上运动大会，以及 1959 年初举办的第一届全国运动会冰上项目的比赛中，北京队又连获两次亚军。

远赴黑河“找冰”

当时的冰球运动，在我国冬季运动中属于发展较早的，赛事开展早，群众基础好，因此从 1956 年至 1959 年的甲级联赛开始，黑龙江、吉林两省的几个队都相继成立了专业、半专业的队伍，他们有着比北京队更为优越的保障条件。然而，相对业余的北京队却能够接连收获亚军，取得好成绩，进入冰球发展前列，也值得深思并找到内在原因。

一个原因是大家起步都不算太早，差距不算大，北京队的球员们也一直在训练，形成了默契的配合和组合，他们在身体素质与技战术素养上与专业队相比差距并不是太大。到了1958年前后，北京冰球队的队员绝大部分是大学生和教师，遍布北大、清华、钢铁学院、航空学院、工业学院、体育学院等。队员们所学的专业五花八门，如核物理、制冷、汽车、钢铁、航空、石油，等等。每次集训比赛大家都兴致勃勃而来，回去则需要加班加点补课，越是挤出时间打冰球，就越觉得时间可贵，愈加珍惜而努力训练，因而挖掘出了每个人的潜力，迸发出一股热爱冰球的激情，而这，或许是现今的孩子们难以体会的。

那个年代的冰面资源只有在室外，要想上冰只能追着冰走。1958年秋天，为了尽快提高水平，延长上冰时间，北京冰球队的领导决定让小伙子们去黑龙江最北边的黑河镇找冰训练。

1958年10月上旬，北京冰球队的队员们自带被褥、御寒衣物和训练器材，乘火车先到齐齐哈尔，然后在嫩江租了一辆敞篷卡车继续向北出发，在荒无人烟的沙石路上，走了七八个小时。大家一路风尘一路歌，期间还会停下车来在路边舒展一下筋骨。到达目的地时，一个个的像是土猴，彼此相视而笑，可是谁也不觉得冷、不觉得累。

当年的黑河还只是个小镇，大家笑称："黑河一条街，东边一只熊，西边一只猴，一个警察看两头。"北京冰球队住在人民银行楼上的一间大屋里，集体打地铺。每天早上8点整出发，全副武装，还要带上水桶、扫把之类的工具，走45分钟才能到达训练地"海兰泡"。淘水、浇冰、扫冰，把场地整理好了才能进行训练。

经过一个多月的训练后，每个人的变速滑、传接球能力以及体能都有了很大提高。在艰苦的条件下，队员们真正尝到了大运动量训练的滋味。黑河虽小，但也有不少冰友寻冰而来：解放军代表队来了，哈尔滨工业大学代表队也来了。

大家伙儿白天紧张地训练，晚上就一起搞联欢，每个队每名队员的才艺都在这里尽情施展，如乐器小合奏、歌曲小合唱、魔术“大变活人”、即兴小品，等等。这一段集体生活经历所培养出的团队精神和友情令队员们永难忘怀！

冰球运动的沉与浮

1958年以后，全国的经济形势逐渐紧张，饮食供应短缺。冰球运动本来消耗就大，北京队又是业余的，所以没有了支持。但时任吉林省副省长的张文海对于这支队伍格外偏爱，他是位酷爱冰球运动的领导，不时给北京队送些鸡蛋等营养品，还专门派了队医为北京队治疗。这些老领导对冰球运动初期的发展起到了积极的推动作用，也是老一代冰球人非常尊敬的好朋友。

北京冰球队的成员中，有美国混血后裔、日本华侨、加拿大侨眷、德国侨属、俄罗斯侨属等。正是由于北京队与四面八方都有联系，眼界也就比较开阔，对于国外冰球运动的发展情况等，队里都能及时得到信息。外界有人评价道：别看他们彬彬有礼、老老实实的，其实这群帅小伙“贼机灵”，都是猪八戒吃香皂——内秀。

1958年全国冰球锦标赛在哈尔滨举行。北京队住在八区体育场，在哈尔滨队食堂吃饭，跟哈尔滨队每天都有接触。一天，周乃扬告诉大家，基地的赵主任在哈尔滨队的点名会上高声讲："北京队一来，你们就都打扮起来了，把高跟鞋都穿上了，这是怎么啦？"看来北京队还真有点吸引力，让人既感到好笑，也感到骄傲。

在王应辅这些从事冰球运动的老一代冰雪专家眼里，冰球对于他们每个人在品格上的影响才是长久的和珍贵的。冰球属于激烈的对抗性球类项目。从事该项目，首先要具备一种不怕受伤、勇往直前的精神，这是身为冰球运动员的基本素养。北京队的队员们都带着伤，守门员小潘身上的伤最多，经常青一块紫一块。冯冀柏膝关节后十字韧带断裂，周乃扬有腰伤，崔颐昌有腿伤。王应辅的左眼被球击伤缝了好几针，当时他还跟医生开玩笑："您缝得细心点，我还没结婚呢！"

王应辅回忆说，当初他们打冰球的时候，保护器材还很简单落后，没有头盔，护腿都是压缩的纸板，缝几针是常事。1958年，冯冀柏在体操训练中颈椎受伤，十分危险，可在1959年初举办的第一届全运会的冰上项目，他硬是带伤前来参赛，令队友们既高兴又紧张，幸好平安度过整个赛程，没有再出现更大的伤病，但事后大家说起来都心有余悸。

冰球项目最强调团队精神。无论是训练还是比赛当中，那些冰球技战术都需要团队配合。比如传接球，是看人传球、等球到人，还是传球到位、跑位接球？是迂回滑跑、交叉换位运动，还是单纯直线滑跑运动？……每个人都深感自己的每一点进步，都离不开团队的训练与培育，通过队员间的磨合，团队就像面镜子一样，让每个人更加地了解自己、认识自己。

王应辅是全队得分手之一，敢于深入门区，能抓住在门前的快板、补、垫射机会，常常得手，也常沾沾自喜。但深入攻区多，返回就慢。"只知进攻不顾防守"的批评声随之而来，逼着他自己反思。同样是前锋，为什么小崔就能及时返回防守呢？自己确实在比赛中存在责任心问题。

队中不同组别之间也有竞争。王应辅等人是主力组（一组），这让年轻组既服气又有点不甘心。共同训练时，年轻组以胜一组一分、夺一组一球为荣。这也让一组成员时时有压力，分分不放松。互相促进就是这么形成的。以核心组为中心的研讨之风，是激发全队成员智慧的催化剂。范教练点评了主力组实战中的一次成功路线，由此引发了大家根据各组特点研究战术套路的热潮。准备会就是大家集思广益出点子的场合，如对哈尔滨队的一战，大家提出“看住金满斗，卡断李万基”的战术思路，一个“住”字、一个“断”字就很到位。

好的主意常常是一个人的思路引领出来的。北京队的小伙子们都很聪明，善于思考，意见和看法不同是常态。有不同的声音就会有不同的反思，北京队最大的优点是很少有人在背后嘀嘀咕咕，大家都直爽大气，互相谅解、互相关心，这样培养出的友情也是真诚的，经得起时间考验的。

1960年中国经济形势进入困难时期，国家对体育项目进行了调整收缩。北京冰球队解散了，北京第一代球员的冰球生涯也结束了。训练虽然停止了，但冰球运动给大家留下的情谊是深厚的，长久的。如今老北京队的球员大多步入耄耋之年，年少时因冰球结缘，一生关注冰球的情感始终不变。当年的10号球员杨他眉，于1968年去首都体育馆研制扫冰车，不幸被机床砸伤，从此瘫痪，只能坐在轮椅上。虽已移民加拿大多年，可他在离世前与队友致电联系时，仍是兴致勃勃、活灵活现地回忆着打冰球的往事，实在感人。守门员许传明给大家发来一张张一页页保存了60多年的记录冰球运动的照片和报纸。北京冰球队当年那批队员当中，年龄最小的赵侠如今也已70多岁，老当益壮的他仍时常上冰“战斗”。

新中国成立初期，冰球队员们自发地组织起来，克服困难，创造条件，只因这项运动充满了魅力，令人奋发向上、勇敢拼搏、团结合作、受益终身。

现在，伴随着国家的日益强大，冰球运动在几度沉浮后再度兴起。北京市内几十座冰场陆续建成并投入使用，上百个冰球运动学校在北京陆续建立，北京成为举办冬奥会的主会场，这些都是老一代球员做梦也想不到的。王应辅不止一次呼吁：亲爱的青少年朋友和家长们，你们要积极行动，倍加珍惜这光荣伟大的时刻！

冰球成为国际交流“使者”

国家对一个新兴体育项目通常会采取“请进来”和“走出去”的办法来学习、对比、检验、促进、提高，这是中国竞技体育“举国体制”的一个重要体现。

1957年1月，在北京东单体育场，北京冰球队迎战来访的捷克班尼克冰球队和日本国家队。北京队打球成绩突出，赛场成绩不错，但尚未和国外选手接触过，经过这一接触大家才深感中国冰球运动的稚嫩。因为冰球主要是在西方国家发展起来的，从场地、器材、装备到技战术的运用上，当时的中国队无疑都是落后的。

捷克的冰球闻名世界，名不虚传，班尼克队的队员很多都是捷克国家队的选手，刚刚起步的中国冰球队与之交手，根本不在一个水平上。对方就像在进行冰球艺术表演，从中场击射直接入门，而且，班尼克冰球队对于北京队的进攻似乎也不太在意，因而北京队也能攻入一两个球，令现场观众的热情高涨，都积极为队伍加油助威。比赛之后的第二天，班尼克队“一对一”地带领北京冰球队在什刹海滑冰场练习，教授冲撞技术等，非常友好。通过交流学习，北京队才知道了国际冰球的最新潮流表现在冰刀刀刃上。捷克冰球队的冰刀是沟刃，所以起速快，脚下稳，转弯急停效果好。人们还发现捷克冰球运动员的球杆刃是勺状的，便于击球、弹射。

过了两天，北京冰球队迎战日本队，这次的情况与对阵班尼克队时完全不同。日本队队员的速度快，传递配合十分娴熟，令中国冰球队员很不适应。为了争取成绩好一些，领导临时决定将北京队与哈尔滨队合并组成联队。然而没想到日本队打法凶猛，且防守严密，不给中国队一丝进球机会，到第二局结束时，中国队已是大比分落后了。

局间休息时，国家体委副主任荣高棠突然来到休息室，大声喊道：“怎么了？就这样啊！”

荣高棠既没有鼓励，也没有埋怨，但明显可以听出，刺伤埋在了他的心里，他说完这句话扭头就走了。领导的这几句刺耳的话，以及对手在场上的傲慢无礼，对中国冰球队的刺激太大太深了！大家都一言不发，想着什么时候才能吐出这口闷气……这也正是1958年北京队再苦再累也要多争取上冰时间，远去黑河海兰泡苦练基本技术的一个重要原因。

国家体委在1956年、1957年、1959年三次选拔中国冰球队队员到国外参赛、学习，王应辅、冯冀柏、崔颐昌、庞知忠都有幸入选。

1956年，中国队首次参加了在波兰举办的第十一届世界大学生冬季运动会。参赛队伍有苏联、捷克、波兰、罗马尼亚和中国5个国家。

第十一届世界大学生冬季运动会，是中国冰球运动员第一次在室内冰场参赛，并按照国际规则参加比赛。而国内带去的装备只适合在严寒的室外打球，在室内比赛时，没过多久汗水就已浸透护具，显得又重又笨。冯冀柏比赛前后称了体重，一场比赛下来掉了2公斤。即便在这种情况下，大家也克服困难、顽强拼搏，完成了比赛任务。

苏联、捷克两队的水平最高，在决赛中，苏联只派出甲级队中一支水平一般的队伍就赢得了比赛。波兰、罗马尼亚水平次之，中国队与之虽有差距，尚可交手。四场比赛中国队得了7分，失了43分，名列第五名，获得了精神文明奖。

捷克与苏联两队争夺冠军，捷克队队员身材高大，利用冲撞，充分发挥力量型打法对付苏联队。然而苏联队不惧怕冲撞、挤贴战术，他们很适应强硬的打法，凭借灵巧、速度和娴熟的技术始终掌握着比赛的主动权。这些高水平的技战术打法，给中国冰球队员们留下了深刻的印象。

这是冰球队第一次出国参赛，最大的收获就是对冰球“特质”的认识提高了。过去只是从字面上认识冰球运动的特点，出国比赛的实战经验告诉中国球员，真正的冰球运动，身体、球杆的强力频繁接触，无时无刻无处不在，这是冰球的根本，冰球所有的技战术都必须在这一根本上发挥。回国后在技术总结中曾有“以冲撞为纲”的提法，这固然有些偏颇、过分，但这确实反映了中国冰球队与国际冰球运动水平的主要差距。中国冰球队早期风格和打法的形成，可能与长期在没有标准界墙场地打球，也没有注重对身体的全面保护有关。看来，冰球是项“贵族式的运动”，绝非一双球鞋、一条厚绒裤就能提高水平，也不是光有器材就能快速提升实力的。

结合当时的实际情况，新中国刚成立不久，国家就举办了全国运动会，在场地、器材、装备上做出了很大努力，还送中国冰球队参加国际赛事，实属不易。这些也更加激发了队员们认真学习、刻苦训练、顽强拼搏！

20 世纪 50 年代交通还很不发达，中国与欧洲远隔万里，使得这一次的出访比较折腾。队员们从北京乘坐的是二三十人的小飞机，第一站抵达伊尔库斯克，在那里住一晚，之后经明斯克、莫斯科，最后到达华沙，四起四落飞了 30 多个小时。返程时，队伍从东柏林乘火车，经莫斯科转到西伯利亚最长的铁路，整整 11 天才回到北京。

对于这支刚刚崛起的新中国冰球队伍，能够不远万里来到欧洲参赛，东欧国家都很重视，他们纷纷向中国冰球队发出邀请。经请示特批后，中国冰球队延长了回国时间，顺访了波兰、捷克、民主德国，增长了见闻，提升了信心，收获颇丰。

第十一届世界大学生冬季运动会比赛结束后，中国冰球队首先来到波兰，之后冰球队很快就踏上了捷克访问之路。捷克冰球队还派来教练，帮中国队边训练边比赛，同时也给队伍送来了球杆，更新了全套护具。那种真诚与热情，贯穿于中国冰球队在捷克生活的每一天。

每场比赛的局间休息时，都有一位优秀的捷克花样滑冰运动员伴随着轻快、欢乐的音乐在冰上表演。每场比赛之后的宴请都是中捷友谊大联欢。

一天，王应辅所在中学的一位师兄蒋家龙闻讯来看望大家，他只身一人在捷克留学，见到祖国人民格外亲切。临行前蒋家龙送给王应辅几个玻璃水杯，他直接将杯子扔过来，一下子掉在了地上，“咣当”一声，把王应辅吓了一跳，捡起来一看，水杯竟安然无恙。

“这是玻璃钢的，不会碎!”蒋家龙得意地说。这个杯子可把大家震住了，都争相把玩。要知道，在那个年代，我国工业刚刚起步，老百姓还没有见过玻璃钢这种材料，而捷克当时已经是工业很发达的国家了。

陪伴中国冰球队一路训练的库兹教练与大家相处十分融洽，在访问活动结束后还专程来到中国，为中国冰球队举办了为期三个月的教练员培训班，帮助中国冰球队提升技术水平。在新中国成立初期，捷克对中国冰上运动的真诚帮助和深情厚谊，令老一代冰球运动员始终铭记于心，难以忘怀!

离开捷克后，驱车几个小时就到了地中海的另一端——当时东德的城市柏林。中国冰球队被安排在风景如画的湖畔——“肯堡”运动训练中心。德国人认真、精准、高效的做事风格给大家留下了深刻印象。除了几场友谊赛，不同国度间的人文交流成了中国冰球队在德国行程的主要内容。“肯堡”中住着世界各国各项目的优秀运动员，德国人对中国充满了好奇。早上晨练时，大家总能看到一位德国老太太陪同我国花样滑冰女选手刘敏散步。一天早上，这位德国老太太实在憋不住了，认真地问冯冀柏：“刘敏的脚为什么不是小脚？你为什么没有留长辫子啊?”弄得大家哭笑不得。

同样，当时的中国人也不了解欧洲，不了解民主德国。欧亚两地相隔数万里，虽然都是社会主义国家，但在历史、文化上的差异太大了。

在回国的火车上，中国冰球队全队做了参赛访问总结。根据中、苏两国体育合作协定，1957年和1959年，中国冰球队先后赴苏联访问、学习。1959年第一届全国运动会上，中国竞技体育有了飞速发展，特别是在举重、体操、篮球、足球、速滑、登山等项目上，苏联给了中国很大的帮助。对于落后的冰球项目，苏联更是认真、热情、诚恳地给予了帮助。

两次访问，中国冰球队都被安排在莫斯科距离红场很近的民族饭店入住，训练在一个室外的人工制冷冰场，讲课在饭店会议室进行。日常活动都是训练、评课、教学比赛，时间集中，效果很好。

苏联专为中国冰球队派来了莫斯科体院著名的冰球专业教授巴布鲁夫，他在中国冰球队的两次访问学习期间一直跟队指导，传授冰球理论、技术，使中国冰球队快速了解了苏联冰球运动体系。巴布鲁夫是一个沉稳平和的学者，他给中国队讲课，也给苏联国家队讲课，没有一点架子，也从不发脾气。通过他的讲解，中国队员们知道了为什么苏联冰球队那么强大。原来，苏联拥有一百万名不同年龄、不同级别的冰球运动员，这么庞大的体系，背后还有数以千万计的球迷群众。另外，还有已成为文化传统的精神激励作用。例如，不同年龄级别的冰球运动员遍布各著名俱乐部。中国冰球队曾经观摩过一场红军俱乐部12—14岁年龄组的比赛，场面之精彩，令人震撼。这些孩子的比赛和成人队的比赛没什么区别，从打法、技术模式到比赛的激烈程度，都在告诉大家，他们就是未来的国家队！

苏联各个组别的比赛也深深启迪了中国冰球队。大家一致认为，没有一个庞大的三级体育培养体系，是不可能持续培养出优秀运动员的。这也为日后中国体育建设举国体制“一条龙”三级体系提供了借鉴。

另外一次实践观摩课安排在当地最大的室内人工制冷冰场，在这里，中国冰球队观看了苏联国内最高水平的冰球比赛。球迷们疯狂地为球员们加油呐喊，声势之大令人震撼。不同球队的球迷在比赛前就带着面包早早地入场了，比赛打到激烈时，球迷们也是热血沸腾！为一场球赛情绪如此激动，令中国队员们大开眼界。比赛中间全场突然共同喊起“瓦勒加”，原来，这是苏联的一位双料明星，既是冰球明星，也是足球明星。他一控球全场就大声加油。他加速滑跑时带球技术超群，手中的球杆就像孙悟空的金箍棒，连过两个人，直奔球门而去，挥动球杆，冰球顺势入门，动作连贯，令人称叹！群众高声呐喊，场面热烈，这样的赛场氛围已经转化成场上运动员无可替代的精神力量！

1957年访问苏联学习后，经过1958年的大发展，中国冰球的整体水平有了明显提升。1959年，当中国冰球队再去苏联学习访问时，队员们对冰球运动的理解和认识也上升了一个层次。除了安排有老师继续跟队、讲课、评价及训练比赛外，中国冰球队还得到了苏联著名的功勋冰球教练达拉瑟夫的亲自指点。他告诉大家，苏联冰球的打法和风格是在俄罗斯冰球基础上发展起来的，这种冰球是在类似足球场地的冰场上进行的。在这样的场地上，冰球选手练就了高速滑跑的能力，低姿势和大步滑跑成为苏联冰球的滑行技术特点。他们的冰刀与西方运动员的冰刀不同，较长且直；远距离准确的传球技术也奠定了苏联冰球快速准确的配合特点。他第一次带队与号称“冰球王国”的加拿大队比赛就获得全胜，打破了加拿大队不可战胜的神话（从1956年至1992年共获得8次冬奥会冠军）。他告诉中国冰球队员，打冰球就要有自己的风格和战术。苏联冰球以高速、高超的集体配合能力和强硬的打法，引领世界冰球运动多年，令人不得不佩服。

在1959年的学习访问期间，中国冰球队正好赶上了在莫斯科举行的世界冰球锦标赛。带着问题，队伍观看了苏联对瑞典的比赛，这是两种不同风格和战术的对抗。瑞典队员身材高大，是典型的西方滑跑风格，采用1-4防守阵式制约苏联的2-1-2阵式，非常精彩地给大家上了一堂活灵活现的战术课。

有一次，巴布鲁夫教练带领中国队进行“一帮一”的实践课，一位莫斯科队的边锋追赶着王应辅进攻，顺势并排滑行，突然向界墙发力一靠，紧紧地将王应辅贴在界墙上，令其无法动弹。他身体的动作很简单，但很实用，教练点评说：“这就叫作‘要人不要球’，战术效果非常好！”

1959年访问结束前，巴布鲁夫教练对中国队的实力已有了一定的了解，他特别安排在临近莫斯科的良赞市进行了一场比赛，对手是苏联排名前列的一支乙级球队。这场比赛也是检验中国冰球队学习成果的比赛，因此中国队特别重视，各组纷纷开会认真准备，互相鼓励，在场上每球必争，打得十分主动。最终，中国队以5：3赢了对方，交上了一份满意的“答卷”。

在苏联的两次学习访问，中国冰球队都受到了高规格的接待。吃住安排都非常妥帖，苏联体委一位中校官员跟队陪同、著名冰球教授两次“传、帮、带”，将苏联队的技战术毫无保留地教授给大家。

在中国冰球队的两次学习访问期间，队员们还来到金碧辉煌的莫斯科大剧院欣赏著名的芭蕾舞剧《天鹅湖》和《青铜骑士》，观看了苏联大马戏团的精彩表演，并亲临世界著名的莫斯科地铁，饱览了各个豪华、庄重、充满当地文化色彩的地铁站。

首都体育馆竣工

1958年是中国人民意气风发、“大干快上”的一年，体育界亦是如此。北京冰球队从10月初奔赴黑河找冰训练，一去就是4个多月，直到1959年初在哈尔滨参加了全国冰球联赛（成绩计入第一届全国运动会），北京队不负众望，再获亚军。

春节前夕，队员们高高兴兴地准备回家过年，但一下火车就接到北京市体委指示：全队留下，春节期间给北京市人民做汇报表演。告示已发出，全队住进了什刹海体育场。

大年初一上午9点，贺龙元帅率一大批国家体委官员来了，北京冰球队的队员们连忙“上阵”准备。贺龙元帅坐在界墙北端。大家打起十二分精神，“真刀真枪”地打了两局，中间穿插花样表演。领导们就在场外冻着，认真看完了比赛。

比赛之后，大家回到五角大厅，心里还有点紧张。贺龙元帅与其他领导随后进来，和大家一起坐在长板凳上，笑呵呵地说："你们表演得不错，好嘛！"态度十分亲和，大家紧绷的心情也放松了。

"你们都是从哪里来的？"贺龙问道。

"北京队绝大部分成员都是大学生。"有人回答。

贺龙随后又了解了国内、国际冰球运动情况，大家说道："在国际上苏联、加拿大、美国是冰球实力最强的国家，亚洲范围内，日本队也比我们强。"贺龙眉头一皱，像触动了他的心事似的："我们1953年才开始搞冰上运动，只有5年时间。再给你们一年时间，你们能不能达到日本队的水平？"刚刚考上清华大学制冷专业的李光京大胆地说："这恐怕有困难，我们上冰的时间只有他们的七分之一，他们有室内制冷冰场，全年都能训练，还有上千人的看台呢！"

贺龙一听，大声说道："我国有6亿人口，我们有众多搞冰上运动的人才，要为发展冬季运动创造条件，我们要盖室内滑冰馆！我回去报告总理，报告中央，我们是大国，要盖就要盖万人以上的室内滑冰馆！"在场的运动员和领导都热烈地鼓起掌来。

不幸的是，接下来的几年我国出现了严重的自然灾害，导致包括冰球运动在内的很多项目都被缩编、被搁置。但即便如此，冰球运动员们仍坚持训练，还将自己的技术传授给了一些青少年，保住了冰雪运动的星星之火。

"文化大革命"期间，各项体育运动停滞，但中国冬季项目还是发生了一件大事，那就是中国第一个室内滑冰馆——首都体育馆于1968年竣工了。这项工程和当时从北京火车站到苹果园的地铁一样，都是浩大的工程。

追溯首都体育馆的构想，还要回到1959年春节。贺龙观看了冰球比赛之后，了解到我国冬季运动发展不上去的很大一个原因是没有室内滑冰馆，训练时长得不到保证，于是当场表示要盖室内滑冰馆，为我国搞冬季项目、培养冬季运动人才创造好的条件。很快，中央做出决定，在北京兴建一座规模在万人以上的室内滑冰馆，也就是现在大家所熟知的首都体育馆。

1968年首都体育馆竣工后，中国有了自己的人工制冰冰场，可还是买不起进口的扫冰车。为场馆进行制冷设计的是清华大学的李光京等人。冰场没有扫冰车，他们便研究着将一辆旧吉普车改造成扫冰车，居然真的造出了一台，还用了好多年。

冰球队、花样滑冰队、速滑队的运动员都来了，大家都想来首都体育馆“尝尝鲜”，有些外国冰球队也主动要求来首都体育馆比赛。1973年加拿大雷鸟冰球队来访，中国也从此恢复了冰上运动的出访活动。

1974年，国家体委在长春召开训练工作研讨会，决定派崔燕、曹桂凤、陈建强、王新华等一批运动小将前往日本参加青少年速滑和冰球比赛。经过一段时间的恢复训练，年轻选手的成绩提高很快，陈建强的500米成绩达到了40秒以内（当时世界上最好的成绩是38秒多）；老队员赵伟昌在世锦赛上夺得了亚军，还在全国比赛上打破了男子10000米速滑的全国纪录。

即便处于寒冬之中，中国冰雪仍焕发出勃勃生机。

承办世界冰球 C级联赛

“团结起来，振兴中华！”这是20世纪80年代流传的一句口号，而这句话最早出现在1981年中国冰球队在首都体育馆进军B组世界锦标赛的赛场上。当时刚刚晋级世界冰球锦标赛C组的中国男队以7战6胜的成绩获得亚军，与冠军奥地利队一同晋级B组，进入世界前16名的行列。一时之间，冰球在中国掀起热潮，冰球队的小伙子也成为当年最闪耀的偶像级人物。

当年《人民日报》上刊登的一篇文章，至今读来，仍能体会到那个流金岁月燃烧的激情。

奋战闯关记

一股强烈的“冰球热”席卷北京城，中国冰球队几天来连续出战奥地利队、匈牙利队和法国队三支欧洲劲旅，把1981年世界冰球（C组）锦标赛推向高潮。

14日下午，当中国队以10：3击败法国队，许多观众兴奋地跳了起来，通向B组的大门打开了，中国队虽然还剩下一场比赛，但出线升级已胜利在望。激动人心的三场硬仗已经过去，令人难忘的战斗历历在目。

3月11日晚，中国队迎战这次比赛的第一号强队奥地利队。尽管中国队在技术、经验和身材等方面都处于明显劣势，他们仍然人人竭尽全力、一拼到底，经过奋战，最终还是以0：3失利。

接下来对匈牙利队是背水一战，中国队如果再输，出线彻底无望。而匈牙利队和奥地利队一样，在上届锦标赛中也是B组成员，实力很强，特别是他们前一场出人意料地以11：6大胜法国队，士气正高涨。12日大会休息，中国队没有心思去游览和观赏文艺节目。领队和教练员紧张地制订作战方案，队员们一面积极调整、恢复体力，一面抓紧时间进行适应性训练。13日晚，双方交手后都显得有些急躁和紧张，传球失误多，进攻速度慢。当比赛进行到16分56秒时，中国队突然在前场断球成功，说时迟、那时快，19号陈升文接到同伴的妙传，像足球比赛中的凌空射门一样，挥拍猛射，球应声入网。24岁的陈升文是来自齐齐哈尔队的运动员，第一场对丹麦队他首开纪录，上一场对奥地利队的比赛中，他被对方撞倒在冰面，脑震荡昏迷不醒，并出现休克，抬到医务室进行急救，医生给他输了氧，仅仅十几分钟后，他又爬起来忍着晕眩和疼痛，上场坚持比赛。匈牙利队不甘示弱，立即展开反攻，不到1分钟，由13号巴林特射中一球，扳成平局，场上争夺更加激烈。第二局比赛开始后，中国队加快进攻速度，不管在攻区还是守区，积极进行抢截，先后由陈喜光和姚乃峰攻入两球，并把比分保持到终场。

中国队战胜匈牙利队后，形势依然十分险恶，14日下午1点要同法国队相遇，如果失利，还是不能进入C组前两名，法国队如打败中国队，则还有希望出线。中国队运动员一觉醒来，浑身又酸又累，一周来的连续作战，体力已快耗尽了。但是，祖国的荣誉，观众的期待好似道道出征令，激励健儿们积聚全身力量投入新战斗。

一到场上，什么疲劳、伤痛，统统丢在脑后，全体队员心里只有一个念头：为了祖国，必须取胜。战幕拉开刚2分40秒，中国队在法国队门前做了一次漂亮的三角传递，14号吴克强传球恰到好处，18号项树清举拍一挥，进了！26岁的吴克强在队里是“老大哥”，他自己直接射门不是很多，但常常为同伴制造得分机会。前一天，吴克强的未婚妻从东北来信说，在电视中看到比赛是那样紧张、激烈，她看见小吴救球摔倒，她又激动又心疼，一边看球一边掉泪。法国队失球后马上发起反击，很快也攻入一球。13分50秒，法国队又一次快攻到中国队门前，他们的核心人物17号佩洛菲威胁实在大，前五轮他射门得分在八个队中名列首位，中国队两名后卫去盯他，他却突然把球传到空挡，由18号从容地又进一球。中国队以1：2落后，形势更加不利，时间一分一秒地消失。不能再迟疑了，只剩下十几秒第一局就要结束，中国队孙加庆突然在30米外大力射门，球速之快，力量之大，使法国队守门员完全没有料到，球打在他身上又弹进了球门。这一球太关键了，中国队若是带着落后的比分进入第二局，压力之重，可想而知。

第二局比赛一开始，中国队打出了几天来的最高水平，5分钟内陈升文、王春江、陈喜光、高金岭各中一元，比分一下子拉成6：2。大局基本定了，但是队员们丝毫没有松懈斗志。法国队突然劲射，守门员崔廷文卧倒把球挡出，眼看着对方一名选手又冲上来，小崔一个鲤鱼打挺跃出两米远，把球紧紧按住。两军相遇勇者胜，在中国队的顽强奋战面前，法国队显得有些后劲不足，攻势大大减弱，中国队终于以10：3取得最后胜利。

此时，北京冰球队的核心骨干王应辅已成长为中国冰雪运动的负责人。凭借着对冰雪运动的热爱，他继续见证着中国冰雪运动一点点打开国门，在迎来高水平对手的同时，也试探着迈开了走向世界的脚步。

1980年2月，在时任国家体委主任李梦华的率领下，中国冰雪代表团首次组团参加了在美国普莱西德湖举办的第十三届冬奥会。这届冬奥会王应辅没有到现场，但是他在体育学院（现北京体育大学）的电教中心观看了电视转播。在看到国旗飘扬在奥运会场上空的那一幕时，他的心情十分复杂，一方面为打开奥运赛场的大门而振奋，但随之而来的另一方面是，我国的冬季运动水平与其大国地位极不相称，总共10大项38小项的冬奥会上，我们只有三个大项的参赛资格，无一人进入前16名。落后的地位和巨大的差距，时刻提醒着中国冰雪人要卧薪尝胆，迎难而上！

与此同时，20世纪80年代初，夏季运动项目也不断走出国门，传来的喜讯更加激发了冬季项目奋起直追的迫切心情。冰球项目是最难获得冬奥会参赛资格的，而当时国家体委抓住时机，积极推动冬季项目全面发展，向国际冰联申请承办世界冰球C组锦标赛，这让中国的“冰球人”受到极大的鼓舞和激励！

承办赛会是项系统工程，方方面面都需要精心筹备，统筹协调。这是国际冰联主办的一项赛事，根据上年度的成绩，国际冰联首先通知了中国C组锦标赛的参赛队伍名单，包括各队名次、升降情况及简要情况，中国冰球协会接受任务后提出赛程安排。当时国家体委的胡春方同志比较了解情况，与国际司配合，制定出比赛、观赛的方案，上报核准后，工作开始启动。

比赛最重要的保障之一是要有符合比赛的场馆。当时的首都体育馆只有一块靠半自动更换的冰球场地。这是中国第一次筹办冰球比赛，要应付8个队的赛前训练和28个场次的单循环比赛，这对首都体育馆的场地保障工作是极大的考验。不过，首都体育馆是一个大型综合现代化场馆，平时各项活动繁忙，组织实施能力很强。他们首先引进了世界最先进的扫冰车（Zamboni），同时改造了8个大更衣室，增加了室内换气烘干设备，新建了符合要求的电子大屏幕，还制定了10天（含赛前2天训练）的场地各项工作流程图，反复演练扫冰车6分钟的工作程序。在整个赛会期间，首都体育馆表现出现代化场馆高质量、高效率的工作能力，受到国外参赛队伍的一致赞扬。

接待工作是赛会成功的重要保证。国外参赛队伍住在友谊宾馆。这座宾馆是20世纪50年代为接待苏联专家，根据建筑大师梁思成的设计理念修建的，民族风格明显，已升为五星级宾馆。因为它距离首都体育馆很近，是C组锦标赛各队驻地的首选。在此之后，其他冬季项目的世界大赛驻地也大都在此。友谊宾馆和首都体育馆是与中国冬季运动有“缘分”的两个标志性建筑。

办赛很重要，参赛同样重要。国家冰球队做了充分的准备，一直待在东北积极备战。知己知彼，方能百战不殆。在分析对手的时候他们发现，除奥地利队是从B组降下来的队伍没有交过手外，其他各队都比赛过。于是国家队进行了有针对性的训练备战，来到北京之前就憋足了劲！中国冰球队被安排住在首都体育馆边上的西苑宾馆。

赛会由国际冰联派驻技术代表指导工作，直接领导裁判工作。国际冰联派来芬兰、南斯拉夫、日本等国家的6名国际裁判员，他们与中国首批6名国际裁判担任场内执行裁判。王应辅等人担任临场边裁，要团结好外来的同行，听从技术代表指挥，准确裁定线上的规则。这项工作相对简单，没有什么风险，可以抽出时间多做些其他工作。

中国冰球协会委派国内的国家级裁判员11人及其他级别优秀裁判员10余人承担场外裁判工作。要特别说明的是，这是中国首次包揽世界大型比赛的全部场外裁判工作。场外裁判要与场内裁判紧密配合，更重要的是要为大会及各队提供每场比赛的英文版资料，最后及时提供赛会成绩册并上报国际冰联。

为此，中国冰球协会做了充足准备，在1978年的五国邀请赛时就进行了预演，1979年又举办了国家级冰球裁判考试，进行“三人制”裁判培训。集中全国最优秀的裁判员进行冰球规则英语培训，这一切都是为了能标准化地完成国际竞赛组织工作。

当时国内举办的国际赛事不多，大会宣传和媒体报道早早就开始了。中国冰球协会与北京的几家报社从1981年2月就开始了前期预热宣传。在2月18日至3月20日的一个多月的宣传中，《北京晚报》《中国体育报》《中国青年报》共发表了91篇文章。中央电视台、北京电视台对关键场次进行了直播。国际冰联C组锦标赛成为北京乃至全国人民关注的热点！整个赛事像节日一样，想要观看比赛也变得一票难求。

不只是王应辅，亲身经历1981年世界男子冰球C组锦标赛那段历史的教练员、运动员、裁判员、管理人员后来在一起回忆往事，想起当年每天在西苑宾馆、首都体育馆、赛场三点一线上连轴转，眼里都是新鲜事、新鲜人，产生了的强烈共鸣，感触颇多。

在三点一线这块方寸地盘上，王应辅每天遇见最多的是“冰球人”。东北哈尔滨、齐齐哈尔、吉林、长春、佳木斯、牡丹江、沈阳的冰球教练员和运动员都先后到了，其他地区五六十年代打球的老“冰球人”也都来了，更别提北京的“冰球人”了，在家门口的这场高水平赛事，他们当然是早就准备好了观战的。每一个熟识王应辅的亲朋好友，也都早早地找他咨询和要门票了。

第一场比赛，中国队以5：1大胜丹麦队，全北京人都沸腾了，首都体育馆售票处人山人海，一票难求！

那时候的北京，交通比不上如今这么发达，从城内外到首都体育馆的公交车只有105路、107路、104路，每场比赛前后，首都体育馆附近就像庙会一样拥挤。北京交通管理部门为此做了妥善安排，交管局专门在球赛期间增加了30%的运营公交车辆。据当时的数字统计，总共28场比赛，场场爆满，就以每场15000人计算，北京就有30多万人次观看了比赛。特别是在中国队和外国队比赛的关键场次，场外等候退票的人黑压压一片！实在没办法，就只有在家里看电视转播了。

场外遇见的是冰球爱好者和热心观众，场内遇见的当然是裁判员了。28场球赛需要场内裁判84人次，平均每个场内裁判要进行7次执裁。中国6名裁判员只能做边裁，按照回避的原则，都是中外裁判搭配出场，尽量避开中国队。这样，这6名国内的冰球裁判反倒有了机会去观看最关心的中国队比赛了。芬兰、瑞典、南斯拉夫、日本的裁判员都是高一级的国际裁判，他们有资格担任主裁，而这也是中国裁判员需要好好学习提升的。

中国的裁判员在场上主动配合工作，在场下则热情接待，给予外国友人关照和帮助。日本的福田、冢本进都是中国冰球队的老朋友，他们在比赛之余想买些纪念品之类的，于是我们的工作人员就指引他们前往“秀水街”“琉璃厂”“大栅栏”等处游览、选购。

作为中国冰球裁判委员会的负责人，王应辅还要关注场内的裁判工作。场内裁判工作文字、语言都要用英文，宣告、解说要中英文并用。最后落实的记录表是非常重要的资料，它包括一场球赛详尽的技术统计，记录了谁（号码）、什么时间、第几局、进球（协助）、犯规（种类、时间），等等。教练员可以根据这个资料核算队员及每个锋卫组合的表现，核算两队“多打少（Power play）”的时间和成功率，以此评价前锋、后卫、守门员的表现，进行各种技战术的研究与安排。赛场外记录员、计时员、计罚员、宣告员等工作岗位的协调配合，准确、准时、无误的工作成果，最后都落在了这张表上。这张表，每场比赛后由裁判签字生效，交给各队，最后集合上交技术代表，是赛会最重要的历史档案。

这一套严密的工作程序是我们竞赛组织工作水平的体现，王应辅非常关注，赛前两轮全面观察了场内裁判的工作，整体表现井然有序。女孩清脆的英语宣告，及时准确地拿捏住了比赛节奏；穿插的中文解说，深入浅出地讲解了规则，让中国的观众看明白了比赛。熟习规则又懂英文的付进学，紧紧把住了用英文填写记录单这一关，工作进行得非常顺利，表现出色。正是这一个个敬业又专业的工作人员，令中国的场外裁判队伍广受好评。当时新考核晋级的国家级裁判白其斗、付进学（1981 年晋升国际裁判，后来成为裁判委员会接班人）在场外裁判工作中起到了核心带头作用。

还有一件事在王应辅看来可算是天赐良机。1978 年他临时调入北京体育学院电教中心做负责人。中央批下一笔专款给国家体委，购进两套最新的 NEC 专业摄像设备，供重大国际比赛裁定争端用，其中分给北京体育学院一套（两部摄像机及全套配件）。北京各大高校，甚至北京电视台也未引进。巧在正值 C 组锦标赛，王应辅就向中心申请了一台摄像机拍摄冰球比赛，得到了中心的支持。首都体育馆也很支持，给了这台摄像设备一个固定机位，借此也可以观看精彩的冰球比赛。孙中玉、顾振平两位专项技师帮着王应辅，三人轮流值班，一鼓作气，完整地拍下了中国冰球队 7 场比赛共 14 个多小时的全部录像。

当时录像技术刚刚兴起，能把一次单循环球类比赛完整地录制下来，可以说是头一份。这样的录制只有中央电视台能做到，但中央台转播中间的宣传花絮多，不可能保证赛场技战术的完整性。

此后，在此资料基础上，王应辅又与付进学合作，进行了相关课题研究，取得了重要成果。

团结起来，振兴中华！

在北京国际冰联C组锦标赛开始前，大家都了解了许多赛事情况，也看了一些相关报道。1980年3月，在前南斯拉夫塔耶各塔特举办的冰球国际邀请赛，中国队曾以2：4负保加利亚，3：9负法国，2：9负匈牙利。所以赛前听到最多的是："中国队的实力能行吗？""中国队有几分把握？""中国队几个月没见，他们在哪儿？""面对大块头的欧洲人，咱们怎么对付他们？"总之一片猜疑、担心和期待。

当年中国队员平均身高1.75米，体重72公斤。而欧洲队员身高普遍在1.80米以上，体重80公斤。打冰球身体接触频繁，速度快、体重大就具备先天优势。开幕式当天，8支队伍站在一起，看着对手"身高马大"，广大观众都为中国队捏了一把汗！就是一些冰球行家，心里也没什么底儿。

第一轮对丹麦的比赛，中国队的快速打法令丹麦队很不适应，被打得措手不及，连连出现空挡，中国队以5：1大比分获胜。赛后全场沸腾，升国旗时观众纷纷起立，共唱国歌！之后也是久不离场，一直欢送中国队退场。

第一场胜利的喜讯立刻向社会传出。"中国冰球打败了欧洲人！""西方传来的冰球，我们打败了西方人！"这是老百姓的话。"有看头儿，太过瘾了！"这是行家的反映。一石激起千层浪，白石桥广场、首都体育馆门前人头攒动，售票处被挤爆，大家对比赛充满了信心和期待！

到了3月11日，中国队又以12：1大比分战胜了英国队。经过三轮比赛，中国队三战三捷！此时C组锦标赛的赛场内外均是一派热烈氛围，特别是一些青年学生看着冉冉升起的五星红旗，激发出强烈的爱国热情。这一爱国热情在场内传递着，向社会传递着。当时，《中国体育报》发表了评论《当红旗升起的时候》，这个评论不是评球论球，而是对球赛所激发的爱国热情的颂扬和升华！

王应辅等工作人员和裁判员们都与国家队住在一起，赛场的热烈气氛给了队员们很大鼓舞。虽然在国内的比赛中，吉林、黑龙江两省的队员都有一批粉丝，但从没有像现在这样，把自己的表现和国家、国旗联系在一起。这种“为国争光”的担当，给运动员们增添了无穷的动力。

但是，此刻教练员、运动员和全队的工作人员都很清楚，严峻的考验还在后面。8个队的单循环比赛，胜5场的队要算小分才有可能晋级，必须胜6场才能确定晋级。剩下的3个队里，奥地利是B组水平的球队，匈牙利队和法国队在10个月前都以较大比分赢过我们。只有憋足劲，按既定方针“啃硬骨头”，才能不辜负群众的期待。

第四轮是中国队与奥地利队之战，中国队在比赛中打出了自己的风格，发挥出了自己的水平。然而，奥地利队稳健的个人技术功底和区域战术连接能力，确实技高一筹，最终，中国队以1：3输掉了比赛，但也从中学到了许多。中、奥两队打得紧张而精彩，观众加油声不断，为双方精彩的技艺鼓掌呐喊。

3月13日，中国队与匈牙利队的比赛是整个赛会的关键和高潮。赛会至此已过半，奥地利队战胜了中国队、匈牙利队、法国队、丹麦队、保加利亚队5个强队，稳获冠军。中国队、匈牙利队、法国队是争取出线晋级的3个队，但匈牙利队已负法国队，因此“中匈之战”对中国队最为关键，只要能胜匈牙利队，晋级就基本成定局，若负匈牙利队就要算小分晋级。

此时行家里手开始纷纷议论，如“速度是制胜的一张王牌”“冰球的长与短”“以多打少是得分的宝贵战机”……

比赛开始了，中国队打得主动、果断，抓住了有利战机，在关键时刻进球得分，全场观众的加油呐喊声震耳欲聋。士气大振的中国队乘胜追击，又进两球，最终以3：1战胜了匈牙利队！就是从那场比赛起，场内出现了观众自己书写的“团结拼搏、为国争光”的横幅，喊出了“团结拼搏、为国争光”的口号！这场比赛之后，中国队距离晋级已近在咫尺。全场几乎是一起高唱国歌，升国旗的时候许多观众都流下了激动的泪水。观众久久不肯离场，不少球迷都十分熟悉他们热爱的球员，呼喊着他们的名字，想要签名留念。

中国队与法国队的比赛实际上是中国队的收官之战，中国观众都在期待着这个令人激动的晋级时刻。场外观众早早地就赶到现场等着有人能够退票，而抢这场球票的人也使出浑身解数，有找工作人员的，有造访西苑宾馆找运动员的，还有就在这个“三角地带”蹲守的，无非都是想在现场亲历晋级的一刻！

这场比赛中国队士气旺盛，一鼓作气，从头到尾都没有让法国队翻过身，在4分钟内连射入4球，创下本次赛会进球最快纪录，简直把法国队打蒙了，最后以10：3大比分获胜。

3月20日，《中国体育报》报道：“你们为国争光，我们更加热爱祖国！”当时，最响亮悦耳的声音便是：“团结拼搏、为国争光！”虽然这句口号是在女排取得世界冠军后传遍全中国的，但其实，早在北京国际冰联C组锦标赛上，就已经喊响了这句振奋人心的口号。

中国冰球队在1981年晋升B组，现在看来不是什么了不起的胜利，但在改革开放初期的中国，确实引发了一股冰球热，激起了一份“爱国情”。就连北京王府井最著名的中国照相馆，也在1981年展出了那群帅气的冰球健儿们的照片，直到中国女排拿到世界冠军后，这个位置才被女排姑娘的照片占据。

1981年的国际冰联C组锦标赛转眼已经过去了四十年，但对于所有“冰球人”和经历过那段时光的中国人，仍会回忆它，珍视它，怀念它。在他们的心中，冰球运动让人体验到了激情与自豪，是它令那个年代充满着难忘时刻与欢乐记忆！

1981年C组锦标赛创造了一大亮点之后，中国冰球运动与世界冰球运动进入了同步发展时期，并在1986年亚冬会上再次点燃了民众热情。

1986年，日本举办了第一届亚洲冬季运动会，日本冰球队实力强大，长期在世界B组，因此并没把C组的中国队放在眼里。但中国队认真研究对手，做好了充分准备。第一轮比赛就以4：1大胜日本队，爆出冷门。第二轮的比赛大家都拼出了全力，比分交替上升。最后一局，中国队斗志昂扬，打得有章有法，坚定、团结、一拼到底，以4：4战平结束比赛，从而赢得首届亚冬会冠军！

四年之后，第二届亚洲冬季运动会仍在日本札幌举办，中国冰球队胜不骄败不馁，认真研究战术，稳扎稳打，最终领先2分获胜，再一次创造了以弱胜强的奇迹。中国冰球队蝉联两届亚冬会冠军，在全国掀起了一股更大的冰雪热潮。

女子冰球
走上世界舞台

当我们为中国男子冰球的优异成绩欢呼雀跃之际，中国女子冰球也悄然走上世界舞台。从20世纪80年代中期兴起后，到80年代末90年代初期，中国女子冰球队伍逐渐扩大——黑龙江和吉林两省共有10支队伍。至1995年前后，中国女冰已经成长为一支世界劲旅，在世锦赛等国际大赛上均能跻身前三名。在1998年的长野冬奥会上，中国女子冰球队获得了第四名的佳绩。

1986年1月，首届全国女子冰球邀请赛在黑龙江省鸡西市举行，参加比赛的8支队伍中有7支来自黑龙江，1支来自吉林，比赛的圆满成功使得与会者一致认为：女子冰球是一个很有发展前途的冰上项目。同年，女子冰球项目被列入黑龙江省冬季运动会；1988年，国家体委正式将女子冰球项目列入1991年第七届全国冬季运动会。

遗憾的是，中国的女子冰球运动在鼎盛之后很快呈现下滑趋势，到1997年，仅剩哈尔滨1支队伍。不过，中国女子冰球的成绩却丝毫不弱，1992年首次参加世锦赛便拿到第五名；1995年世锦赛和1997年世锦赛，中国队两度晋级四强，并最终位列第四名。

1998年长野冬奥会上，女子冰球首次成为奥运会正式比赛项目，中国女子冰球队也顺利获得参赛资格。按照规则，共有6支队伍可以晋级冬奥会赛场，除了传统强队美国队和加拿大队外，还有日本队、瑞典队、芬兰队和中国队。尽管在国内女子冰球运动已有下滑趋势，但中国队仍发挥得不错，战胜了日本和瑞典两队。在负于美国队和加拿大队后，中国队与芬兰队展开了铜牌的争夺赛，但最终实力不敌对方，无缘奖牌。

虽然没有获得奖牌，但中国女子冰球队在赛场上的拼搏精神仍令人为之骄傲。一批从1982年建队之初一直坚持到长野冬奥会之后退役的老队员，在很长一段时间内，一直让中国女子冰球组处于世界最高组别，位居世界前八的行列。

之后，伴随着女子冰球项目入奥，欧洲各国对这一项目越来越重视，再加上国际冰球联合会多方派遣专家推广普及发展，欧洲各国的女子冰球运动水平越来越高，欧洲各队的实力都在飞速提升。而我们则陷入低谷。长野冬奥会之后，中国女冰的第一代选手基本退役，同时，国内很多女子冰球队由于经费原因相继解散，最后只剩下既是国家队也是地方队的哈尔滨队——中国女冰在成绩最好的时候却陷入最大的困境，成绩开始逐步下滑。

2003年，中国积极申办女子冰球世锦赛，期待通过举办赛事引起全国人民对这一项目的关注，从而给该项目带来一丝曙光。但遗憾的是因为“非典”疫情赛事停办，女子冰球项目也未能获得发展助力。

但即便如此，中国女冰也涌现出了几位得到国际冰球界高度评价的明星球员，例如在1992年到2002年间效力于国家队的刘红梅，她曾代表国家队参赛46场，进球27个，助攻17个，总得分44分；还有在1999年到2010年间效力于国家队的王莉诺，她也曾出场46次；此外，中国队的守门员石瑶也被认为是世界级名将。

最有传奇色彩的中国女冰选手是孙锐，她出生于1982年，自1999年至2013年为国家队效力十五年，在2015年北京举办女子冰球世锦赛甲级B组时再度披挂上阵，共为国家队出场51次，进球30个，助攻18个，总得分48分。

2015年的女子冰球世锦赛甲级B组，是在北京申办冬奥会的大背景下举行的，中国队在临近开赛的最后时刻将孙锐、石瑶等老队员调遣入队，最终获得第三名。合并该年度各组别世锦赛的总成绩，中国队的年度世界排名是第十七位。在这次比赛中，孙锐等老将的表现是出色的，但是调她们归队却从一个侧面说明中国女冰正处于青黄不接的窘境。

与这种窘境相似的还有，男子冰球有NHL（北美冰球联赛）、KHL（大陆冰球联赛）等国际性的职业联赛，其他欧洲国家也有各自的职业联赛，但是全世界的女冰联赛都是半职业或者业余的，就像世界各国的女子足球联赛都是非职业的一样。在这种情况下，女子冰球天然受到制约，既难以走职业化发展的道路，也难以走举国体制的发展道路。

同时还有一个客观原因，作为冬季集体项目，冰球的投入很大，对各个省市都是个考验。加之全运会不设项，更是制约了女子冰球的发展。在冬季项目的大家庭里，冰球以其团队协作、惊险刺激的特点，成为最具观赏性的项目之一，备受观众和记者的青睐。记者在采访冰球比赛时，还要特别附带组委会发放的门票，可见其在国际上的影响力。很多人愿意将冰球比赛比喻成冬奥会赛场上的足球比赛，其实不然，足球项目在奥运会上将职业球员摈弃门外，而冰球项目在冬奥会上则汇聚了世界最高水平的NHL、KHL等职业选手，技术水平更高，竞争也更为激烈。

伴随着北京冬奥会的举办，中国男子、女子冰球在低谷中重新迎来发展契机。通过东道主优势获得直通冬奥会资格后，中国冰球队也多方发力，组织女子冰球队远赴美国打比赛，而男子冰球队也参与KHL等高水平的比赛。

按照目前公布的北京冬奥会冰球项目的比赛分组，中国男子冰球队分在了“死亡之组”，将与美国、加拿大、德国队相遇，而女队则排在B组最后一个。尽管中国冰球底子薄，且发展得十分曲折，但我们相信男冰和女冰的球员们一定能打出中国人的血性与志气！

吴桐轩老人

王应辅在什刹海冰球比赛瞬间

1952年的北京冰球队

1953年全国冰上运动大会华北冰球队

1954年的北京冰球队

北京冰球队1960年参加全国冰上运动会合影

1981年冰球C组世界锦标赛裁判工作照

1981年在北京举行的冰球C组世界锦标赛上，中国队成功晋级，赛后运动员欢庆胜利。

国家冰球队王应辅、庞知忠、崔颐昌、冯冀柏在莫斯科室外人工制冷冰场。

1990年第二届亚洲冬季运动会中国男子冰球队蝉联冠军

2007年中国男子青年冰球队获得世界青年C组锦标赛冠军

2010年温哥华冬奥会女子冰球比赛继续在哥伦比亚大学雷鸟竞技场进行。图为中国队与俄罗斯队在比赛中。

FIGURE SKATING
DANCING ON THE ICE

花样滑冰

贰

在冰上翩翩起舞

在萨拉热窝冬奥会上，中国队参加了速度滑冰、花样滑冰、越野滑雪、高山滑雪、冬季两项等五个大项的比赛，参赛选手有37位，但在所有项目中，中国队仅仅获得了团体分5分，在49个参赛代表团中排第23位。

当时的姚滨已经27岁了，在花样滑冰运动员当中属于年龄较大的，他也基本做好了退役的准备，所以得知自己能参加这一届冬奥会的时候，他特别激动。尽管当时中国花样滑冰队的水平一般，他每次出国参赛几乎都是垫底的成绩，但当时的冬奥会还没有设定资格赛，只要是国际奥委会的成员国，每个国家或者协会都有一个基础参赛名额，姚滨和栾波，作为当时双人滑的全国第一名，就自然而然地去参赛了。

前面介绍过，1980年中国开始参加世锦赛，花样滑冰也开始亮相国际赛场。但当时中国队的水平与世界完全不接轨，即便和倒数第二名的分数也相差在1分以上（当时实施的老裁判法，即6分制），完全不在一个档次。到了1983年世界大学生运动会上，中国队有了很大进步，有两名运动员拿到了第三名，水平基本和国际接轨了——接轨的意思，就是能和排名后几位的选手去拼杀了。

因此，对于参加萨拉热窝冬奥会，姚滨和舞伴栾波没有制定什么奖牌甚至前八名的成绩目标，而是轻松上阵，希望能以最佳的状态发挥出最好水平，也算是给两人的运动生涯画上一个圆满的句号。

当时的中国，社会经济还不够发达，也没有像如今这么多的运动品牌，中国冬奥代表团的服装还是一家外国品牌赞助的——蓝色大衣、手套及配套的帽子……服装发下来，大家看着很新鲜，穿上也感到骄傲，可是到了奥运村一看，中国的服装是最朴素最简单，也是最没有设计感的。但即便如此，大家仍非常珍惜。

虽然中国代表团不是第一次参加冬奥会，但是第一次出征冬奥会的姚滨，还是被冬奥会的场面震撼了。虽然他和队友们相比已经算是参加过几届世锦赛的老运动员了，但世锦赛只是单项的赛事，而冬奥会却是综合运动会，多了很多仪式感，有升旗仪式、有开幕绝关系，这一断就是二十一年。这期间，中国大部分选手被封闭，失去与世界先进水平运动员切磋交流的机会。当中国奥委会恢复在国际奥委会中的合法地位时，中国选手已被分隔得太久，一些项目水平也因此大大落后，以至于全国冠军姚滨在冬奥会的冰场上也曾想过打“退堂鼓”——与国际高水平选手同场较量时，差别实在太大。

举个例子就能了解当时中国的体育发展与国际有多脱节——中国花样滑冰队报名参赛的时候，都不知道应该将女选手的名字放在前面，结果造成了姚滨的照片下面名字写的是“LUAN BO（栾波）”。姚滨至今还保留着当年那张出错的报纸。

现在听起来这只是一个笑话，但在当时国内信息闭塞的情况下，中国选手学习先进技术只能依靠图片与画报，只能照猫画虎学个皮毛，并不能真正了解运动项目在国外的发展水平。所以当时中国选手一到国际赛场上去比赛，就显得非常落伍。

冬奥会初体验

1984年2月的萨拉热窝冬奥会，是后来被誉为中国“花滑教父”的姚滨参加的唯一一次冬奥会，也是他运动员生涯的最后一场比赛。同年，许海峰在美国洛杉矶夏季奥运会上一枪破“零”，为中国代表团实现了奥运会金牌零的突破。而在发展并不均衡的冬季项目上，姚滨依然感受着中国冰雪运动的严重不足与差距。

舞伴戴着头盔上冰

1960年代，哈尔滨一所小学的教室里，学生们正在上课，8岁的姚滨就坐在教室的后排。突然，从教室外面进来一名教练，和老师进行了简单的沟通后，教练开始观察孩子们——原来他是要挑选花样滑冰选手。在大致了解了每一个学生的情况后，教练初步选定了几名学生，姚滨也在其中。

就这样，或许是命运的安排，姚滨与花样滑冰从此结下了割舍不开的情缘。入队之后，成绩一直不错的姚滨也有过两次险些离队的情况：一次是因为患了肾盂肾炎，还有一次是右侧副韧带拉伤，这让他足足休养了两年。不过在两年休养期间，姚滨也没闲着，自学了弹钢琴，经常在队伍上舞蹈课时给大家伴奏。

“任何一种情况，放在别人身上，都应该转业了……”姚滨曾这样说道。但他不是“别人”，这就是他的傲气所在，也是他的底气所在。姚滨身兼男单与双人滑两个项目，由于当时中国的花样滑冰水平与世界相差甚远，每次国内比赛他都几乎包揽了冠军，而每次出国比赛却成了倒数，这样的落差让姚滨很受刺激。

1980年，姚滨和栾波第一次参加花样滑冰世锦赛，成绩就开始垫底，并且一直垫到了退役。很多年后，赵宏博在一个偶然的情况下看到了姚滨在1984年奥运会比赛中的录像片段，指着里面长发飘飘、穿着喇叭裤的男选手说：“哎呀！教练，你那时候是这样的啊！”姚滨的脸一下子就红了，连忙害羞地摆摆手。录像中，在现在看来十分简单的一个双人螺旋线动作，栾波竟然臀部先着了地，不过比起训练时的水平，在奥运会上已经好了很多——在平时的训练中，由于脑袋会撞在冰面上，栾波都是戴着头盔上冰的。

早在1958年，为了维护中国领土的统一和完整，中国奥委会宣布与国际奥委会断同冰球运动一样，花样滑冰在我国也属于发展较早、起点较高的项目。但由于该项目在西方开展广泛，欣赏性强，对运动员的音乐、舞蹈、形体等方面要求很高，使得中国的花样滑冰发展极为艰难，尤其在音乐、舞蹈方面，长时间处于徘徊不前的状态。

在1978年的全国花样滑冰比赛上，孙义、王昌源成功跳出了后内接环三周跳和后外接环三周跳，在技术上实现了突破。而到了1979年的全国花样滑冰比赛，成年组的运动员普遍能完成4至6种两周跳及各种两周联跳，一些运动员能较好地完成两周半跳，男子自由滑冠军王志利第一次成功地完成了后外点冰三周跳和后内三周跳的动作。栾波和姚滨则在双人滑项目上技高一筹，自1980年以来连续夺得该项目的全国冠军。

中国运动员在国际花样滑冰舞台上小试锋芒还是在单人滑的项目上。1984年，傅彩姝在第十六届内贝尔霍恩杯国际花样滑冰赛上获得单人滑比赛的最好成绩——第四名，张述滨和许兆晓获得第七、八名；1984年，许兆晓在匈牙利布达佩斯多瑙温泉奖国际花样滑冰赛中获得了男子单人滑冠军，成为我国第一位国际花样滑冰冠军。1985年，张述滨在世界大学生冬季运动会上摘得男单冠军，这也是我国冬季项目选手第一次在综合性世界大赛中摘得金牌。

讲述中国花样滑冰的故事，离不开一个关键性的人物——姚滨。姚滨的故事，可以从20世纪60年代讲起……

式，还有一个专门供运动员居住生活的奥运村。中国代表团和挪威代表团住在同一栋楼里，楼里悬挂着各国国旗。奥运村里有餐厅，还有娱乐大厅，让中国的运动员们大开眼界。

姚滨至今还记得，萨拉热窝冬奥会的开幕式设在一个训练馆里，他和大家一起兴奋地参加了。开幕式的形式和他后来参加的所有奥运会一样，运动员们要提前两三个小时过去等候，第一次参加冬奥会开幕式的姚滨特别兴奋，感到一切都是那么新鲜，根本不觉得时间漫长。等待的时候，大家便和礼仪小姐拍照，或是和国外运动员交流，很是热闹。

当走进开幕式现场，听到巨大的音箱里播放着洪亮的解说词和欢快的音乐，几万名观众发出山呼海啸般的欢呼声，大家都被震撼了，甚至感到头皮发麻——原来奥运会是这样的，百闻不如一见！

萨拉热窝经济发达，人们的生活方式、城市建设等和苏联差不多，街道上的车辆川流不息，电影院门口张贴着大幅电影海报，都令人耳目一新。中国运动员们都被这样的繁华景象震撼着，大家每天都像看西洋镜一样，每天都在接触着各式各样的新奇玩意儿，回来还会交流各自看到的新鲜事。奥运村里的娱乐大厅里有个电影放映厅，没有座位，只在地上扔了很多枕头、靠垫，运动员在看电影时可以随意选择自己舒服的姿势，因此大家都很喜欢去，感觉特别放松。

当然，在中国运动员看什么都很新鲜的时候，外国运动员也在观察着中国的运动员，毕竟中国队在世界面前亮相不久，大家都很愿意接纳这个新朋友。国外的运动员会和中国运动员进行交流，彼此交换纪念章，甚至还交换大衣、帽子，这些友好行为虽显幼稚但却十分纯真美好，令人感动。

在奥运村的生活温馨、有趣，但是到了赛场上，中国运动员就没这么快乐了。姚滨和栾波的比赛动作虽然算得上是有模有样，比较规范，但和高水平运动员相比仍有很大差距，不在一个档次上。无论是舞蹈编排、音乐，还是服装，都自己选择、设计，比赛规则也是拿着裁判员手册自己琢磨。不知道技术动作怎么练，就自己摸索，完全按自己的方法来。

当时的世界花样滑冰双人滑项目，成绩最好的是苏联的一对著名组合——罗德尼娜和扎伊采夫，他们在姚滨眼里，就像神一样的存在。后来罗德尼娜做了教练，姚滨也做了教练，虽然运动员时代两人一个是第一，一个是倒数第一，但两人教出来的后辈却成了赛场上的竞争对手，可谓不分伯仲。

姚滨至今还记得罗德尼娜的专业与大气。那时，他刚当教练不久，带着申雪出国比赛，遇见罗德尼娜，这位昔日的冠军、赛场上的竞争对手告诉姚滨，申雪的服装设计不对，按照规则必须是裙装，否则会被扣分，让姚滨赶快修改。于是，姚滨在赛前连夜把申雪肩上的纱布剪下来，一条条缝在腰上，做成了裙子的式样，终于符合了赛制要求。

走上
执教之路

结束萨拉热窝冬奥会之后，姚滨选择了退役。刚开始，他也没有想好要做什么，对于花样滑冰，他唯一的感觉是太难了。

“中国人搞花样滑冰，简直就是天方夜谭。”姚滨深知这一行的艰辛，因此对其既有难以割舍的情结，又有不甘落后的倔强，但与此同时，也有其他的选择找上门来。当时恰逢

“出国潮”，同学帮他办好了去澳大利亚的手续，跟他说：“走吧，去闯一下!”

但姚滨考虑良久，拒绝了。

“爱国使我难以离开，如果能把这种爱国情怀与梦想结合起来，该是一件多么好的事情。”这是他最直接的想法。

此时，黑龙江省队的相关领导找姚滨谈话，希望他留下来担任教练工作。姚滨虽然知道这会是个“苦差”，要想出成绩是非常难的，但他最终还是选择了迎难而上，接受了这份“苦差”。

一年之后，姚滨的队员获得了全国第二名、单项第一名的好成绩。“嗯，好像还可以!”姚滨有了自信。当然，这个时候的姚滨，还不知道自己未来会有冬奥会冠军弟子的出现。

1986年，国家花样滑冰队成立，姚滨出任双人滑教练。一年后，他的儿子出生了。当时姚滨正带着弟子梅志滨与李为在紧张地训练，只为不在冬奥会垫底，而妻子曹桂凤在生产之前并没告诉丈夫，她觉得“一个大老爷们也帮不上什么忙”。好在母子平安，姚滨赶回哈尔滨看望妻子和儿子。因训练紧张，他只待了三天，给儿子取名一个“远”字，就又匆匆走了。

20世纪90年代初，有了几年执教经验的姚滨努力摸索教练模式，并不断创新。他勇于担当，把老教练的训练模式全都推翻，结果被花样滑冰的老教练们联名反对。当时姚滨面临的，除了训练的艰难，技术动作的落后，还有来自国际的偏见以及国内的排挤。而比赛规则的不断改变也让姚滨应接不暇。即使这样，姚滨也丝毫没有放弃过，他相信总有一天，中国花样滑冰会迎来曙光。

“老大”带来曙光

赵宏博和申雪的出现，为中国花样滑冰带来了第一道曙光。

1973年9月，赵宏博出生。五年之后，申雪出生了。两人都出生在哈尔滨，和姚滨是老乡。不过，在1984年姚滨最后一次参加比赛的时候，他们还没有相遇过。

赵宏博从小喜欢体育，身体素质很好，最喜欢打篮球，后来被滑冰队的教练发掘后进行了一段时间的滑冰训练。很快，表现出色的他就进入了体校，并搬到了滑冰队宿舍，开始了专业训练。

此时，申雪也开始蹒跚地走上了冰面。5岁生日时，父亲送给她一双滑冰鞋作为生日礼物，又给她报了滑冰培训班，希望经常生病的女儿能增强体质，身体结实一点。没想到，申雪不仅对滑冰充满了兴趣，还有一种天生不服输的坚毅性格，试着训练了几个月就被教练留了下来。9岁时，申雪正式进入哈尔滨体校，开始接受正规的滑冰训练，是当时全校年纪最小的孩子。

比起“小不点儿”申雪，此时的赵宏博已经算得上队里的一个“大手”了，曾在速滑赛场上获得500米冠军，在一届比赛中拿到过4个冠军。后来，赵宏博改练花样滑冰。1992年，19岁的赵宏博搭档谢毛毛获得了全国冬季运动会冠军，从此小有名气。

1992年花样滑冰世界青少年锦标赛结束后，赵宏博面临更换搭档的情况，14岁的申雪迎来了机会。本来一直练女子单人滑的申雪在这个时期开始发育，在滑冰事业上遭遇瓶颈，希望从单人滑改练双人滑，或许能有新的发展。

1992年，赵宏博和申雪首次“拉手”，这一举动理应在中国花样滑冰发展历史上记上重要一笔。

在得知赵宏博要更换舞伴的时候，很多女运动员都跃跃欲试，想和赵宏博搭档。姚滨一下子找来了100多个女孩，条件出众的也不少。对于身高还不满1.5米的申雪，赵宏博有点儿看不上：“试试看吧，先练一个月再说。”

此时，申雪不服输的个性又一次爆发。尽管在实力上与赵宏博差距很大，但为了能让舞伴接受自己，申雪开始投入刻苦训练，一个月间她除了吃饭睡觉都在苦练技术，从不喊苦叫累，慢慢地，赵宏博被申雪的努力劲儿打动了，于是接纳了这个小丫头，同意成为他的舞伴。差不多用了三年的时间，申雪就基本上达到了赵宏博和姚滨的要求。

1992 年，申雪和赵宏博刚成为组合不久，姚滨就带着两人来到北京参加全国冠军赛。每当看见冬运中心花样滑冰部的领导、工作人员，姚滨都会上前“推销”自己的这对得意弟子：“关注一下我这对儿小孩，真不错!”

大家都知道赵宏博换了舞伴，可谁也没想到，申雪还真的发挥得像模像样，和赵宏博拿了第一。

“姚滨没白吹!”大家都这样说着，并冲姚滨竖起了大拇指。

这只是一个全国冠军赛，大家都觉得姚滨在赛前的口气太大了。但其实，姚滨心里有个更“狂妄”的目标，那就是“申雪和赵宏博，这俩孩子未来一定能走到国际舞台上去，还能进入世界高手行列，甚至成为世界冠军”。只不过，这个目标被姚滨压制在心里，他对谁也没说，也不是要藏着掖着怕人知道，而是怕别人觉得他是“精神病”。

白天，姚滨坐在教室里听课；晚上，他带着队员训练、做服装、听音乐……一天的训练结束之后，别人下棋、打牌，姚滨却坐在灯下翻看英文词典，案头是加拿大人写的有关花样滑冰跳跃技术的论文……

这便是姚滨作为教练的日常工作内容，他日复一日地钻研，对花样滑冰的技术认知也越来越深刻、全面。

“当教练之后，我一直在思考一个问题：我们的训练到底差在哪儿？抛开硬件因素，我们的训练还是有很多不足，比如陆地上我们可以跳三周，但是上了冰就不行了。国外运动员陆地跳不了三周，但到了冰上就可以。这说明，对于花样滑冰的训练而言，陆地训练和冰上训练的发力是不一样的。”姚滨琢磨着，他逐渐推翻了自己当运动员时的训练理念，独创了组合式动作训练方法，尽可能接近冰上训练的感觉。

更令人惊叹的是，一句英文不懂的姚滨，竟然靠着一本字典翻译出了高深的论文，虽然没有发表，但他却在学习中悟到了很多花样滑冰跳跃技术的理论。

后期中国选手擅长的捻转、抛跳，更是姚滨大胆创新的成果。“过去捻转都在侧面，我总觉得发力不对，换成把她放在中间，将轴心倾斜，这样看起来幅度大，落地好接，又安全。抛跳也一样，过去很多人在起跳之前先静止，我选择了让队员交换位置后发力，这样能借助惯性，高度远度都很好。申雪、赵宏博过去抛四周能达到6米，彭程和张昊达到了7.2米，这飞行距离多漂亮！现在国际上都在学我们。”姚滨得意地说道。

从倒数第一名的运动员，到收获“大满贯”的金牌教练，姚滨的秘诀就在于他的钻研与创新。

姚滨说：“带队员就像是爬台阶，踏踏实实一步一步地去做好，不要好高骛远，那样也许只能爬到一半，设计好了就能爬到顶层。”

1994年，申雪和赵宏博第一次出现在成年赛的国际赛场上，这一次中国队没有再垫底，但也只赢了一对选手，排名倒数第二名。第二年，领导没有安排他们去参赛。到了1996年，比赛计划里依然没有申雪和赵宏博。姚滨急了，整个春节都没过好，几次找到领导，申请参赛。

几次软磨硬泡，领导反问姚滨：“那你们去了，能拿个什么名次回来？”

“中游吧！”姚滨拍着胸脯说。

关于那场比赛的名次，姚滨至今都记得非常清楚。短节目（花样滑冰比赛分为短节目、自由滑，短节目第一天比，自由滑之后决定总成绩排名）赵宏博摔倒了，排名第十八位；自由滑发挥还算不错，单项排名第十三位。两套节目相加，申雪和赵宏博的总成绩排在第十五位。那场比赛总共有28名组合参赛，他们的排名正好是中游。从倒数第二到排名中游，姚滨和申雪、赵宏博终于做到了！

中国花样滑冰的进步也让世界震惊了，虽然申雪和赵宏博的成绩只排在了第十五名，但两人的表演却受到观众的喜爱，也让法国花样滑冰协会主席伽吉亚先生看到了他们的潜力，断言："申雪和赵宏博在不远的将来，一定会成为世界冠军！"

坦然面对"傲慢与偏见"

申雪和赵宏博的迅速进步，让姚滨看到了希望，也更加坚定了自己的训练思路，他在其他人怀疑的目光中坚定不移地走了下去。也就是从那时开始，喷薄而出的中国力量已势不可当，伴随着申雪、赵宏博的不断成长，中国双人滑的风采开始在世界赛场上飞扬！

然而，"新星"太过闪耀也必定会遭到大家的审视，想要进入世界主流行列也并非易事。其间，姚滨与弟子们遭受着各种非难与打压。尽管随着成绩不断攀升，申雪和赵宏博已慢慢成长为世界顶级选手，但迟迟未能成为世界冠军。到了1998年，即使申雪、赵宏博整个赛季都没有失误动作，也还是赢不了俄罗斯选手。

对于这一切，姚滨心里有数。他坚定自己的方向是正确的，并且能从不公平中看到积极的一面，他一再告诉弟子们要放平心态："我们坚持做自己的，即便赢不了，时间长了，裁判们的心里也自然会有数的。"

1999年芬兰花滑世锦赛上，"傲慢与偏见"的情况依然没有改变，甚至从电视转播画面里都能清楚地看到裁判们在激烈地争论。当大家都在为他们打抱不平的时候，姚滨依然选择了缄默。直到后来在被多次问到如何看待裁判的打分时，姚滨才说："我希望我们下次的表现可以打动裁判。"

从芬兰回国之后，时任国家体育总局局长的袁伟民去看望了姚滨，对他的大将之风大加赞赏："有些教练在国外输了，回来就说裁判不公正。别人都说，你什么都不说，这才是一名教练员的真正水平。"

"老二"佟健至今还记得，那时候教练每次出国比赛后带着师兄、师姐回来时的样子。"你说我们那时候是不是有拿冠军的实力？有！但是你说我们是不是完美的？不是！没拿冠军，就是因为你还有毛病让别人挑。"姚滨仍旧闷头扑在自己的技术研究上，在训练当中更加精雕细刻，争取成为场上最完美的那一个。

在一次次的比赛磨炼中，姚滨与他的团队越挫越勇，不断书写着神奇：申雪、赵宏博先后获得世锦赛银牌、花样滑冰四大洲锦标赛金牌、冬奥会花样滑冰双人滑第五名、花样滑冰世锦赛金牌、花样滑冰大奖赛总决赛金牌、冬奥会铜牌，一直到2010年温哥华冬奥会金牌。

更为神奇的是，姚滨不只有申雪和赵宏博这一对"法宝"，"老二"庞清、佟健，"老三"张丹、张昊也逐渐成长起来，中国花样滑冰进入了最为辉煌的"三驾马车"时代。

三对爱将在都灵冬奥会上分别拿到了第二、三、四名，在温哥华冬奥会上拿到了第一、二、五名。中国双人滑成为世界上无人可以小视的一股力量！

"荣誉属于大家！我常说，作为一名教练，我非常幸福。温哥华夺冠之前我就说过，把一个项目从空白推到了最高处，我心满意足了。"姚滨曾说。

2007年的东京世锦赛，申雪和赵宏博决定退役，第二个抛跳完成后，NHK电视台捕捉到了姚滨的眼泪。

"掉过好几次眼泪！第一次是申雪、赵宏博在齐齐哈尔全国锦标赛上拿冠军，那时候他们俩才拉手合练了4个月，别人有三周跳，他们没有，两个月前连短节目都滑不下来。

居然拿了金牌，我掉眼泪了，不过马上戴上墨镜，没让别人看出来。再就是这次，知道他俩拿冠军没问题了，但是想到他们俩十五年的双人滑生涯就此结束了，酸甜苦辣、五味杂陈的感觉全都涌了上来，心里很不是滋味。”姚滨回应道。

跑赢新规则

2007年，国际滑联实施新的打分规则。之后的两年里，姚滨就像祥林嫂一样抱怨着，再也不像以往那般温文尔雅，甚至急了就骂：“什么新规则，简直就是胡扯!”说完还不忘给自己辩解一下：“这么多年，流露点情绪也是正常的吧?”十分真实可爱。

从某种程度上讲，新规则让姚滨之前的很多研究心血都付诸东流了。“就比如打水，老规则规定只要打得多就可以，当我们的教练终于研究出怎么能多打水了，又规定说数量不是最重要的，得水的质量好才行。”佟健说。

佟健觉得，也许在姚滨心里是承认那些“不完美”的，只是嘴硬。“有时候，大家都觉得我们教练疯了，总是在说裁判，但是他在说的同时也很快就冷静下来了，开始对这个裁判制度进行研究，因为你没办法去改变规则，就只能去适应它。其实，他在训练之余还做了很多工作。”2009—2010赛季，中国双人滑获得了所参加的国际滑联所有比赛的金牌。

2010年的温哥华冬奥会上，申雪、赵宏博在“拉手”十八年之后，终于荣登冬奥会最高领奖台，书写了中国花样滑冰的巅峰荣誉纪录，而这届冬奥会也成为姚滨作为教练的巅峰时刻——他的两对弟子，“老大”申雪、赵宏博，“老二”庞清、佟健，就如同姚滨对他们的称呼一样，在冬奥会上分获冠亚军。当时，申雪夺冠后抱着姚滨激动得大哭，姚滨却扭头就走，还扫兴地撂下一句话：“哎呀，你别哭了，行不！”

申雪后来回忆说：“那是我们教练不好意思了，他怕自己也掉眼泪。”但姚滨是不承认的：“那都是板上钉钉的了，我没哭，金牌就应该是中国的。”

有些习惯，姚滨可以坚持十几年，比如钥匙、手机、钱包分别放在衣服的哪个兜里，从来没有改变过；有些态度，他也永远不会改变——一场比赛下来，他只会跟没有一点失误的队员拥抱，而跟其他人，他就只是矜持地握个手、点个头而已。因为在他看来，有一点点瑕疵都是不完美的。

摘取
最顶端的
宝石

现在，让我们重温温哥华冬奥会上中国双人滑走向巅峰的故事吧！

2010年2月15日晚，温哥华太平洋体育馆上空缓缓响起了Adajio（G小调柔板）的音乐，申雪和赵宏博这对冰上伉俪手拉手滑向冰场中心，开始了他们的谢幕战。这一天，是第二十一届冬奥会花样滑冰的自由滑，前一天的短节目过后，申雪、赵宏博以76.66分暂居第一。

之前出场的主要对手德国组合萨维琴科、索尔科维和俄罗斯组合川口优子、斯米尔诺夫相继失误，倒是申雪、赵宏博的队友庞清、佟健在自由滑曲目当中发挥完美，率先为中国队锁定了金牌。这也让申雪、赵宏博的压力顿时轻了下来。此时，对于他们而言，充分享受滑冰带来的快乐，完整地展现自己的实力，似乎比夺取一枚金牌更为重要。

一个漂亮的后外点冰三周跳，跳接联合旋转，勾手三周抛跳、后外结环三周抛跳和后内结环三周抛跳……一连串的技术动作干净利落，而两人的举手投足、一颦一笑，都是那样的动人心弦，引得全场观众目不转睛地盯着冰场中心的二人。

哗——！一曲终了，现场响起雷鸣般的掌声，申雪和赵宏博向观众挥手致意，深情相拥，任由激动的泪水横溢脸庞。

裁判打出了分数，139.91 分！加上之前的短节目，申雪、赵宏博拿到了 216.57 分，刷新了国际滑联的最高分纪录！申雪、赵宏博为中国代表团拿到了温哥华冬奥会的首枚金牌！加上庞清、佟健二人的优异表现，中国双人滑选手在异国他乡成功地升起了两面五星红旗！

看到分数打出的一瞬间，申雪哭了，赵宏博哭了，庞清哭了，佟健哭了，坐在一旁的国家花样滑冰队总教练姚滨的眼圈也湿润了。坐在看台上的中国代表团成员一个个眼圈都红了，国家体育总局冬季运动管理中心副主任任洪国泪流满面，不停地跟每一个代表团成员握手，拥抱！

“太不容易了！太不容易了！这块金牌我们等了太久，虽然我们拿到了金牌，但也付出了太多太多……”任洪国动情地说道。其实，在下午的训练过后，一向开朗的任洪国竟然眉头紧锁一言不发。“紧张得很！好久都没有这么紧张过了。”他说道。

“中国人真是太了不起了！在花样滑冰的赛场上能够同时升起两面国旗，这是非常难得一见的画面！”赛后，包括《纽约时报》、《马卡报》、BBC、CNN 等世界各大媒体都在第一时间对比赛进行了报道，而CNN等一些媒体还以头条或焦点图的形式给予了重点关注。

这一晚的太平洋体育馆，完全成了红色的海洋，每一位中国代表团成员都被观众拉着合影，还有观众当场提出要高价购买中国代表团的领奖服。

在花样滑冰界，东方人似乎总是不那么受宠。申雪、赵宏博早在1999年就凭借《木兰》收获了世界花样滑冰锦标赛的亚军，2000年又收获了世界花样滑冰大奖赛的冠军，但却总是得不到冬奥会裁判的认可。在之前三届冬奥会的冲击经历中，申雪、赵宏博两度摘铜，总是与金牌失之交臂。

“从1964年开始，俄罗斯（苏联）队就一直没有丢过冬奥会双人滑的金牌，中国人太难了！”任洪国发出如此感慨。任洪国也是运动员出身，他既是领导又是专家，他深知这枚金牌的来之不易，也明白申雪和赵宏博付出了多少努力与汗水，才拼下了这枚金牌，可以说珍贵无比。

“值了！”从14岁拼到37岁，赵宏博终于可以说，他的花样滑冰生涯再无遗憾。而申雪更是在赛后难掩内心的激动：“这么多年来，就是为了这个梦想，太高兴了！有点儿像做梦一样……”

戴上那枚厚重的金牌后，申雪和赵宏博仍有点缓不过来。在申雪尿检的两个小时过程中，休息室里的赵宏博一直在发愣，对队友的谈天说地毫无反应。“要不你掐一下自己的脸吧！”姚滨对他说，赵宏博终于笑了笑，作势要掐自己一下。

在夺得金牌的第二天，赵宏博仍难以掩饰兴奋之情：“到现在还没缓过来呢！”他笑呵呵地说。

看似顺利的夺冠之路，背后却有着诸多波折。

抵达温哥华后，中国花样滑冰队的队员们满耳听到的都是对手的动态消息：俄罗斯组合练就了四周抛跳，且在训练中成功了两次；德国组合信心十足，对金牌志在必得。

“我们从来都不是为金牌而活的，要是那样的话，我早就跳楼了。”姚滨曾这样说道。

说到这里，还有一段往事值得讲讲：姚滨一直对时任中国体操队总教练，同时也是体操中心副主任的黄玉斌十分推崇。黄玉斌曾在北京奥运会前表示要打一个漂亮的翻身仗，放出如果拿不到金牌就跳楼的话。而对于这样的豪言，姚滨并不认同。其实也可以理解，体操项目分为男子8个小项，女子6个小项，总共有14枚金牌，而花样滑冰项目上，中国只有唯一的一个冲金点——双人滑项目，所以在听到黄玉斌那样说，姚滨才会说出上面那句话。

面对对手的各种传闻，姚滨没有丝毫的动摇。他表示，中国队并没有过多关注对手的表现，只要正常发挥出水平就是成功。而申雪、赵宏博也是同样的淡定态度："我们一定会全力以赴，但不管结果如何，我们都会奉献给大家一场精彩的表演！"

比赛前，中国队面临的首要问题便是签位不利。按照冬奥会的规则，选手要按照前三个赛季的积分排名进行抽签，排在前十位的选手分在一起抽签，而后面的选手则要率先出场。申雪、赵宏博因为缺席国际赛场两年之久，被排在前面出场。对于打分项目而言，出场早打分严是公认的事实，但他们二人并没有太过担忧。

"最好能抽到1号，第一个出场，这个赛季我们每次都是第一个出场。"申雪轻松地说。果不其然，他们真的抽到了1号签。

"这个签可是不太好。谁都知道，裁判刚开始打分手都紧，动作抠得细，本来该加2分的，可能就加了1分或者不加分。后面出场的选手，观众再一热烈，裁判就会受感染，本来不该加分的都会加了！"任洪国忧心忡忡地分析着。

短节目比赛前，姚滨紧张得不行。"这么多年我都没紧张，但今天我紧张极了！"姚滨说完，赵宏博笑了笑，说："教练紧张什么啊，您又不上场滑。"申雪在一边也有点紧张了："腿有点僵，都到这会儿了，谁不紧张啊！"

但他们二人很快便定下心来，尽管第一个出场，在表演完一套完美无瑕的短节目《永远活下去》后，仍然打动了裁判，给出了76.66的分数。这个分数不仅超过了两人的得分纪录，也让后面上场的选手望其项背，再也未能超越。短节目首个上场，却高居首位，这样的局面恐怕也只有在申雪和赵宏博身上可以出现。

翌日再战的自由滑，争夺场面更为紧张。中国双人滑的“老三”张丹、张昊在开场的后外点冰三周跳上出现失误，仿佛引燃了高水平选手失误的导火线，川口优子与斯米尔诺夫、萨维琴科与索尔科维，每一个男伴都在跳跃动作上出现了失误。德国选手显然实力更为强大，他们在失误的情况下仍得到了裁判的认可，在庞清、佟健出场之前获得了210分的成绩。

接下来，庞清、佟健上场了，他们的自由滑是一曲《追梦无悔》。这对三次获得世锦赛冠军的组合在本赛季也有不错的表现，两站大奖赛冠军加上总决赛亚军，实力超群。两人身材高挑、舞姿优美，整套动作无一失误，现场观众长时间起立鼓掌，经久不息。

这期间有一个小插曲，庞清和佟健在短节目当中被裁判打分很紧，尤其还被苛刻地扣掉了超时的1分，位列三对种子选手之后，排在第四位。但两个人毫不气馁，在自由滑当中完美展现了自己。在前面的选手接连出现失误的情况下，庞清、佟健的比赛过程完美无瑕，也由此成就了一个全新的自己。

“肯定拿了，如果裁判打分公平的话。庞清、佟健这套自由滑滑得太完美了！”任洪国激动地说。141.81分，尽管在短节目中得分排列第四，但庞清、佟健仍凭借完美的表现拿到了国际滑联史上最高的自由滑得分纪录，总分超过德国组合3分多，率先为中国队锁定了金牌！

“裁判疯了吧，打这么高！我以前自由滑最高分也就是135分多吧。”佟健笑着说道，满心喜悦，兴奋不已。冬奥会的气氛烘托，再加上两个人的完美发挥，裁判们想不打出高分都难。

这样的局面，也给申雪、赵宏博吃了一颗定心丸。“上场之前看了一眼大屏幕，心里有底儿了。”赵宏博说。

和庞清、佟健相比，申雪、赵宏博的表现稍有瑕疵，双人转不同步，托举动作也出现了小失误导致降级，但两人均高质量地完成了其余动作，最终实现了冬奥会的金牌梦想！

这枚金牌，是国际裁判对中国这对花样滑冰组合十八年深耕花样滑冰双人滑的最高褒奖与肯定。鲜艳的五星红旗，被申雪、赵宏博和庞清、佟健两对组合高高擎起，绕场一周。“我们都是金牌，我们都赢了！”赵宏博和佟健握手相庆。

复出之路
艰辛相伴

站上最高领奖台的这一刻，申雪和赵宏博再度流泪。此时，他们一定不会后悔2009年选择复出的决定。

在2007年日本世锦赛摘金后，他们有感于新规则的难度无法适应，加上赵宏博向申雪求婚，二人步入了婚姻殿堂，于是，便将那场世锦赛作为告别赛，暂时告别了比赛的舞台。尽管如此，两个人心里并没有真正放下花样滑冰。

于是，在温哥华冬奥会临近的前一年，2009年1月的一天，任洪国收到了一条短信：“我们想再冲击一次奥运会，为了我们的理想和梦想，为了这个目标，想要再去努力一次。赵宏博。”

任洪国心里一动！自2007年申雪、赵宏博离开队伍之后，中国的双人滑步入低谷。2008年和2009年两届世锦赛，张丹、张昊都负于德国组合萨维琴科和索尔科维，而庞清、佟健更是排在了俄罗斯组合川口优子和斯米尔诺夫之后。中国花样滑冰队的温哥华冬奥会处境非常不妙。

可是，申雪、赵宏博回来就能解决问题吗？任洪国去找了姚滨，姚滨并不惊讶："我和老大他俩经常会沟通，我很清楚他们的想法，这两年他们一直在坚持表演，状态保持得非常好。我当时就说，你们要是想好了，就回来吧！但是，你们回来了就不能打退堂鼓。"

经与国家体育总局冬季运动管理中心主任赵英刚协商，任洪国、姚滨等领导和教练员达成一致意见，先让他们二人回归训练场，赵宏博的身份除了运动员之外，还兼任助理教练。试训一段时间后，如果表现尚可，再向国家体育总局领导汇报此事。

"离开两年了，变化非常大！赵宏博年龄大，恢复起来很容易出伤病，能不能坚持？规则也变了，能不能适应？还有就是复出后的第一次亮相非常重要，如果裁判不认可你，分数打得很低，你还坚不坚持？如果舆论都说你不行了，你还坚不坚持？"赵英刚考虑得很全面，他同样是一位技术型领导，对于运动员十分爱护，尽最大可能保障每一名运动员，为他们创造最好的条件和氛围。

在2009年5月的一次例会上，中国花样滑冰队宣布了申雪、赵宏博的回归，同时还宣布了男单选手李成江退役。那段时间，虽然许多人都知道申雪、赵宏博回来训练了，但因其前途未卜，大家都默契地绝口不提复出的话。如果不是5月底国际滑联公布了2009—2010赛季大奖赛的参赛名单，申雪、赵宏博复出的消息仍会处于保密状态。

两人的复出也让世界花样滑冰的格局大乱。"很多人在听到申、赵复出后都慌了阵脚，德国队和俄罗斯队几站表现都不太稳定。"任洪国说。

"真的很痛苦。我就想，要是哪天跟腱真的再折了，我也就彻底歇了。"2009年10月的一天，距离赵宏博在首都体育馆的中国杯大奖赛复出秀还有一周的时间，他无奈地说了这么一句话。这天是他的阴历生日，一位粉丝媒体人送来了一束花，鼓励赵宏博坚持下去。

在大家眼中，申雪、赵宏博的复出似乎没有任何障碍：中国、美国两站大奖赛冠军，日本总决赛冠军。但其实，二人自5月复出后经受了许多磨难，伤病与年龄带来的困扰险些使他们丧失信心。

都灵冬奥会前跟腱断裂的伤病，让跳跃成为赵宏博最大的软肋。“自2007年世锦赛夺冠退出赛场后，我一直没有跳过。”赵宏博说。在两年的表演中，他可以用更多的舞蹈动作来弥补跳跃的不足，但是要想冲击冬奥会金牌，跳跃就是不可回避的一道关卡。

“太难了，刚开始恢复的时候成功率非常低。小雪跳得很好，有时候一堂课下来，她所有的单跳都成功，我也就能成功一两个。”赵宏博摇摇头。两名老将必须靠苦练、加练来弥补身体机能的不足，每周都要多上半天的训练课。一个月下来，赵宏博感到自己的左腿膝盖不行了。“这个东西是会转移的，因为他的脚踝使不上力，所以膝盖的负担自然就会加大，他已经36岁了，哪受得了一天到晚那么跳啊？我说，赵宏博你别跳了，可是也看不住。他们三对一起上冰，我刚去看了一眼老二、老三，赵宏博那边蹦蹬就跳了一个，我一转身，他又跳一个，就跟个小孩儿似的。”带了赵宏博二十几年，姚滨对他比对自己的孩子还要上心。看着两人如此玩命地训练，姚滨只能站在场边看着，急在嘴上，疼在心里。

而赵宏博心里更着急：“有时候恢复一个动作，我看老二、老三练两三次就成了，我和小雪就得练十次、十五次，还不一定能成，挺着急的。而且每天我还要拿出两个多小时的时间做治疗，一天到晚不是这儿疼，就是那儿疼。教练让我调整，因为当时滑行都很困难了，吃任何药，做任何治疗都不起作用，当时心里特别烦躁。”2009年8月，赵宏博膝盖伤势严重，几近崩溃，后经10余名专家会诊后才逐渐恢复，也慢慢树立起了信心。

虽然两人的复出过程很艰难，但国际裁判们都在积极地支持他们。“有一个裁判听到我们复出的消息时正开着车，不由自主地加大了油门，他说，我要为他们加油，go!”赵宏博笑着说。著名编导大师劳瑞更是帮他们量身编排了两套完美的节目《永远活下去!》《Adajio》，且在观看他们表演时数次感动落泪。

辉煌来自团队

“没有申雪、赵宏博，就没有今天的庞清、佟健，张丹、张昊，而没有庞清、佟健的出色表现，也就没有申雪、赵宏博后面如此出色的表演！这枚金牌属于整个队伍，而不是某个人。”一金一银，手心手背，都令任洪国爱不释手。

“我们要感谢申雪、赵宏博。赵宏博已经37岁了，退役后为了国家利益又重新复出，克服了很多伤病，取得了今天这么好的成绩。”比赛结束后，国家体育总局领导对于花样滑冰运动员的表现给予了高度赞扬。而对于率先出场为中国锁定金牌的庞清、佟健，领导同样给予了肯定：“庞清、佟健能够顶住压力，提前锁定中国队的金牌，给最后一个出场的申雪、赵宏博在心理上奠定了基础，他们今天的表现非常完美，全国人民一定都非常满意！”

“如果能回到三十年前，重新选择我的人生，我一定不会走这条路，不会当教练。”姚滨大口地抽着烟，发出如此感慨。为了三对弟子，他付出的心力无法用语言形容，无法用数字统计。这或许就是竞技体育的魅力所在——每每为之付出了艰辛的努力之后，却不一定有好的收获；而终于有一天拿到了梦寐以求的金牌，却又一下子让人变得恍如隔世、感慨万分。

“三对中国选手能够在花样滑冰这样一个欧洲传统的项目、高艺术性的项目、含金量如此高的项目上取得这样辉煌的成绩，和教练员的水平、努力是分不开的。姚滨以前是我国优秀的运动员，在我们水平还很低的情况下，作为运动员并没有特别多的成绩。而作为教练员，他潜心学习，克服了很多个人困难，能够把三对运动员带到世界顶级水平上，我们要感谢姚滨，对他的贡献表示尊重。”任洪国对于姚滨给予了非常高的评价。

“老二”无悔追梦

温哥华冬奥会后，申雪和赵宏博功成身退，“老二”庞清和佟健扛起了大梁。彼时，庞清与佟健都已经超过30岁，十几年的训练给他们留下了一身伤，但是他们克服了各种困难，凭借坚韧不拔的毅力又坚持了一届冬奥会。

尽管一直跟在“老大”的身后，但庞清和佟健其实与“老大”年龄相差不大，尤其和申雪，基本上都是同龄人。庞清和佟健的“拉手”也早在1993年就开始了，但他们和申雪、赵宏博不同，两人的合作是不被看好的——练单人滑前途渺茫的庞清与同样看不到什么前途的练冰舞的佟健，开始配对练双人滑。教练姚滨刚开始也不看好他俩，说当时他们的组合，都只是为了延长各自的运动员生命。

佟健还讲过一件趣事：“看过《天下无贼》吗？里面有一个客串的女孩就是我以前冰舞的舞伴，据说一开始是一场戏，剪来剪去最后就只剩下一个镜头了……”

佟健还记得，刚与庞清“拉手”时，那个小姑娘给他留下了非常好的印象：“她不像别的女孩那么外向、能闹，她比较内向，细高个，身材特别好。”佟健说，当时他搭档双人滑的组合时有两个选择，他想都没想就选了庞清。

庞清和佟健开始练双人滑之后，姚滨大部分时间都在北京，或者辗转于国际、国内赛场上，带着申雪和赵宏博四处打拼。而当时的庞清和佟健还没有机会到北京去训练，两个人只能留在哈尔滨，经历了十分艰难的几年。

那时，庞清和佟健的训练像是吃“百家饭”，他们在哈尔滨没有固定的教练指导，有时跟着男单练，有时跟着女单练，有时跟着冰舞练。训练的时候动作做得不好也不知道是谁的问题，找不到解决方法，吵架就成了家常便饭。有一次，两人甚至一个星期都没有说话，训练的时候就自己练自己的，互不理睬。“那个时候觉得时间过得特慢。”佟健说，“每天上冰都不知道干什么。”一旁的庞清也笑着说：“现在想想当时真的是很浪费时间。”

无所事事地闹别扭，稀里糊涂地来到了1997年，庞清和佟健逐渐长大了，但成绩却丝毫没有长进，姚滨想办法让他们到北京进行训练，于是两人自费买了车票赶到了北京。然而刚到北京没多久，庞清和佟健就在一次比赛中表现失利，这大大地打击了他俩的信心，甚至开始认真思考着是否还要继续合作下去。深夜的北京街头，庞清和佟健开始讨论起未来，讨论着努力付出这么多年的事业究竟值不值得继续下去……说着说着，两个人开始抱头痛哭。痛哭之后得出的结果是，他们觉得不服气，还想再试一下，于是说好再努力最后一年。

“我们不是不行，是一直没有一个很好的机会，我们希望把自己对花样滑冰的理解展示出来。”庞清和佟健把这次失利当作事业中最大的一次打击。“1997 年之后，再难的事也难不倒我们了。有时候遇到什么困难，我们也会想想当年有多难，就不觉得难了。”佟健说。

很长一段时间里，庞清和佟健都是用申雪和赵宏博用过的节目编排，由于成绩不好，教练也没有精力专门为他们编排节目。他们曾经一套自由滑节目滑了四年半，一套短节目滑了四年。这在现在的花样滑冰比赛中是很难想象的，更加让人难以想象的是，在第四年滑这套节目的时候，裁判居然对他们说：“我觉得你们今年这套节目比去年那套好。”被忽视的两个人面面相觑。

1999 年，庞清和佟健跟随姚滨到美国去编排节目，回来之后，他们这才算是拥有了一套真正属于自己的节目。两个人长了见识，也增强了信心。佟健说，从那以后，他们特别盼望比赛，盼望着让裁判们看看他们自己的节目。

那一年，庞清和佟健第一次参加成年组大奖赛。“第一次参加成年组大奖赛，我们把以前青少年比赛时输过的人全都赢了。”佟健激动地说，“真是信心大增啊！”2004 年世锦赛的铜牌证明了，两人在那个抱头痛哭的夜晚所做出的决定是对的。尽管外人对于“老大”“老二”“老三”会有这样那样的审视，但其实三对组合只有良性竞争，“老二”庞清、佟健很乐于做申雪和赵宏博的绿叶，也正因为“老大”在国际赛场上的强力发挥，“老二”再出去比赛时，便已经站在了巨人的肩膀上。

“我们在一个组，大家的竞争机制特别好，都在努力做到最好，但是彼此之间没有恶意的竞争。”佟健说，“我们主要还是向申雪和赵宏博学习。媒体采访他们，宣传他们，我们非常高兴，花样滑冰这种运动必须有一个代表。他们不一定特别完美，但一定要有这么一个旗帜……我们也会非常配合他们去做一些宣传，因为当人们一提到申雪、赵宏博就想起了花样滑冰，而这项运动受益了，我们也就受益了。我们现在在这么好的条件下训练，有这么好的教练和编导，如果没有一个旗帜在前面，我们也不会有今天。”

2006年的都灵冬奥会，赵宏博在遭遇跟腱断裂三个月后重返赛场，再度收获一枚铜牌。“老三”张丹、张昊亮出四周抛跳高难动作，并以一曲《龙的传人》响彻世界，摘得银牌。庞清、佟健发挥出色，位列第四。在紧接着的2006年世界花样滑冰锦标赛上，庞清和佟健首次斩获世锦赛金牌，达到了世界冠军的高度！

携手走向索契冬奥会

从默默无闻到并肩攀登巅峰，很多人都在猜测庞清和佟健是不是情侣关系，但他们从来没有承认过，也没有向对方表白过。训练、比赛之外，佟健总是酷酷地不理睬庞清。有一个男孩追求庞清，看见每天在楼道里与外面通话的庞清，佟健有点不舒服，他开始对庞清热络起来，每次吃饭前都专门喊上舞伴一起去，没有训练的时候有什么事也都带着庞清。庞清以为佟健对她有了想法，就拒绝了其他男孩子的好意，结果佟健一看“警报”解除了，又开始对庞清不理不睬。

“好在我们两个都没有（男女）朋友，”佟健说，“这样就可以把所有的时间都用在训练上。”赶上可以休息放松一下的时候，佟健就会和男队友去休闲娱乐，庞清也会找女队友一起上街购物。“有时候实在找不到人了就拉他陪我去逛街，但是跟他逛街很痛苦，他买完了自己的东西就喊累，老是催着我走。”庞清“控诉”道。

庞清的生日是12月24日，谈到生日礼物，佟健又开始表现出搞笑本色：“我们经常互相送礼物，送个苹果、香蕉啊，一叠手纸啊都是礼物。”庞清在一旁一本正经地说：“他送了我一对耳钉。”佟健也开始变得严肃起来：“我为什么送这个礼物呢，因为像她这样不爱美的女孩太少了，一般的女孩都会戴个什么项链啊、手镯啊，她从来都不讲究。”庞清补充道：“那副耳钉在比赛的时候看上去闪闪发光。”说到庞清送给佟健的礼物，佟健说：“她经常给我买袜子，因为她嫌我脚臭，其实我的脚不臭，是冰鞋太臭。”

一直到温哥华冬奥会斩获银牌的时候，佟健被大家鼓动，让其在央视接受采访的时候当场求爱，但佟健愣是不好意思开口。“庞清今天可好看了，你小心被外面的小伙子盯上啊，到时候你可后悔都来不及了……”听到朋友们这么调侃，佟健嘿嘿地笑了。而庞清也是不急不躁，似乎早已心中有数。

其实，在温哥华冬奥会自由滑结束的时候，佟健原本想亲吻庞清，在大赛当中正式表白，但当时庞清距离他有点远，他只好跪地亲吻冰面，但感情的种子已经埋在心里。

“你可真磨叽!”当熟悉的朋友们这样数落佟健时，佟健终于说：“放心吧，2011年肯定求婚!”

浪漫的一幕发生在2011年6月的冰舞盛典，压轴上场的庞清、佟健在郎朗的钢琴伴奏下，以一套近乎完美的表演征服了现场观众，而就在这时，主持人和郎朗走向场地中央，问佟健有什么话想对庞清说。佟健缓了口气，深情地对庞清说：“我们俩在一起（滑冰）十八年，在冰场上，我们从相识到相知再到相恋。庞清，你还记得冬奥会的曲目吗？追梦无悔！冬奥会奖牌是我当时的梦想，今天我的梦想是想和你永远在一起。庞清，嫁给我吧!”

此时的庞清早已眼含热泪，她以同样的深情回应：“我愿意。”此话一出，现场掌声雷动，郎朗则不失时机地奏响《婚礼进行曲》，冰舞盛典俨然变成了婚礼殿堂，而参加此次表演的运动员、演员和观众纷纷为庞清、佟健送上祝福。

浪漫记忆是美好的，但此时他们还在为索契冬奥会努力奋斗着。受膝盖伤势影响，佟健直到索契冬奥会之前都无法完成跳跃，但他们仍然坚守在这梦想的舞台上。

2012年世锦赛之后，两人也曾面临着继续还是离开的抉择。最终让佟健下定决心继续坚持的，还是舞伴兼女友的庞清说的一句话：“咱再滑一年!”

其实，2011年的那场求婚，对于佟健而言，是真正意义上的求婚，他一度有了离开赛场的打算，与庞清尽快结婚生子，完成人生大事。“如果喜欢，我们再回来继续当运动员，到那时候就不担心了，不用担心自己的身体，不用担心父母有遗憾……”不过，佟健当时还说了另外一句话：“如果你愿意，我会一直陪你滑冰。”

2013年世锦赛，庞清和佟健未能摘得奖牌，因为在那场比赛之前，佟健的膝盖伤势严重，每次上冰都不敢发力，甚至无法成功完成单跳。“希望自己还能找回那颗强壮而自信的心，伤病正在摧毁我的意志，我要找回不畏惧任何困难的自己。”这句话道出了佟健的无奈和执着。此时，距离庞清坚持再滑一年的时间已经到了，但距离索契冬奥会也不过一年之遥。

没有过多休息，庞清和佟健便早早准备，为索契冬奥会进行编排。两套音乐，短节目选自电影《嘉丽珐夫人》的配乐，自由滑的音乐则是《我曾有梦》，整个编排讲述了男主角冉·阿让与女主人公在悲惨的命运下克服重重困难的故事。“第一段表现两人的挣扎与痛苦，极力想挣脱命运的枷锁；第二段则是讲他们通过重重困难终于走到了一起。”佟健说。

从编排到创意，两套节目都有新意，但难度也不小，托举、捻转以及抛跳的连接方式都做了改动，而音乐的意境也是他们心境的表达——佟健的伤病，便是两人最大的困难。

“前十字韧带有断裂，大概断了三分之一。疼痛感主要来自软骨和半月板。”佟健说。他没有过多时间顾虑伤病，状态的回升是缓慢而痛苦的，尤其是带伤训练，常常有种心有余而力不足的无助感。佟健每天上冰，第一项滑的是括弧，也就是最简单的弧线，这是小孩子学滑冰的基本动作。“这样对膝盖有帮助，如果不活动好膝盖，直接做动作，会蹲不住，咣一下子就跪在那儿了。”

庞清此时表现出她一贯的坚韧，在佟健伤势过重或者身体生病无法训练时，她会独自上冰。她说：“他伤病挺严重的，不过我们俩也得从他的恢复中看到积极的一面，我们不要总去想着伤病，不能被伤病影响了。”其实，庞清的身体也并非无恙，训练一多，膝盖也不舒服，但她都顽强地坚持了下来，这种奋勇拼搏的精神令人动容……

虽磕磕绊绊，但一直都在前行，究竟是什么原因让他们俩一直坚持追梦，直到如今？“如果你热爱，并认真、努力地去做的话，你会愿意为花样滑冰付出很多很多……”佟健认真地说道。

…… ……

索契冰山体育馆，在很多人眼里只是冬奥会的比赛场地，但对庞清和佟健而言，这里有他们梦想的舞台，是他们最后一次在冬奥会舞台上展示自己的地方。

当地时间2014年2月12日晚，当《我曾有梦》的音乐在这里奏响，庞清、佟健最后一次在奥运赛场上，演绎他们的冰上梦想。

四年前的温哥华，曾是中国双人滑的圆梦之地。庞清、佟健虽未拿到金牌，但以一曲《追梦无悔》惊艳世界，完美技术加深情演绎，两人不但令全场观众激动到起立鼓掌，还为自己赢得了当时国际滑联最高自由滑得分纪录。而一曲完毕，佟健激动亲吻冰面、深情拥抱庞清的画面，更是让无数冰迷印象深刻。四年后的索契，两人再度站上了奥运会的舞台，都是34岁的年龄，加起来已接近70岁，是所有组合中年龄最大的一对。

也许一切都是巧合，从四年前的《追梦无悔》到如今的《我曾有梦》，庞清、佟健的自由滑曲目总是离不开“梦想”的主题。《我曾有梦》是《悲惨世界》里的一段经典音乐剧选段《I dreamed a dream》。这段音乐很多人都曾演绎过，苏格兰明星苏珊大妈也曾经翻唱过，通常的中文译名为《我曾有梦》，但庞清和佟健似乎并不完全认同，佟健曾将其译为："我在梦里做过一个梦……"

从温哥华的"追梦"，到索契的"梦中之梦"，庞清和佟健走过了艰难的四年，但也为我们带来了无尽的感动与荣耀。而当他们又坚强地站到了索契冬奥会的赛场上时，四目相对，款款深情，与冰雪的世界融为一体，是那样的纯洁而美好。接着，自由滑音乐响起，《我曾有梦》的旋律是如此熟悉，伴随着庞清与佟健的演绎，现场观众用热烈的掌声向这对老将致意。其实这个时候，胜负已不再重要，重要的是，他们已经在演绎自己梦想的同时，点燃了更多人的梦想。

"老三"奔腾而来

在"老大""老二"为中国花样滑冰奋力拼搏之际，后来者奔腾而来，三对优秀的运动员共同撑起了中国花样滑冰的一片天。

1998年，在申雪和赵宏博蜚声国际赛场之际，13岁的张丹和14岁的张昊成为双人滑搭档。对于这三对弟子，姚滨最偏爱的就是张丹，甚至在夸别人时，常常与张丹比："这个女伴漂亮，和张丹差不多。"姚滨不止一次在大家面前表示，六个队员当中，只有张丹是他亲自挑选看中的。

刚刚组合“拉手”的张丹身材娇小，张昊高大魁梧，两人站在一起，被人戏称为“一个半人”的组合，但两个人训练刻苦，再加上有两对老队员的成功经验，他们无论是技术还是表演，都没有走太多弯路，成绩突飞猛进，发展非常顺利。1998年，张丹、张昊在世界青少年大奖赛北京站收获了首个冠军；次年12月，二人又在加拿大站获得亚军。

一年后，两人在世界青少年大奖赛日本站、哈尔滨站、挪威站，以及总决赛英国站都获得了第一名。另外，还在世界青少年总决赛（波兰站）、世界青少年锦标赛上分别排第五名和第四名。

2001年，“双张”于世界青少年锦标赛上首次夺得冠军，这也是该年度唯一一个重要锦标赛。翌年，尚未成年的二人出现在了盐湖城冬季奥运会上，排名第十一位；随后在世界锦标赛中取得第九位，并在四大洲锦标赛中成为季军。

2003年至2004年，张丹和张昊再次将世界青少年锦标赛冠军、全国锦标赛冠军、四大洲锦标赛亚军、四大洲锦标赛季军与世锦赛第五名和世锦赛第六名一系列重要成绩收入囊中。2005年，“双张”取得4个重要锦标赛的好成绩，分别为世界锦标赛季军、世界花样滑冰大奖赛两个分站冠军与世界花样滑冰大奖赛总决赛亚军，以及在第十届全国运动会上夺得金牌。继申雪、赵宏博之后，这二人被誉为未来中国双人滑最强劲的组合。当时他们还练就了四周抛跳的高难动作，且在全国赛场上成功完成。在这段时期内，二人在冰雪的舞台上大放光彩。

因此，当张丹、张昊这对小将组合站到了都灵冬奥会的决赛赛场上时，所有人都清楚，双人滑金牌的争夺，将在中国队与俄罗斯队之间展开。在张丹和张昊出场之前，俄罗斯名将托特米安妮娜和马列宁跃居首位，申雪、赵宏博和庞清、佟健分列第二和第三位。此时，张丹、张昊决定拿出“四周抛跳”来挑战对手，力争双人滑金牌。

《龙的传人》雄壮豪迈的音乐在都灵帕拉维拉体育馆上空响起，张丹和张昊携手滑向冰场中心，观众屏息等待，期待高难度的极限动作出现，成败就在此一举！

终于，这一刻到来了，张昊将张丹用力地高高抛起，张丹顺利地完成四周旋转，但在落冰的一瞬间，意外发生了！张丹的双膝重重地砸在坚硬的冰面上，现场与电视机前的观众都发出惊呼声，慢镜头一遍遍回放这个看起来就很疼的摔倒动作，大家为这个刚满20岁的小姑娘无比揪心……

音乐戛然而止，张丹的泪水倾泻而出，那一刻她知道，金牌没有了！她擦了擦眼泪，滑到了场边。“膝盖疼不疼?”“还能不能做动作?”分不清楚是领导、教练还是队医的关切声音嘈杂地响在她耳边。张昊陪她滑到场边，不时地询问她情况如何。

还要上!

张丹擦干泪水，忍着巨大疼痛，又一次勇敢地站到了冰上。

现场6000多名观众起立观看，在这之后，他们一直在为这个柔弱的姑娘鼓掌呐喊!

这就是“龙的传人”精神，它能书写奇迹！此时的张丹和张昊不再为任何成绩与荣誉而牵挂，他们只想将自己这四年的备战成果展示出来，将中华儿女坚韧不拔的精神展示出来!

随后节目中的每一次跳跃，每一个旋转，张丹都按部就班地完成了，不折不扣地完成了。张昊此时内心惴惴不安，担忧着舞伴的伤病，他内心五味杂陈，依靠惯性记忆完成了后面的全套动作。

这一刻，张丹感动了世界。直播这场比赛的意大利国家电视台和加拿大国家电视台的解说员都热泪盈眶，哽咽难言。

一位意大利警察在比完赛的第二天专程找到张丹，送给了她一个娃娃，这是他的小女儿在看完张丹比赛后的心愿。

…… ……

2006年都灵冬奥会，中国花样滑冰双人滑项目史无前例地囊括了第二、三、四名，震动世界花样滑冰界，而中国花样滑冰运动员展现出来的顽强拼搏精神，更令世界惊叹。

2006年度体坛风云颁奖典礼上，姚滨与刘翔的教练孙海平、中国体操女队的主教练陆善真，共同获得最佳教练员奖。这一刻的荣耀属于姚滨，实至名归!

隋文静、韩聪接续辉煌

在“老大”“老二”淡出赛场，“老三”无法重回巅峰之际，隋文静、韩聪的出现，再一次证明了中国花样滑冰强劲的后续力量。

隋文静，出生于1995年；韩聪，出生于1992年。这对组合师从姚滨当年的双人滑搭档栾波，作为中国双人滑的后起之秀，两人在温哥华冬奥会后迅速成长起来，在全国运动会上成绩仅次于张丹、张昊和庞清、佟健，位列第四名；在2009年全国锦标赛上收获冠军（姚滨率领的三对选手未参赛）。随后在国际滑联青少年大奖赛2009—2010赛季，两人代表中国队参加，并在白俄罗斯和德国两站比赛中表现优异，两度以20分的差距远远甩开对手获得冠军。2010年世界花样滑冰大奖赛中国站，隋文静、韩聪第一次参加成年组的比赛，在自由滑中成功完成抛沙霍夫四周跳，以短节目59.58分、自由滑111.89分，总分171.47的总成绩获得第三名。

姚滨对隋文静和韩聪的称呼是“小双”，他很肯定这对小将的发挥：“小双确实不错，拿了金牌，前三也是首次，可喜可贺！”不过他同时表示，仅有这两对选手还不足以形成人才的厚度，“要是再有两对才好呢，咱们的人才没有俄罗斯等世界强队厚啊”。

在2012年花样滑冰四大洲锦标赛上，隋文静、韩聪展示出强大的实力，以66.75分领跑。自由滑项目中，一曲《弗拉门戈灵魂》掀开两人冰上舞步的序幕，开场即完成抛后内结环四周跳，尽管隋文静落地时稍有晃动，但两人之间默契的配合以及优美的姿态，还是令现场观众爆发出热烈的掌声。随后两人又献上高难度跳跃动作，无论动作的质量还是表现力均令人叹服，与音乐的融合也十分完美，为现场观众献上了一场精妙绝伦的视觉盛宴。随后两人在旋转、冰上舞蹈等各个环节均发挥得毫无瑕疵。节目编排精心巧妙，节奏不快却难度极大，亮点十足，整套节目一气呵成。当他们完成最后一个动作时，观众长时间地鼓掌叫好，有人甚至起立致敬。

凭借这套出色的节目，隋文静、韩聪的技术分达到惊人的75.54分！要知道，这是自

2004年后双人滑项目技术分的最高分！此外，他们的内容分也达到59.54分，自由滑总分为135.08分，加上一天之前的短节目，隋文静、韩聪总共得到201.83分，一举刷新两人短节目、自由滑、总分的纪录。值得一提的是，他们自此成为世界第八对、中国第三对（前两对为申雪、赵宏博和庞清、佟健）总分超过200分的花样滑冰组合，新一代中国双人滑领军人物，已然横空出世！

但之后两人的冬奥会之旅并不顺畅。索契冬奥会上，隋文静因为伤病无法出战，随后两人练就抛跳四周与捻转四周的“双四”高难度动作，但因为伤势，表现依然不够稳定。隋文静的身体状态也令人揪心，2016年，她做了手术。

下面是一则摘自2016年5月10日《中国体育报》的报道：

> 上周三，也就是5月5日，中国双人滑名将隋文静在北医三院进行了脚部手术，9日，隋文静转院开始康复恢复阶段。通过未来4个月的努力，她会努力重上冰场，在新赛季为冰迷奉上两套值得期待的作品。

4月底，从加拿大结束节目编排的隋文静与韩聪回到北京，经过两三次会诊之后，终于确定了手术方案。不过过程却也是一波三折。“本来以为回国第一天休整一天，第二天就能手术，没想到专家非常慎重，意见也不一致，直到‘五一’之后才确定了最终的方案，是任老师（时任冬运中心党委书记任洪国）拍板的。”隋文静说。

难怪专家纠结，隋文静的手术必须保障她后面的训练机能，又要尽快康复，不影响比赛。

最终的手术方案是这样的，两只脚全部手术，“左脚肌腱复位，打个钉子之后做缝合处理；右脚主要是韧带修复，同样需要打上钉子把韧带接上。此外，还需要在脚内侧前面和外侧后面，各去掉一块死骨”。光是听到隋文静口里的手术方案，就令人感到担忧。虽然右脚是微创手术，但还是在术后出了不少血，肿得很厉害。

至于做手术的过程，相信隋文静与冰迷们都不忍回顾，疼痛、恐惧、焦虑，是不可避免的……“手术的时候，麻药劲很大，没什么感觉，可到了晚上，我就疼得睡不着，怎么都忍不了。哭！喊！没想到第二天更疼，我哭了一整天，挺崩溃的。”吃药？不顶事！晚上打了镇痛剂隋文静才能睡着，但是药劲一过，又是周而复始的疼痛与打针，术后还伴有高烧，血常规波动，直到5月9日，隋文静才出院，开始转院继续康复。

在整个手术过程中，隋文静感受到了大家的关心与爱护，“我做手术那天，比正常的手术时间拉长了很多，光麻药就打了三次。从手术室出来的时候已经很晚了，但是外面仍有很多人在等着我。唐领队、教练、韩聪哥、我妈妈，还有队里的很多人……”而术后住院期间，冬运中心党委书记任洪国、副主任刘成亮、领队唐叶红、主教练赵宏博和队里的好多人也都赶来看望小姑娘，医院的副院长、主治大夫、专家、麻醉师以及护士们都给隋文静留下了温暖的记忆。

出院后，隋文静面临的就是康复了。“大概4个月左右，我应该能站到冰场上，但也就只能站到冰场上稍微滑一滑。”她说。

由于早早安排了手术，隋文静与韩聪也在世锦赛后率先完成了节目编排。谈到新节目，隋文静先卖了个关子：“短节目先不透露，就是和往年不一样，留给大家一个惊喜吧！”而自由滑却让她忍不住讲述起来：“自由滑是一首带声乐的曲子，是劳瑞偏爱的曲子，一般不拿出来给运动员编排，这次她知道我回来要手术，特别为我编排了这套节目。”据隋文静介绍，这乐曲比较缓慢，讲述的故事像是为她和韩聪量身定制的，“是我们今年的故事，更像形容我俩的经历：一对事业上的好伙伴，互为最好的朋友，为了一个共同的目标在一起，互相帮助，互相扶持，很感人！这套节目比去年的节目内容又提高了很多，节目效果更像是一个表演。经过今年的受伤、恢复，我相信在我完全恢复之后，我们可以把这套节目诠释得更好”。隋文静说，而在加拿大编排期间，她的脚伤发作，节目都是由别人代替完成的。

“我们教练，宏博老师也很喜欢，他们和劳瑞一样，希望我们今年能把节目滑成精美的艺术品。”看到乐观的隋文静，人们都很期待小姑娘可以早日回到冰场上，与韩聪再度为我们带来美轮美奂的表演，尤其是演绎这个属于两人的节目。“我还年轻，恢复得会很快！我也会加倍努力，尽快往前赶进度。队里为我找了最好的康复师，也有很多的人帮助我，我自己也会全力努力的！”隋文静充满信心地说。

…… ……

此后的历程自不必说，磨难与坚韧伴随着隋文静与韩聪一路成长，两个人逐渐完成了艰难的蜕变，蝶化出最美好的自己。

隋文静、韩聪最光彩的一届冬奥会是在平昌，2018年时，两人已经位列世锦赛冠军水准，有能力向冬奥会金牌发起冲击。在短节目的比赛中，隋文静、韩聪成功拿到了第一的位置。作为新科世锦赛双人滑冠军，可以说，这二人已经是本次奥运会金牌的有力争夺者！决赛夜恰逢中国的除夕夜，举国期盼，但隋文静、韩聪出现了一个小失误，导致最终输掉了比赛，以0.43分的差距无缘金牌，令人惋惜……

夺得本届冬奥会花样滑冰冠军的是德国组合。这里值得一提的是，德国队的萨维琴科确实是一位值得尊重的对手，早在温哥华冬奥会申雪、赵宏博夺冠之际，萨维琴科与队友就已斩获了铜牌。之后，随着男伴的退役，萨维琴科更换了搭档，又战了两届冬奥会，并且动作难度更大，终于在2018年的平昌冬奥会上斩获金牌！

正是有了如此强劲的对手，才有了中国双人滑砥砺前行的决心与动力。

回到隋文静与韩聪的平昌冬奥会之旅。二人原本的夺冠机会被德国队的优异表现打乱了。他们的自由滑选择了《图兰朵》，这是申雪和赵宏博世锦赛夺冠的成名曲，已接手隋文静、韩聪训练的赵宏博内心，也一定期待弟子们能用这首音乐在冬奥会上有所收获。

只输0.43分！虽然获得银牌已经非常优秀了，但显然，隋文静和韩聪还是有一丝遗憾的。但是比赛就是这样，只有做到完美，才能收获最高的荣誉，这就是竞技比赛的魅力！

中国花样滑冰队总教练姚滨

1979年第四届全国运动会在北京工人体育场举行。图为双人滑冰黑龙江选手姚滨、李淑杰在比赛中。

陈露，1995年世界花样滑冰锦标赛女子单人滑冠军，1994年利勒哈默尔冬奥会、1998年长野冬奥会女子单人滑季军。

2003年中国杯世界花样滑冰大奖赛在北京首都体育馆举行。图为获得双人滑冠军的中国选手申雪、赵宏博。

2010年2月14日，温哥华冬奥会花样滑冰双人滑短节目的比赛在太平洋体育馆进行。图为庞清、佟健在比赛中。

花样滑冰——在冰上翩翩起舞

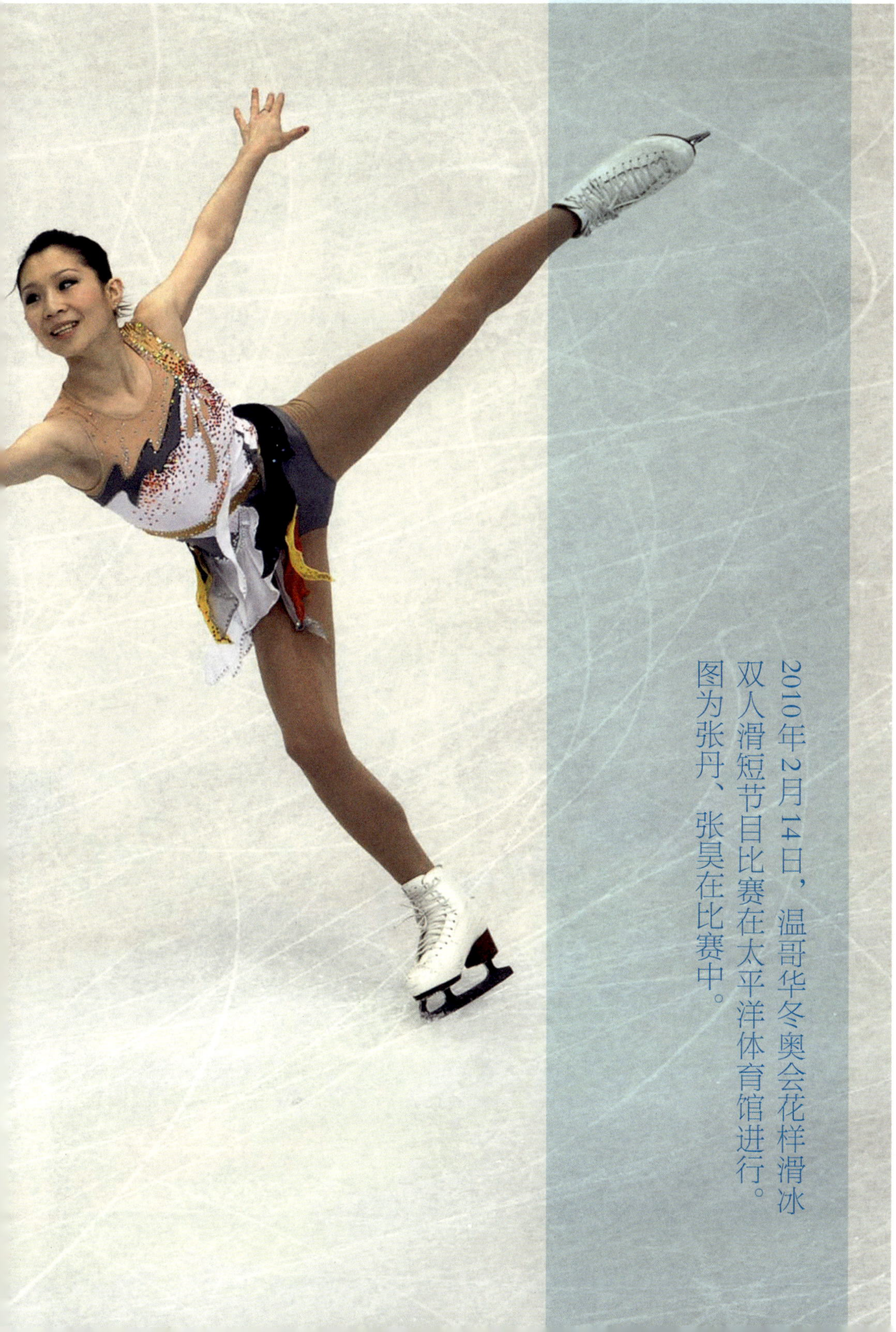

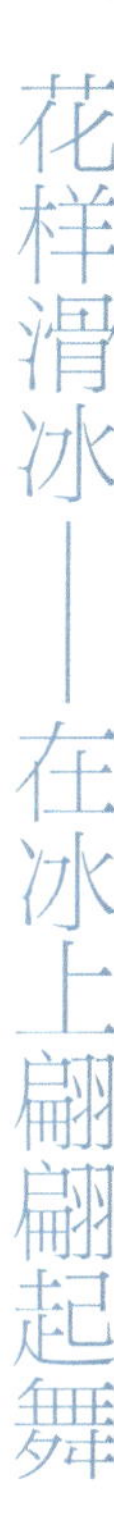

2010年2月14日，温哥华冬奥会花样滑冰双人滑短节目比赛在太平洋体育馆进行。图为张丹、张昊在比赛中。

201

新任中国花样滑冰协会主席申雪致辞

2018年全国花样滑冰锦标赛在黑龙江省滑冰馆举行，隋文静、韩聪获得双人滑短节目第一名。

SPEED SKATING

A BOLT OF LIGHTNING FLASHED ACROSS THE WORLD

速度滑冰

叁

滑向世界的闪电

在新中国体育的荣耀相册中，许海峰毫无疑问会被放在首页。1984年洛杉矶奥运会上，许海峰为中国体育代表团收获了首金，这也是中国体育代表团在奥林匹克历史上的首枚金牌，为中国奥运金牌实现了零的突破！

但或许大家不知道，早在许海峰神勇夺冠的四年前，中国冰雪健儿就开始出现在冬季奥运会的赛场上了。不过，中国冰雪在冬奥会上金牌零的突破，是直到2002年才宣告实现的。

在冬奥会金牌零突破之前，中国冬季项目最早创造世界纪录的项目，便是速度滑冰，也就是人们俗称的大道速滑，在这一项目上，中国先后涌现出王金玉、罗致焕、刘凤荣、王秀丽、叶乔波、薛瑞红、王曼丽、于凤桐、王北星、张虹等名将，其中的“体坛尖兵”叶乔波是冬奥会首枚奖牌的获得者，张虹为首枚金牌获得者。

下面，让我们回溯过往，走进速度滑冰的那些年，那些事……

速滑
率先
走向世界

1980年，美国普莱西德湖冬奥会，这是中国体育代表团第一次在冬季奥运会上亮相。当地时间2月13日，当中国的老百姓正在置办年货准备欢度春节之际，时年30岁的赵伟昌迎来了人生中的高光时刻——作为冬奥会旗手，亲历中国冰雪健儿第一次迈入冬奥会开幕式的主会场。

赵伟昌是速滑运动员，而首次参加冬奥会的中国代表团的旗手由速滑运动员担当，可见速滑项目在我国冬季运动中的分量。在20世纪70年代的中国速度滑冰界，赵伟昌也是一名响当当的选手，他在中国速度滑冰的赛场上连续11次夺得全能冠军，26次打破全国纪录，被人们看作速滑项目的一座巅峰。

“中国代表团进场，全场响起了热烈的掌声和欢呼声，欢迎中国重回奥林匹克大家庭。当时我非常激动，作为旗手，这是一种无上的光荣。”时隔四十多年，赵伟昌回想起当时那一幕场景，依然记忆犹新。不过，初登冬奥赛场的兴奋很快就被现实的失落驱赶得一干二净。在速度滑冰男子500米、1000米、1500米等项目中，赵伟昌的成绩比在国内最好成绩还要好，但在冬奥会上却连前20名都没有排进去。

那一年，普莱西德湖速滑赛场的焦点是美国选手埃里克·海登，他强势包揽了5枚金牌，令赵伟昌由衷地感慨：“怎么会有这么天才的运动员！”同时，他发现了一个更令人“震惊”的事情，国外许多运动员下场后居然还有专业理疗师跟进，整个体育运动队背后还拥有一个强大的保障团队作支撑。而当时的中国运动员，就连参加一场世界最高级别的冬奥会，出征前还要七拼八凑地借皮箱、借服装。

“差距！我们和世界强队存在巨大的差距！”普莱西德湖冬奥会为赵伟昌，也为中国冰雪打开了视野，虽然中国的28名参赛选手在参加的5个项目中均无人跻身前8名，但每一名运动员心里都深感收获巨大。首次冬奥之旅为中国冰雪运动的发展积累了宝贵经验，亦为未来争取金牌确立了梦想基础。“每个人都感触很深，就是希望中国体育能够早日强大。”赵伟昌说。

就在赵伟昌感慨之时，他也没有想到，这个从新中国成立初期最早为中国冬季运动取得突破的项目，会在此后得到快速发展：1992 年阿尔贝维尔冬奥会上，由速滑运动员叶乔波实现了中国奖牌零的突破，2014 年索契冬奥会则由速滑运动员张虹实现了金牌零的突破。任何一个项目的快速发展，都离不开日益强大的祖国在背后的默默支撑和一代又一代人的拼搏努力。

新中国成立初期的全国冰雪热

作为冰雪运动的基础大项，速度滑冰就如同夏季项目的田径一样，群众基础广泛，开展也广泛。新中国成立之初，速度滑冰便在我国北方有条件的省市自发开展起来了。

当时，国家领导人对于体育活动非常重视，群众性的滑冰运动得到广泛开展，发展迅速，参加这项运动的人越来越多。据当时北方几个省市的不完全统计，1952 年参加滑冰运动的人有 1 万多，1954 年增加到 16 万，1956 年增加到 30 万，1957 年增加至 55 万，而 1958 年则增加到了 100 万之多。那个时候，北方一些有条件的省份，无论是学校还是工厂，城市还是农村，一到冬季，滑冰、滑雪就成为人们锻炼身体的主要活动。不少工厂、学校都选择在适当空地浇水结冰，为职工、学生修建冰场，还购置大量冰鞋供人们使用。比如哈尔滨在1954年就有24个冰场是工厂自己修建的。据1954年吉林、黑龙江、辽宁等省的不完全统计，总共修建了341个大小不同的滑冰场，到1956年又增至575个。

新中国成立前，我国几乎没有专门制造冰刀的工厂，滑冰者只能使用外国货。新中国成立后不久，我国便建起了工厂，并在很短的时间内试制成功各种类型的冰刀和滑冰器具。最早生产冰刀的厂家是建于1952年的天津春合体育器械厂；到了1954年，齐齐哈尔冰刀厂开始试制并生产各类冰刀和滑冰运动器材，不久年产量即达到10万双。齐齐哈尔冰刀厂生产的“黑龙牌”冰刀，质量非常好，甚至还出口国外。一些木器厂开始生产“海燕牌”“探险者号”滑雪板，这些都为我国冬季运动迅速发展提供了物质条件。

20世纪50年代，除每年举行全国性的冰上运动会以外，还分别举行全国职工、全国学生和全国少年等冰上运动会比赛。各地还成立了青少年业余冰上运动体育学校，培养了大批青少年运动员。1954年至1958年的冬季，北京什刹海冰场几乎每个周日都进行速滑、花样滑冰和冰球比赛。

1953年2月15日至19日在哈尔滨举办的首届全国冰上运动大会，是我国冬季运动史上的一座里程碑，它的成功举办在全国范围内掀起了一股冰上热。这场盛会的情况在前面冰球篇中已经讲述过，这里不再赘述。

1955年，全国冰上运动大会仍在哈尔滨举行。这一届冰上运动会最值得记录下来的，是当时世界最高水平的苏联速滑队来访，他们在运动会上进行了表演赛，并且在技术、竞赛等方面给予中国运动员很多帮助与指导。苏联滑冰队教练弗拉索夫指着中国速滑运动员穿的绒衣说，虽然这衣服美观又保暖，但却不适合速滑运动，因为它妨碍动作。从那以后，我国速滑运动员便开始改穿毛线紧身衣，滑冰水准也有所提升。

1956年4月，国家体委又公布了竞赛制度、运动员和裁判员等级制度，促使中国冬季运动项目开始朝着系统化的方向快速发展。从1954年到1959年，我国运动员共363次打破全国速滑纪录。

1959年是全运年，中华人民共和国第一届运动会（包括冬运会和夏运会）均在这一年举行。尽管当时我国的冬季运动远不如夏季运动成就辉煌，但从事冬季项目的优秀运动员代表也和其他优秀选手一样，应邀出席了国庆十周年的盛大宴会。代表冬季项目获得这一殊荣的，是当时速度滑冰男子全能冠军王金玉和女子全能冠军孙洪霞。

可见，在新中国发展历史的重大节点，速滑运动项目及其运动员也是亲历者与见证者。

一堂课要暖脚五六次

王金玉，中国第一位打破世界纪录的运动员，曾在1963年日本长野轻井泽世锦赛中获得全能第五名，打破了世界男子全能纪录，也是新中国成立以来第一个在国际比赛上获得冠军的速度滑冰运动员。

王金玉于1939年出生在黑龙江鹤岗，16岁时拥有了自己的第一双冰刀鞋。那时的鹤岗，有不少抗日战争之后留在当地的日本人。王金玉从小和日本小孩玩在一起，用自己的爬犁和他们的冰鞋交换，就这么学会了滑冰。

在拥有专属于自己的冰鞋后，王金玉便经常到冰场滑行，意外地被当时的专业教练看中，带他到了齐齐哈尔，并亲自指导他学习滑冰技术。很快，王金玉便脱颖而出，1958年在黑龙江省中学生运动会上获得全能第一名，随后进入哈尔滨冰雪办体训班（即中国速度滑冰国家队的前身）接受专业训练。

当时的中国一穷二白，物质生活贫瘠匮乏。国家集训队员人数不多，训练也大多在室外进行。为了延长训练时间，集训队从每年的10月份开始，就要像候鸟一样追着各地的冰期走。首先他们会到最早结冰的黑河、满洲里，接着去大兴安岭、齐齐哈尔，最后回到牡丹江、吉林。王金玉回忆，由于那时候国内没有室内冰场，全是自然冰，训练时就一个字——冷。

零下二三十摄氏度的天气，穿着单薄的衣服训练，顶着凛冽刺骨的寒风，瞬间就被冻透了……王金玉和队友们训练一会儿，就快速跑回屋子里面，脱鞋上炕暖脚。等脚暖和了，再出去进行下一阶段的训练。一堂训练课下来，得反复来回五六次。训练结束后，所有人的脖子上都是霜。

虽然训练很苦，但王金玉从来没有偷过懒。他认为运动员训练偷懒就是在坑自己，等到上场比赛的时候就不行了。不止王金玉，队伍当中的每名运动员都是一样的想法。他们带着一种朴素的信念，希望有一天能够为国争光，在祖国需要的时候不掉链子。

1956年，中国加入国际滑联大家庭，速滑运动员成为最早在国际赛场亮相的中国冰雪人。1958年，为组建中国速度滑冰队出国参赛，国内进行了选拔赛，王金玉在比赛中获得了500米、1500米、5000米和10000米的第一名，多次打破全国纪录，拿到全能第一名，毫无悬念地获得了代表国家参加国际比赛的资格。1959年2月，王金玉代表中国出现在挪威世界杯比赛的赛场上。

共有16个国家参加了挪威世界杯比赛，汇聚了当时世界上最高水平的速滑运动员。王金玉在男子10000米比赛中获得第五名，全能第九名。这个被誉为“来自东方的小个子选手”轰动了世界速滑界。很快，王金玉创造了更大奇迹：同年2月，他在社会主义六国友谊赛上，穿着和国旗一样颜色的红上衣、红裤子，头戴红帽子，在赛场里刮起了一阵红色的旋风。男子5000米决赛，王金玉从出发开始就拼尽全力，不断前行，最终一路领先，战胜了当时的世界纪录保持者苏联人希尔科夫，奇迹般地拿到了冠军。这也是新中国成立后第一次有人获得速度滑冰国际比赛的冠军！

现场沸腾了，人们纷纷向王金玉表示祝贺，对手希尔科夫也来到他身边，郑重地说："恭喜你，我们下次见。"苏联人微笑着，友好地拍了拍王金玉的肩膀。

两场比赛下来，人们记住了东方国家的速滑力量，业内出现了一个声音：用不了几年，中国滑冰就能上来！的确如此，王金玉的成功提振了中国速滑界的信心，随后的几年内，这个项目得到迅猛发展，越来越多的中国运动员冲到了世界速滑比赛的前列。

1959年世锦赛前，中国运动员率先来到阿拉木图参加传统的国际滑冰友谊赛，女选手孙洪霞在1500米项目上获得第二名，3000米项目第三名，1000米项目第四名，全能总分第五名。男子比赛中，杨菊成获得了500米项目的第二名，王金玉在5000米项目中获得两个比赛的第一名，成为双料冠军。此后在挪威世锦赛上，杨菊成在500米项目中摘得银牌，成为我国第一个在世锦赛上摘得奖牌的选手。当时很多挪威观众向中国运动员鼓掌祝贺，国际滑冰联盟副主席、速滑委员会主席的哈尔沃逊也走上前来祝贺中国运动员所取得的成绩，中国驻挪威大使王幼平和使馆人员还来到运动员休息室慰问运动员们，另外，大使馆为中国运动员每人购置了一双当时最好的滑冰鞋——奥斯陆"马齐逊牌"，以示奖励。随后，王金玉又在5000米和10000米的项目上分列第十二名和第五名，并且获得了全能第九名。

1962年，中国速滑队来到伊尔库斯克参加友谊赛，王金玉拿到两个第一名。最后进行的男子10000米比赛，他打破了该项目的平原世界纪录。几天后，王金玉随队来到莫斯科参加世锦赛，最终，他在1500米项目中战胜了同组的柯希金，取得一枚宝贵的铜牌，全能比赛则位列第五名，并获得了"亚洲最佳运动员"称号。

“同门师弟”续写佳绩

罗致焕是王金玉的同门师弟，都是孙显墀教练指导的运动员。

和大多数冬季项目运动员一样，罗致焕也是在冰天雪地的东北长大的。他是黑龙江人，从初中开始学滑冰，最开始也没有一双专业的冰刀鞋，用鞋带把两片铁片绑在普通的鞋子上，就去滑冰了。

东北的严冬是十分难熬的，动辄零下30多摄氏度的气温，再加上保暖装备不足，罗致焕小时候训练时经常冻得青一块紫一块，只能练一会儿就回屋暖和一会儿，训练时间非常有限。但即使这样，也抵挡不住他对滑冰的热情，就这样，他坚持了下来。

罗致焕表现最为突出的一场比赛是1963年的世界速滑锦标赛，那场比赛在日本长野县浅间山轻井泽举办。1963年2月24日，男子1500米速滑比赛开始，罗致焕排在第4组出场，和他同组的还有实力强大的挪威选手伊瓦尔·默。罗致焕先以26秒7滑完前300米，接着又以32秒9滑完一圈，遥遥领先对手，势不可当。罗致焕第2圈用时33秒9，把比赛气氛推向了高潮。最后他采用了提前冲刺的战术，以2分9秒2的优异成绩，战胜了一直紧随其后的伊瓦尔·默，创造了世锦赛1500米的新纪录，并摘得金牌。

激烈的比赛结束后，整个赛场沸腾了！当天挪威《晚邮报》报道：我们应当把罗致焕列为世界一流选手。而苏联教练也表示，今后的比赛将再也不能无视亚洲选手了！

罗致焕在比赛中表现出了良好的心理素质，更迸发出昂扬的斗志，不仅获得了冠军，还创造了新纪录，为中国人增了光。那个时候，世界还不了解新中国，当时很多外国记者、运动员问他：“中国在哪里？”罗致焕想了想，他觉得最好的回答就是代表中国站在领奖台上，指着国旗对他们说：“看！中国在这里！”

这就是为什么每一位中国运动员在凝视五星红旗在竞技场上冉冉升起时，眼中饱含热泪的原因！

巾帼不让须眉

在王金玉、罗致焕相继刷新世界纪录的同时，中国速滑项目在20世纪50年代末至60年代初高速启动，出现了既有趣又可喜的现象，即巾帼不让须眉，双双比翼齐飞。

1961年的世界女子速滑锦标赛，刘凤荣取得全能第四名、500米和1000米第七名、1500米第六名和3000米第九名的好成绩。1962年的世界男子速滑锦标赛上，中国男队包揽了500米前三名，且1500米、5000米和10000米三项第一名均为王金玉夺得，全能冠军也是王金玉；在1962年世界女子速滑锦标赛上，刘凤荣的各项成绩仍名列前茅，全能总分第四名。

到了1963年，男女世界速滑锦标赛合并在一起举行，王淑媛获得1000米第二名，成为中国女子速滑史上第一位奖牌选手。随后，罗致焕也在1500米上创造了世锦赛最新纪录并摘得金牌，成为我国第一个世界速滑冠军！

“文化大革命”期间，中国的冬季运动和国内其他事业一样，也在步入上升的阶段遭到了破坏。1966年5月开始，一切正常的训练、比赛工作全部停止，作为“正规军”的各级冬季运动队伍全面瘫痪。不过，冬季运动工作者并没有就此沉沦，他们或个人或携亲友加入了滑冰的群众当中，义务当起了滑冰教练及辅导员。

孙显墀是新中国成立初期第一批被派往苏联留学的教练。他于斯大林中央体育学院毕业后回国，在哈尔滨体育学院任教两年，后担任黑龙江速滑队教练，王金玉和罗致焕都是他培养出来的优秀运动员。“文化大革命”期间，孙显墀也受到了影响，因为他经常率队参加世锦赛，还在苏联电视台用俄语接受过采访。1970年，孙显墀同妻儿一起被下放到黑龙江的宾县插队落户。县里搞速滑的体育干部、教师和他成了好朋友，大家经常在一起切磋技艺。后来，孙显墀受人委托修订了《初学速度滑冰》一书，并写下《我国速滑运动20年的基本经验》一文，算是为中国速滑运动保留下了一颗火种。

这期间，孙显墀还在基层普及速滑项目，为滑冰爱好者讲解滑冰要领。1972 年 10 月，孙显墀调回黑龙江省体育科研所，但当时已经没有优秀的运动员可以训练，必须从基层抓起，从头起步。

北京体育学院也有这样的典型，称之为“教学小分队”。黑龙江省革命委员会体育组借鉴这些经验在全省范围搞了个业余体校速滑教练员培训班。正是由于有这样一批坚定热爱冰雪事业的人，才使“文化大革命”后期的首届全国冰上运动大会能够具备一定规模。1973 年，大会如期在吉林省吉林市举行，共有 16 个队伍 780 名选手参赛，速滑选手占了一大部分。

王秀丽
领先开启
新篇章

北京冬奥会的备战，让王秀丽重新回到大众的视线当中，这位昔日的速度滑冰名将，成名于叶乔波之前。在 1990 年的加拿大卡尔加里世界速滑女子锦标赛上，王秀丽以 2 分 3 秒 34 的优异成绩获得女子 1500 米速滑金牌。这枚世界级的速滑金牌，与老前辈罗致焕夺得世界冠军的 1963 年，已间隔二十七年之久。

令王秀丽最为遗憾的一幕发生在1988年的卡尔加里冬季奥运会，当时队伍提早赶往美国密尔沃基适应训练，为了预防感冒，王秀丽跟队医要了一些预防感冒的中成药，不料就是感冒药中的成分，让王秀丽被卡尔加里组委会认定服用了兴奋剂。

那个年代的中国体育还处于懵懂的起步发展阶段，对于运动员的反兴奋剂教育相对滞后，在使用药品时也没有太多科学依据，导致王秀丽被取消了奖牌。对于国际规则尚未研究透彻的中国代表团也只能把委屈咽进肚子里，毫无反驳之力。

虽然事后经过调查，确认王秀丽只是误服，但卡尔加里的铜牌也无法追回了。因此，1990年王秀丽重回卡尔加里参加世锦赛，在某种程度上说也是为了证明自己的实力。最终，她用一枚金牌令自己扬眉吐气。

王秀丽的崛起，掀开了中国速度滑冰崭新的一页，从她之后，叶乔波、薛瑞红、王曼丽、王北星、于静、张虹等一批优秀的女子速滑选手相继涌现，中国速滑队开始朝着冬奥会金牌的目标奋进！

“体坛尖兵”
叶乔波

20世纪90年代，很多人都对叶乔波印象深刻，《乔波训练日记》一书一时风靡全国，叶乔波也成功“出圈”，成为各行各业学习的楷模。叶乔波的精神，不仅激励着中国冰雪健儿，更激励着那个时代的中国人。“永远做得比别人多，永远做得比别人好，永远走在别人前面”的乔波精神，与时代需要息息相关。

1964年，叶乔波出生在吉林省长春市。这个女孩从小就酷爱体育，活泼好动，是带着一帮孩子乱跑的孩子王。10岁时，父亲带叶乔波到长春业余体校报名参加长跑小运动员比赛，虽然跑了第一名，但是教练却没有录取她。“这孩子跑步姿势不对，不像跑步，像是在滑冰。”教练对父亲解释道。

无奈之下，父亲带着叶乔波转投滑冰场试训，当时还不怎么会滑冰的叶乔波反而激发出了不服输的劲头。听到教练说谁跑到第一个就录取谁，于是拼命地往前滑，中途还摔了一跤，但最终成功地以第一名的成绩被长春市业余体校速滑班录取。

教练很喜欢这个要强的孩子，叶乔波也不负众望，进入速滑班一个月后，她就打破了班上有史以来最好的滑冰成绩，这样的努力和天赋让教练们都感到惊喜。一年后，叶乔波包揽了吉林省儿童组比赛三项第一名。1976年，八一速滑队队长张继忠和教练肖汉章到长春选拔运动员，叶乔波被选中，以不到13岁的年龄特招入队，成为八一队年龄最小的运动员。

之后，叶乔波开始了更为严格艰苦的训练。那个年代我国还没有室内速滑馆，叶乔波就和队员们跟着教练四处找冰滑，哪里冷她们就背着行李去哪里。黑河、嫩江、海拉尔、齐齐哈尔等地她都去过，每天都忍受着接近零下40摄氏度的气温在天然冰面上训练，一堂课要滑上3个小时。

练累了，冻着了，顶着刺骨寒风……经历种种的折磨，叶乔波也会忍不住抹眼泪。东北的冬天滴水成冰，每天早上起来被子上都会结一层霜，白白的一片，有时候冰鞋也会被冻在地上拿不起来。但即便如此，每天的训练仍是从早到晚，从不间断。

叶乔波至今都记得，每年开春，冰面逐渐变薄，甚至开始消融的时候，他们还是会坚持训练，这时候教练就会随身携带一捆大麻绳和一根大木头，拴在孩子们身上，保证队员的训练安全。

作为队里年龄最小的队员，在叶乔波的记忆里，跟着队伍训练的时光仍是最快乐的，她是从内心深处喜欢滑冰并愿意为之付出努力的。但一次放假回家时，和父亲的一次谈话，又进一步升华了叶乔波对滑冰的认识。

“你滑冰是为了快乐还是拿第一？”

叶乔波愣住了，可能就是从那时起，她开始认真思考自己的“职业生涯”，或者说是人生目标。

家里需要她有所作为，她也希望自己练有所成。

“我要拿第一！”叶乔波坚定地说。父亲知道女儿懂事了，给她买了一条厚厚的棉裤。叶乔波知道，这是父亲对她的支持与呵护，她要加倍努力，以回报家人的期望，也实现自己的梦想。

从那以后，叶乔波训练得更为刻苦，教练要求深蹲50个，她会做100个；教练安排滑循环100圈，她一定会滑上200圈！汗水比同伴流得多，付出比别人多一倍！没有任何成功是随随便便的，在叶乔波的成功经验里，也凝聚着一分耕耘一分收获这个亘古不变的真理。

1985年，在多次打破全国纪录后，21岁的叶乔波顺利成为国家队滑冰运动员。接受到更为专业的训练，加上个人的天赋与努力，1991年，在世界速度滑冰锦标赛上，叶乔波获得了500米冠军，由此，中国又诞生了一位速滑世界冠军！同年3月，叶乔波又在德国因策尔举办的世界短距离速滑锦标赛上获得5枚银牌，被国外媒体称为“中国的银姑娘”。

冬奥会奖牌
零的突破

1992年2月，叶乔波在法国阿尔贝维尔第一次参加冬奥会。经历了前几届冬奥会没有奖牌的局面，中国冬季体育代表团期待在这一届冬奥会上能有所斩获，两大突破点分别为速滑和短道速滑项目，而这两个项目中最有希望摘得奖牌的就是叶乔波和李琰。

1000米和500米两枚银牌，这是叶乔波为中国代表团创造的好成绩，而她也在冬奥会奖牌榜上书写了属于自己的纪录。

不过，在这届冬奥会上，让叶乔波深感遗憾的也正是女子速滑500米项目。她由外道向内道实施超越，而内道选手却没有按规则让道，两人的冰刀与身体先后碰撞两次，最终，叶乔波以40秒51的成绩获得该项目的银牌，与冠军仅相差0.02秒。

叶乔波为中国赢得了首枚冬奥会奖牌，站在领奖台上，她笑容灿烂，但走下领奖台，她却哭了："我是可以拿冠军的，对方撞我的那一下起码耽误了一秒钟……"直至今日，叶乔波依然心有不甘。

当时，这个项目的裁判长是美国人，而与叶乔波争夺冠军的对手也是美国人。裁判并没有回避，但是他也自知理亏，比赛一结束就从场地中间下到地下通道，叶乔波想去追他都来不及换下冰鞋。而当时的中国代表团担心申诉反而会影响到已经获得的银牌，因而失去了申诉的机会。两天之后，李琰也在短道速滑赛场上升起了五星红旗。中国冰雪在泥泞的前行中看到了希望与曙光。

同年，在挪威举行的世界短距离速滑锦标赛上，叶乔波获得女子1000米金牌，并夺得女子全能桂冠，成为亚洲第一个短距离速滑全能冠军。此外，她还创造了世界冰坛罕见的500米"大满贯"。

1979年至1994年，叶乔波在国内外速滑重大比赛中共夺得133枚奖牌，她是让五星红旗在冬奥会赛场上升起的第一位中国人，之后还被中央军委授予"体坛尖兵"荣誉称号。

为祖国荣耀而战

1992 年在法国阿尔贝维尔与金牌失之交臂后，叶乔波暗下决心，要坚持到两年后的下一届冬奥会。国际奥委会在这一届冬奥会之后进行了改革，将夏季奥运会与冬季奥运会分开举办，并相隔两年交叉进行，因此原本每隔四年且在同年举办的冬奥会和夏奥会，从 1994 年开始执行新的规定，这也就意味着叶乔波只需再备战两年，便又可以参加冬奥会，她想在两年后夺回属于自己的冠军。

接下来的 1993 年，叶乔波再创奇迹，在世界短距离速度滑冰锦标赛上荣获 3 枚金牌，夺得女子全能世界冠军，成为中国和亚洲第一个短距离速滑全能世界冠军。之后的世界杯系列赛、世界女子锦标赛和世界短距离锦标赛，叶乔波共收获 14 枚金牌。然而，荣誉有时也伴随着伤痛，长年累月的伤病还是让叶乔波倒下了——她的两个膝盖骨因长时间的挤压受损而必须接受手术治疗。手术中，从叶乔波的膝盖中共取出 8 个指甲盖大小的碎骨，医生警告她这样的情况下是绝对不能再参加冬奥会的，可叶乔波不甘心，距离冬奥会只剩半年了，这届冬奥会是她最后一次证明自己的机会。

因此，在手术后的第二天，叶乔波就不听医生的劝告下了床，一瘸一拐地开始恢复训练。训练中，伤口撕扯带来钻心的痛，而隔天护士会抽出一大吸管脓血。看着病床上的女儿，看着痛苦挣扎训练的女儿，父亲第一次对叶乔波说："咱别练了，身体要紧！"但叶乔波拒绝了，倔强而执着的她，此时心中只有一个信念，那就是站在冬奥会的舞台上！

1994 年挪威利勒哈默尔冬奥会，中国代表团的目标是争取金牌零的突破，叶乔波被寄予厚望。由于长期的超负荷训练，叶乔波当时的伤病非常严重，但即便如此，她仍然坚持训练，并带伤参赛。

"国家需要我，我就应毫不犹豫地顶上。只要能代表国家站在冬奥会赛场上，我就觉得特别荣耀和自豪，所以我那时就像战场上的一名勇士，为了祖国的荣誉而努力，我责无旁贷。”叶乔波后来回忆道。

1994年2月19日，叶乔波在其擅长的500米项目中失利，无缘前10名。但几天后，她再次上场，咬牙完成了1000米的比赛，并获得一枚铜牌。

唯有叶乔波自己了解自己的状态，比赛时她的右腿完全使不上劲，只能靠左腿用力支撑着，她甚至害怕自己会摔倒在赛道上。这一次能够站在领奖台上，叶乔波的感受很不一样，她再一次忍不住流泪，委屈地哭了。

此时，她已经30岁了，再也无法完成为中国队摘得冬奥会金牌的任务，心中满是遗憾与不舍。那一年的冬奥会结束后，叶乔波是坐着轮椅回国的。冬奥会还没有结束，叶乔波就赶赴德国因策尔进行了第二次膝盖手术。这场手术让德国大夫震惊了，他们发现叶乔波膝盖两侧的韧带和髌骨早已断裂，腔内有8块游离的碎骨，骨骼的相交处呈现锯齿状。这样严重的伤势让德国专家也倒吸一口凉气——这种伤势，即便是最微弱的一个屈膝动作，都会为叶乔波带来难以忍受的剧痛，而她竟然带着这样的伤势参加冬奥会，还拼下了一枚奖牌，实在太不可思议，又太令人敬佩了……

“我可以问心无愧地说，我对得起我的祖国！”1994年夏天，叶乔波在专门为她举行的退役晚会上说出了这句话，在场的每个人无不为之动容。其实在人们心里，叶乔波的拼搏精神已经超越了金牌的价值，“你可以打败我，但是永远战胜不了我”。这种坚强执着的乔波精神，鼓舞了20世纪90年代一代中国人，无数人曾在他们低落时、迷茫时、想要放弃时，都会想起叶乔波，以此鼓励自己为梦想奋力一搏！叶乔波也成了那个时代的中国精神。

今天回头看，二三十年前，在中国国力尚弱，训练条件很差，训练理念落后的情况下，老一辈冰雪人凭借钢铁般的意志和一副血肉之躯，终使得中国冰雪运动跻身世界前列，这无疑值得我们尊敬与纪念。

退役之后的叶乔波同样用坚韧不拔的毅力激励着人们。她用了六年时间攻下清华大学

MBA 学位，随后又用了七年攻读政治经济学博士学位，最终还努力把她的毕业论文——《乔波滑雪场》的设想成功实现，先后在北京、绍兴、安徽等地建成了“乔波冰雪世界”，在那里全年都能滑雪、滑冰，她希望把冰雪运动的快乐带给更多人。时至今日，叶乔波仍一直在致力于提升中国冰雪运动的训练条件，一如既往地为祖国的冰雪事业奉献着。

“冰刀革命”
姗姗来迟

王秀丽、叶乔波等人相继退役，薛瑞红等一批新秀涌现了出来。薛瑞红曾拿到过 1996 年第三届亚冬会女子 500 米冠军；1997 年，在世界杯女子短距离系列赛的 6 站 12 场比赛中，薛瑞红以 6 个 500 米第一名，总分 385 分获得总成绩第一名；1997 年在挪威举行的世界短距离滑冰锦标赛上，薛瑞红获得全能第二名，在波兰世界单项速滑锦标赛上获得 500 米第一名。

但是，随后在国际速滑项目上出现的“冰刀革命”，阻碍了中国速度滑冰的发展……

大家都知道，冰刀是速度滑冰运动员的核心装备，冰刀的质量对运动员成绩有直接影响。“克莱普冰刀”尽管问世已经有一百多年，但是直到 20 世纪 90 年代才在国际上开始流行。

20 世纪 80 年代，荷兰生物机械师格里特·简·范·因根·斯克瑙成为“克莱普冰刀”

的创造先驱，然而在他申请专利的时候，才发现有人已经获得了专利——早在1894年，德国的卡尔·汉内斯便获得了“克莱普冰刀”专利。而在卡尔·汉内斯之前，也已经有5项专利是基于冰鞋相对于冰刀运动的想法而被授予的。

所谓“克莱普冰刀”的想法，与传统的滑冰鞋非常不同。传统的滑冰鞋是将冰刀片固定在冰鞋上，速滑选手使用传统的滑冰鞋时，不能充分利用他们所有的力量，而必须要在脚踝和膝盖完全伸展之前，让冰刀远离冰面，以防止刀尖划破冰面，因而减慢了速度。

斯克瑙在传统冰鞋上进行了改进，使用了铰链和弹簧，这样滑冰鞋的鞋跟可以自由提升，比较灵活，运动员就可以完全伸展膝盖和脚踝，而不用把冰刀远离冰面。最初荷兰一些顶级滑冰选手对他的发明表示怀疑，但这位科学家一直在不断改进和完善着他的发明。

到了1994—1995赛季，来自南荷兰省选拔队的一群年轻滑冰选手开始在比赛中使用“克莱普冰刀”冰鞋。他们神速的进步引起了前荷兰全能速滑冠军、荷兰国家队女子教练西杰·范德伦德的注意。1996年夏天，她说服队员们试用这种创新的运动设备，当23岁的托尼·德容赢得欧洲速滑全能冠军时，国际速滑界的其他运动员也都开始以她为榜样，试穿这种新型冰鞋。到了1998年长野冬奥会时，几乎每个人都使用了“克莱普冰刀”冰鞋。

从那个时候开始，“克莱普冰刀”引发了一场速度滑冰的革命。在1997—1998赛季，十项世界纪录中有九项都是因为这一创新而被打破。当年无人问津的“克莱普冰刀”，成为备受追捧的速滑神器。

而我国冰雪运动，因未能及时赶上“冰刀革命”的脚步，而在成绩上一度出现了滑坡，在1998年和2002年两届冬奥会上，中国速度滑冰都未能登上领奖台，最好成绩为第十三名。

“金冰刀”王曼丽华丽登场

我国的速滑运动经历了一度的低迷之后，很快跟上了“冰刀革命”的步伐，而王曼丽在短距离项目上的崛起，让中国速滑运动重新走向国际高水平行列。

王曼丽，1973年出生于黑龙江省牡丹江市，由于在小学田径比赛中表现优异，王曼丽被体校教练孙忠坤相中，选为速滑学员。不久，谢天恩（我国著名速滑教练员）的妻子、牡丹江体校的速滑教练文花子在基层选材时，又将王曼丽选中。

两个月之后，谢天恩在牡丹江市中小学速滑比赛上，第二次看到了王曼丽，她的技术动作有了大幅进步，并获得了500米项目的冠军。又过了3个月，在牡丹江市中小学田径比赛中，王曼丽获得100米和立定跳远两项冠军。

1988年5月，谢天恩将王曼丽收为弟子，开始悉心培养。而王曼丽也没有让教练失望，1996年2月，王曼丽在哈尔滨举行的第三届亚洲冬季运动会上，以40秒51的成绩，与名将薛瑞红一起并列获得500米速滑冠军。

1998年长野冬奥会之后，一度看不到希望的王曼丽想过退役，但谢天恩让她再坚持一下。他经过对比赛资料的分析调研后，认为王曼丽提升空间很大，但也存在技术上的三大难题：其一，无氧训练和有氧训练比例失调，忽略了基本功训练；其二，平衡能力差，在比赛中经常“打趔趄”，影响成绩；其三，缺少心理训练，想赢怕输的心理包袱重。

为此，谢天恩特别为王曼丽制订了三大措施：在夏天进行单程160公里的超长距离自行车训练，以增强体力；在训练中加大了动作幅度，以提高平衡支撑能力；进行腿部按摩以保证训练效果。

王曼丽进行了大量的公路自行车训练，最远的距离是从牡丹江骑到绥芬河，整整6个小时的骑行让26岁的王曼丽极度难熬。但风雨过后终见彩虹，这一地狱般的训练为她储备了足够的体能。

就这样，在教练与丈夫的支持和鼓励下，王曼丽坚持了下来，40秒、39秒……王曼丽的成绩日益提高。2000 年 3 月，在日本长野举行的世界速滑单项锦标赛上，王曼丽一举突破了 39 秒大关，滑出 38 秒 92 的优异成绩，使中国速滑在新千年的春天显现出令人兴奋的盎然生机。

2003 年 1 月 18 日，在加拿大卡尔加里举行的世界速滑短距离锦标赛上，王曼丽以 37 秒 82 的成绩获得亚军。这一成绩表明继叶乔波之后，中国再次出现能与世界强手争锋的领军人物。随后，王曼丽的实力一路上升，2003 年至 2006 年间达到了所向披靡的状态，几乎包揽了世界杯女子 500 米的金牌。

到了 2006 年都灵冬奥会，此时中国春节刚过，冬奥会成为人们过年期间一场最大的盛宴，人们期待中国体育健儿的精彩表现，而速滑项目也同样期待一枚金牌的诞生，毕竟我们自 1992 年收获奖牌之后，已经过去了十四年之久……

王曼丽在此前几个赛季的优异表现，也让人们对于她的都灵之行充满期待。此时，王曼丽 33 岁，谢天恩 65 岁。教练早已过了退役的年龄，但为了弟子，他放弃了带孙子的天伦之乐，依旧坚持在训练一线。

夺金路上，王曼丽最大的对手祖洛娃不可小觑。祖洛娃因伤缺席了两个赛季后成功复出，并且在冬奥会前一个月的世锦赛第二轮比赛中，从王曼丽手中夺走了 500 米项目的金牌和全能金牌。冬奥会赛前，祖洛娃扬言要超越王曼丽，目标是女子 500 米金牌。

在种种压力下，王曼丽的心态有点失衡了。2006 年 2 月 14 日，王曼丽和祖洛娃之间的对决正式拉开。第一轮争夺中，祖洛娃率先出发，凭借良好的爆发力最终取得 38 秒 23 的好成绩。不久，王曼丽也出场了，前 100 米她表现良好，滑出 10 秒 46 的成绩，但在换道后，她的速度有所下降，在最后的直道还差点被同组的吉井小百合超过。最终，王曼丽滑出了 38 秒 31 的成绩，落后祖洛娃 0. 08 秒，暂居第二。

对于这个成绩，王曼丽显然不太满意。第二轮比赛前要休息 50 分钟，赛场的大屏幕上不停播放着王曼丽的特写镜头，只见她不停地在做准备活动，压腿、练习起跑，但以往常挂脸上的轻松笑容已不见了。

第二轮比赛，焦点完全集中到了王曼丽和祖洛娃身上，两人在最后一组出发。若想取胜，王曼丽必须追回 0.08 秒的劣势。处于外道的王曼丽出发正常，前 100 米滑行不错，但祖洛娃实力更加强劲，换道后速度只增不减，王曼丽试图通过内道优势赶超对方，但失败了。最后的冲刺阶段，祖洛娃耐力出色，将王曼丽再次甩开 0.13 秒。

0.08 秒加上 0.13 秒，王曼丽以 0.21 秒的劣势败给对手。就是这 0.21 秒，将王曼丽四年的备战艰辛一笔抹杀……王曼丽的眼泪瞬间滑落，她知道，在冬奥会的赛场上，她与金牌彻底无缘了，因为她不可能再有冲击下一届冬奥会的机会了。

木然地看着对手欢呼，挥舞国旗绕场，王曼丽真的很不甘心，但比赛就是如此残酷，每个人只能接受现实。“我和祖洛娃的差距主要在心理素质上，我的心理素质不如她。没拿到这枚金牌，真的很遗憾……”说到这里，王曼丽的声音再度哽咽，泪花飞落。

从比赛结束到参加颁奖仪式，王曼丽的脸上都没有笑容。或许是等待的时间太长，或许是赛前被寄予的希望太大，此时的王曼丽感到很疲惫。走过混合采访区时，看到众多的中国记者，王曼丽摇摇头，红着眼睛一言不发。几分钟后，坐在新闻发布会现场，王曼丽终于开口了：“我今天哭了，一方面是因为我没拿到这枚冬奥会金牌，感到非常遗憾；另一方面，这枚银牌也是我的第一枚冬奥会银牌，挺激动的，眼泪有着双重含义吧。”

征战四届冬奥会，以一枚冬奥会银牌收场，这对一位中国冰雪人来说已经算是圆满了。“我现在很激动，脑子里一片空白，还没有来得及想其他的事情。”话音未落，眼泪再次涌出……

“太不容易了！谢教练都 65 岁了，还天天帮助王曼丽做腿部按摩；王曼丽也 33 岁了，还坚持这么大的训练量，骑自行车训练经常累得哭，不管最终的成绩如何，我都为他们感到骄傲！”一名业内人士激动地说着，眼圈也是红红的。

尽管未能在都灵冬奥会实现金牌的突破，但王曼丽创造的辉煌战绩，已经超越了前辈们。更难得的是，在都灵冬奥会结束后，“四朝元老”王曼丽并没有选择退役，而是将目标放在了温哥华冬奥会上。“王曼丽站在赛场上，就是年轻小将们的一个标杆，她能带动很多人。”国家体育总局冬季运动管理中心速滑部部长肖华表示，她非常感动于王曼丽的坚持。

但王曼丽最终却“食言”了。在一次夏训中，她在自行车训练中不慎摔伤，导致膝盖严重受伤，多次治疗效果并不明显，此后的两年间，她的训练断断续续，很不系统，也缺席了期间所有的比赛。

2008年3月，王曼丽进行了关节镜手术，从受伤的右膝关节里取出4块游离骨，大的有大米粒大，小的有小米粒大。王曼丽和教练都以为手术后就没事了，没想到后面的情况远远超出想象。

手术后一个多月，王曼丽尝试恢复训练，但膝盖只要稍微一动，就会“嘎吱嘎吱”地响，严重时甚至肿了起来。经过诊断，专家认为王曼丽的膝盖肿痛可能是因为软骨或者软组织受损。又经过几番尝试后还是不见好转，6月底，王曼丽正式打了退役报告。

就这样，带着些许的遗憾，王曼丽离开了赛场，没有实现自己获得中国速滑项目金牌的梦想。“很长一段时间，就那么待在家里，不知道干什么，以前的事儿都不敢去想。”二十二年的滑冰生涯结束，让退役后的王曼丽一度失去了方向。

关键时刻，丈夫冯明强成为王曼丽生活的支柱。看着王曼丽闷闷不乐的样子，冯明强开始在家学起了二人转给妻子表演，经常逗得王曼丽哈哈大笑。“他学得可像了，虽然不是科班，但就那个劲儿特别像！我说了，要是以后我俩的孩子像我，就让他练体育；要是像爸爸，就让他唱二人转，太有天赋了！”

沉浸在幸福当中的王曼丽，用甜蜜的小日子弥补了心里的遗憾。“他对我可好了，有一天我说想吃鸭脖子了，他二话没说，跑出去给我买，刚好那天哈尔滨降温，把他冻得两只耳朵通红。我们办公室的人都羡慕坏了！”王曼丽开心地说，“我很庆幸我有这么一个好老公，他对我太好了。我多幸运啊，当运动员的时候遇见了谢老师，对我特别照顾，现在老公对我也特别好，我很知足了……”

由于膝伤，王曼丽无法长时间站在冰上，因而无法为队员进行示范教学，因此她放弃了教练职业，留在了黑龙江冰上训练中心训练科。脱去战靴，王曼丽满腔柔情。“从事专业二十二年了，肯定不舍得这块冰场，我会一直关注速滑项目，希望中国队尽快实现金牌突破。”王曼丽认真地说。

早在2004年，31岁的王曼丽曾在世界杯总决赛上赢得了一双金鞋，这是国际滑联为速滑世界杯总冠军设立的最高荣誉——“金冰刀”。这也是我国继叶乔波、薛瑞红之后，速滑选手第三次获此殊荣。每个赛季，国际滑联会将4双这样的冰鞋颁发给男女500米、女子3000米和男子5000米速滑世界杯冠军得主。

“金冰刀”——一双精致的冰鞋，以白金为鞋身，黄金为冰刀，价值1000欧元。这双代表世界冰坛最高荣誉的金鞋，是每一位速滑运动员梦寐以求的，二十二年运动生涯，二十二个冠军，以及金冰刀加冕，王曼丽走出了自己的光彩人生。

温哥华王北星再夺奖牌

王曼丽退役时，由衷地祝愿中国速滑早日实现金牌突破。当时普遍认为，王北星将是最有机会冲击金牌的一个。

与前辈不同，王北星走了一条外训之路，也是当时中国体育倡导的“走出去，请进来”训练理念下的获益者。

1992年，7岁的王北星参加了小学运动会，没想到她凭借中长跑项目上的优异表现让一位滑冰教练看中了，说服王北星的父母让孩子参加速滑队。就这样，王北星进入速滑运动的天地之中，从此开始了不断挑战自己、追赶时间的训练生涯。枯燥的速滑训练在王北星看来却有着无尽的乐趣，她认真刻苦地努力着，一点点地突破着自己。当时恰好是中国速滑名将叶乔波最辉煌的时期，就在王北星开始训练的那一年，叶乔波在冬奥会上连夺两银，为中国冬季军团实现了奖牌零的突破。

“乔波姐一直都是我的偶像，她身上有太多值得我学习的地方，看着她站在奥运会的领奖台上，我就下定决心，将来有一天，我一定要拿到世界冠军。”王北星说。

11岁时，王北星的家搬到另一个城区，于是父母让她改练了离家近的短道速滑。按说由速度滑冰改练短道速滑是比较容易的，没想到王北星却执拗得很，训练时她总是一个人孤单地滑着外圈，每次比赛也几乎是最后一个，但如果队里派她去参加速度滑冰的比赛，她准能拿个第一名回来。因此，教练建议王北星的父母，让孩子重新回到速度滑冰的队伍中，这样更有利于她的发展。终于，这个执着的小姑娘重新回到了齐齐哈尔市青少年班，继续速度滑冰的训练。“其实回想起来，两年的短道速滑训练，对我的弯道技术帮助非常大。”王北星回忆道。随后，她在15岁时进入了省队，18岁远赴加拿大，跟随外教训练至今。

出于对速度滑冰项目的热爱，王北星一路走得都很坚定。每当训练不顺利，或者比赛不如意时，她也会赌气说：“不练了！”但仅限于说说气话，下堂训练课，她准会精神百倍地出现在训练场上。“我从来不给自己留后路，在省队是这样，去加拿大也是这样。”王北星说。

20世纪90年代，中国的速滑运动员尚没有享受到脚型鞋的待遇，冰鞋都是号码鞋，而王北星的冰鞋因为不太合脚，尤其在穿新鞋磨合时，她的脚总会被磨得惨不忍睹。

“跟腱那儿的肉都磨开了，都能隐约看到白色的筋膜在里面，但也不能不训练呀，一般贴个创可贴就上冰训练了。”看似轻描淡写的语言，却能让人想象到王北星当时的痛苦。

每次穿上冰鞋滑行，都会带来一阵阵钻心的疼痛，此时，顽强的王北星便咬牙猛滑，直到脚跟麻木到没有了知觉……

即使如此刻苦，王北星在同龄人当中也不属于最出色的选手，直到盐湖城冬奥会后，她有了去加拿大训练的机会。

中国速滑在叶乔波之后一度陷入低谷，长野冬奥会和盐湖城冬奥会，中国队只拿到第十三和第十四名。为了尽快提高运动成绩，国家体育总局冬季运动管理中心派出了一批年轻选手，远赴加拿大卡尔加里，跟随外教进行外训，王北星有幸获得了这个机会。

“我要一直留在那儿。”去加拿大的第一天，18岁的王北星就给自己许下如此诺言。的确，当身边的队友来来回回地在加拿大与国内游走时，王北星选择了坚守，将并不出色的自己打造成为一名世界级的优秀运动员。

在加拿大的生活和训练并不顺利，尤其是对于习惯了集体生活的运动员。在国内时，饭菜都是现成的，卫生有人定期打扫，宿舍楼里有洗衣机，生活十分方便，运动员可以专心于训练。这些在国内的运动员看来是很正常不过的，而到了加拿大却成了一种奢望。王北星和队友们租住在一个小小的公寓里，买菜、做饭、洗衣服、打扫房间，都要自己来。

“那时候卡尔加里正是冬天，非常寒冷，路面上都是冰。我们每天骑着自行车去很远的地方买菜、买米，再背着这些很沉的东西回来，经常摔跤。”而烧菜做饭更是小队员们的弱项，买好食材和油盐酱醋后，王北星和队友们只能照着菜谱一点点学习，逐渐将饭菜做成了可以入口的味道。“刚开始怎么做都特难吃，不过几天以后，我们就能控制好调料的量了。”王北星骄傲地告诉记者，她和队友们逐渐适应了独立生活，开始实行轮班做饭制，每两人一组值班一周，周末进行一次集体大扫除，晚上洗衣服……“这没有什么，一切都会好起来的，我现在已经很会做饭了，中餐、西餐都做得不错，有机会可以给你露一手!”王北星笑着说。

过了生活关的王北星还有一个语言关。由于英语不是很好，和外教的沟通有时不太顺畅，王北星便努力学习英语。国家体育总局为队员们安排了英文老师，大家的英语水平都在突飞猛进。为了尽快练好听力，王北星还坚持收看当地的动画片。“动画片的发音非常清晰准确，很适合我这样的初学者。”王北星忍不住向记者传授起了经验。

仅仅凭借动画片上学来的英语，王北星感觉和外教沟通还不太行。于是，她便借助英语词典，先认真细致地研究自己的训练计划，想清楚不太明白的问题，准备好相应的单词，查阅词典后记录下来，再去找外教沟通。久而久之，王北星逐渐过了语言关，有时候，她还会教外教凯文老师一些中文。“凯文现在会说很多中文了，很棒！我们俩的交流完全没有问题！”这个活泼开朗的姑娘自豪地说着。

在加拿大五年多的时间里，王北星感受最深的还是想家。“出去之前还不觉得，现在才发现，哪儿都没有家里好。”王北星说，每次回国，只要飞机一降落，她就会感到异常的亲切，不管是在北京，还是在家乡黑龙江。“我这次回来是下午 4 点多落地，到首体差不多 6 点半了，正赶上北京的下班高峰期，但就是堵在大街上，我也觉得特亲切、特兴奋，终于回家了！”

…… ……

“站在温哥华奥运会的领奖台上，我感觉自己就像个被烤在火上的冰激凌，悲喜交加，感触太多了！”王北星说。拿到一枚铜牌，对于王北星来说也算是多年辛苦训练的一个回报，她也很开心，但心中对金牌的渴望，又让她的内心五味杂陈，不知从何说起。

其实，能拿到一枚冬奥会奖牌，甚至能参加冬奥会，在这最高的竞技舞台上展示自己，已经是一种成功了，也是个人价值最好的体现。但王北星知道，自己身上承载了太多的期望，她不仅仅为自己而战，她期待着为祖国争光，期待着国歌因自己而在异国他乡响起，也期待早日实现中国速滑项目的突破。

“温哥华冬奥会，我给自己定的目标是冲金。”王北星曾说道。

第一个 500 米滑下来，王北星的成绩是 38 秒 48，韩国名将李相花则是 38 秒 24，德国速滑女皇沃尔夫是 38 秒 30，这两个人都是王北星夺冠路上的强劲对手。“第一圈下来，挺失望的……”王北星知道自己与目标越来越远，但在关键时刻，她迅速调整好了自己，在第二个500米滑出了38秒14，可李相花和沃尔夫双双滑入38秒大关，王北星最终拿到了一枚铜牌。

站在领奖台上，王北星的感觉就如前面所说的，她觉得自己就如同是烤在火上的冰激凌，没能实现自己的目标，她心里有很大的遗憾，也有些煎熬。走出赛场，当她看到叶乔波时，眼圈瞬间湿润了。“乔波姐对我说：‘北星，你尽力了。有进步！’我当时一下子就受不了了，眼泪在眼圈里打转，但硬是强忍着没掉下来。”

那段时间，王北星怎么都缓不过来这个劲儿，虽然她在北京、哈尔滨、齐齐哈尔都参加了不少活动，但心里始终空落落的。直到2010年9月，她开始逐渐恢复训练，关注点重新放在了训练上，心里的失落才一点点被冲淡。

随着身体机能一点点回升，亚冬会、短距离世锦赛的参赛，王北星的自信心也逐渐回升。她说，经过总结经验教训，发现大赛考验一个人的不单单是技术层面的问题，更要考验一名运动员的成熟度，即心态。

2010年11月，王北星到加拿大和教练凯文继续合作，师徒二人就温哥华冬奥会上的问题进行了坦率的交流，他们认为冬奥会的备战出现了一些问题，王北星表示：“世界杯前期打得不错，状态出得有点早，控制得有点急，因为太想拿到金牌了，所以弦绷得太紧，而人不可能一直处于那种紧绷的状态。训练、心理、心态，整个人的成熟度，都有待改变。”

到了2011年3月的荷兰单项世锦赛，王北星逐渐找回了状态，最终再度拿到了铜牌。

不管经历怎样的成功与失败，王北星都没有想过退役。“从来没有想过，总觉得自己还有什么事情没做完，国家培养我这么多年，老前辈的希望寄托在我身上，自己不能就这么结束冰上生涯。更何况我练了十八九年的速滑，我很庆幸自己没有硬伤，还能继续练下去。”她说道。

索契冬奥会，是王北星一直坚持的目标。但这个周期的国际速度滑冰界又有动荡。她的外教凯文被韩国速滑队聘任，担任了冬奥会冠军李相花的教练。李相花在那个周期内实力稳定不可撼动，荷兰、日本也有小将涌现，女子速滑500米的竞争更为激烈了。最终，在2014年2月11日的这场冬奥会速滑比赛中，王北星未能摘得奖牌，只拿到了第七名。

奋斗了四年最终失利，王北星只能接受现实："没有特别紧张，都在正常的可掌控的范围内吧。"虽然嘴上这么说，但王北星心里还是有些失落的。比赛当晚，她的脑海里一直在回放比赛时的每一刀滑行，如同过电影一般。过度疲劳之后，她躺在床上却辗转难眠。

凌晨两三点之后，王北星才沉沉地睡去。12日一大早，她又站到了冰面上，为第二天的1000米项目做准备。

"这个结果很遗憾，滑得很不好。"首先，王北星坦承自己的意外发挥。她透露说，近两三周，她的训练出现了一点小意外，先后在训练中摔倒了三次，而这在她二十年的滑冰生涯中是从来没有出现过的。

"杰米（新聘请的加拿大外教）帮我弄了下冰鞋的刀和弧度，有点不适应，尤其是过弯道的时候，脚踩不到支点上。"王北星解释道。由于每个人的身高、体重、脚型和重心的差别，冰刀的弯度和弧度都不尽相同，稍有差池就会影响到运动员的发挥。

第一次摔倒，是在德国因策尔训练时。王北星卷起袖子，记者依然能看到她的左肘处留下的伤疤。"当时摔得特别严重，有一周的时间都没有办法进行上肢训练。"王北星无奈地说。

尽管后面的冰鞋改进了弯度和弧度，但王北星对于摔倒处的弯道滑行有了阴影。没想到几天之后，她在同一个地方又摔倒了。摔倒的位置，都在第二个弯道，也就是起高速准备冲刺的弯道处。

来到索契冬奥会之后，王北星第三次摔倒了。"杰米一直试图淡化我的心理阴影，我想我也在努力调整。皮肉伤还好，会好起来，但心里的阴影很难遗忘。"王北星失落地说。比赛之前，她感觉这个阴影已经淡化了很多，但第一次滑行就又在那个弯道处出现了小失误——回弯时有一个小停顿。37秒82的成绩，虽然还算可以，但并非她的真正实力。第二次滑行，王北星的成绩为37秒86，两次成绩相加，最终王北星只排在第七位，与其在都灵冬奥会的成绩持平。

“很难过！四年的训练，每一天都在为一个目标去努力，最后没有实现，遗憾特别大……比完赛，我的心里在流泪，这是奥运会啊！要是以前可能会哭得稀里哗啦，但这次不同。前几天习近平主席接见中国代表团，他指出，体育是一种精神，要传递胜不骄、败不馁的精神，没达到目标，要继续努力，不管成功还是失败，体育的精神要在。”就这样，王北星带着遗憾，结束了为之奋斗的500米速度滑冰赛场。

此时，谁都没有想到，与王北星同场出战、排在第四位的另一位中国速滑姑娘，能在两天后的1000米项目中大放异彩。

气贯如“虹”
实现二十二年
金牌梦

索契冬奥会之前，很多人不看好张虹，因为相比500米的比赛，1000米的竞争更为激烈。而中国队的阵容当中，除了王北星，还有张虹的师姐于静，她曾在索契冬奥会周期内创造了打破世界纪录的佳绩，同样是争夺金牌的主力选手。

然而遗憾的是，于静在赛前旧伤复发，未能如约来到索契。张虹顶替师姐出战500米比赛，拿到了第四名。“500米不是我的强项，能拿到第四名是个惊喜。”教练也在一旁补充道：“张虹的1000米更有实力，但是竞争对手众多，从第一名到第五名都有可能获得。”

在索契冬奥会前两年举办的全国第十二届冬季运动会上，张虹便以黑马姿态出战，战胜了于静和王北星，勇夺短距离全能金牌，但即便如此，人们对于还是新人的张虹也没有抱太大希望。

“赛前的每一晚都睡不好，心里很紧张。滑完1000米之后，看着后面十组运动员的比赛，我的心也一直在怦怦地跳。”索契冬奥会1000米比赛结束后，张虹回忆道。即便没有人看好张虹，她却很看好自己，对自己充满信心。最终看到张虹滑出来的成绩，大家的心安定下来了，虽然比赛才过半，就已经有人向中国体育代表团表示祝贺。

“至少拿到奖牌了，就是不知道什么颜色。”国家体育总局冬运中心速滑部部长肖华说。在那场比赛中，张虹最大的对手是来自加拿大的内斯比特，但她在比赛中状态不佳，发挥一般，比张虹的速度足足慢了1.60秒，而随后出场的选手们，也都未能超越张虹。

“我只想证明自己，做好自己就够了。”张虹的话不多，但背后的艰辛不言而喻。和很多运动员一样，张虹最初接触体育训练的目的很单纯——自小身体不好爱生病，父母就送7岁的她去学滑冰。但那时的速滑项目是在室外训练，数九寒天的东北，在室外多待一分钟都是煎熬，别说是长时间的训练了，家人看着心疼不已，于是就让张虹改练室内的短道速滑。

张虹自12岁进入哈尔滨队，练了七年短道速滑，但由于她人高马大，一直徘徊在国内七八名的位置，未能进入国家队。2008年1月，在短道速滑项目上看不到希望的张虹重归速滑赛场。

“短道速滑和速度滑冰的技术相差很多，有成功的例子，但也有很多不成功的。”张虹介绍说。她再度从零开始，两年之后才找到感觉，也经历了从大全能到短距离选手的转变，主项也确定为1000米。

从2012年世界短距离锦标赛全能铜牌，到2014年世界短距离锦标赛全能银牌，张虹看到自己在速滑项目上的点滴进步，也坚定了自己的选择。而在索契冬奥会上，她终于实现了梦想。这个梦想不只是自己的，更是整个中国速滑队的。

让我们回顾这令人印象深刻的一幕！当地时间2014年2月13日，索契冬奥会速滑女子1000米争夺，中国队的王北星、张虹和李丹参赛。这一项目并不是中国队强项，因此大家赛前并不十分看好，普遍认为张虹和王北星如果发挥出色的话，有望冲击一下奖牌。这一项目高手云集，美国选手理查德森、鲍维以及荷兰名将伍斯特都有冲击金牌的实力，此外还有上届冠军加拿大的内斯比特，以及东道主俄罗斯强势崛起的新秀奥尔加。

张虹和内斯比特在第7组亮相。排在内道出发的张虹起速成绩非常好，她顺利地完成了一个弯道。随后的比赛，张虹节奏流畅，滑得从容，内斯比特在后面紧紧追赶。半程过后，张虹领先对手0.20秒。后半程张虹稳扎稳打，最终以1分14秒02第一个冲过终点。

尽管这一成绩十分突出，但速度滑冰女子1000米的比赛，共有36名选手分为18组进行，因此在张虹比赛完的很长一段时间内，中国代表团在场的所有人员都在焦急等待着最终的成绩结果。

排在第12组登场的王北星在前500米成绩非常不错，但在后程掉速明显，最终滑出1分16秒59的成绩。此时，张虹创造的成绩仍遥遥领先。

1分14秒90、1分14秒69完赛，尽管名将们相继创造接近张虹的好成绩，但最终均未超越张虹，直到最后一组选手滑完。中国代表团终于迎来了这等待已久的金牌！全体人员在看台上欢呼起来。

“我自己也没想到，这个冠军中国速滑队等了二十二年，这层窗户纸被我捅破了！”新闻发布会上，张虹开心地说道，“特别高兴，特别意外，特别兴奋！”当被问及如何庆祝时，张虹想了想，说：“还不知道，我还没有接受夺冠的事实，可能明天起床之后才能想到吧！”

伴随着索契冬奥会上一战成名，张虹以其高颜值的面容以及正能量的灿烂笑容，很快火爆全国。有时，她是封面杂志上微笑的时尚女郎；有时，她是公益活动的阳光大使；有时，她又是亲切娇憨的邻家小妹……当然，大家最熟悉的，还是她在赛场上的飒爽英姿。

“想了解我？看我的微博或者微信呗。”张虹绝对是朋友圈里面的活跃分子，几乎每天都能看到她的喜怒哀乐。“我喜欢用图片和视频来记录自己的生活，分享给我的朋友们看。”张虹笑着说。乐观开朗，热情爽快，就是这个东北姑娘给人们的第一印象。

从索契冬奥会回来之后，张虹的身影多次出现在各种公益活动现场：万人徒步、万人爬山、健康跑、给贫困山区送运动器材、跟孩子一起运动……“以前接触（公益活动）不多，自从我参加了这些活动，我觉得身上的责任感更强了，原来都不知道有那么多贫困山区的孩子，有那么多希望小学的孩子，他们可能连基本的运动器材都没有，球拍、球和跳绳都没有，但他们都很阳光健康，能给我带来很多的正能量。”张虹感慨道。

而与大学生的交流则让张虹开阔了自己的思维。作为世界冠军，张虹接触了很多大学生，和他们分享自己的滑冰故事，也看到了大学生积极向上、渴望求知的心态。“大学生们给我最大的印象是他们纯粹的眼神，我特别喜欢跟他们接触。我由于很小就滑冰，没有机会在学校学习，所以特别向往大学生活，以后我也希望能多和他们交流，跟每个人分享滑冰的乐趣。”张虹说。她更希望将滑冰运动的种子播撒在年轻人的心中：“希望以后有机会跟更多的年轻人、青少年一起运动，把快乐健康带给他们，带给我们的下一代，让我们的体育运动开展得越来越普及。”

好心态
带来
好运气

张虹的好心态、好性格在速滑队人人皆知，甚至在教练说她“适合当个服务员”的时候，她也笑呵呵地承认。从短道速滑转到速度滑冰，从黑马到冠军，张虹表示，自己能够坚持到现在，除了一点点天赋外，坚持才是成功的主要因素。

的确，在张虹的滑冰之路上出现过几次机遇，让她险些改行。十五六岁时，她有几次在马路上被模特公司的人挑中，请她去试镜。“小时候我个子高，也特别爱美，我也喜欢模特这个职业，就跟妈妈去面试了。”模特公司的人面试了张虹之后，说她的身高只够在国内发展，去国际上发展的话，必须要在 1 米 77 以上。张虹自己还没决定，妈妈就替她做了选择：“我姑娘要做就做最好的！如果不能走向世界，我们还是选择滑冰。”妈妈的话让张虹记忆深刻，她那时候连全国冠军都没拿到过，但是妈妈却对她如此有信心，也让她更加自信了。

张虹还练过一段时间的游泳。当时她被省里的一个游泳教练看中，说张虹的身高不错，脚踝又软，比起滑冰来更适合打水，这一说法又被妈妈果断拒绝了。张虹回忆道：“妈妈说我已经滑了五六年了，肯定不能放弃，那时候我小，还不太懂事。现在想想，真的要感谢妈妈，只有父母坚持，我自己坚持，才有了后来的成就吧。”

索契冬奥会上实现了速滑金牌的突破，创造了历史，而张虹却对着镜头说：“终于可以回家吃肉了！”因为高强度的训练，加上最佳体重的精细控制，她已经快半年没有吃过肉了。期待她能说出“豪言壮语”的人们，却听到了这句没心没肺却又发自肺腑的话，都忍不住笑了。

…… ……

最近一次看到张虹的身影，是在2021年东京奥运会上，张虹作为国际奥委会运动员委员会委员代表为运动员颁奖，而早在2021年1月，她还加入了世界反兴奋剂机构理事会。

“希望自己能尽快去适应新的角色，融入这个大家庭，去做力所能及的工作。”张虹说。理事会目前由38名理事组成，一半来自国际体育组织，另一半则是政府代表。38名理事中超过三分之一是现役或退役优秀运动员。

张虹在退役之后也没有停歇，一步步走向更广阔的天地。她说：“退役之后不断有新的目标。在我看来这些任务其实和以前的大赛一样，要拿出干劲和拼劲去完成，扛起自己的职责，对得起自己的职位，对得起组织的培养。”除了国际组织的工作，张虹还任职于哈尔滨工业大学，并成立了自己的“虹基金”，还开设了两个公众号，一个是冬奥课堂，每周三、周六都会连载“张虹滑冰小课堂”，另一个则是宣传国际奥林匹克相关活动，致力于让人们更多地了解奥林匹克。

从叶乔波，到薛瑞红、王曼丽、王北星，再到张虹，中国速滑名将们用自己的刻苦努力、顽强自信谱写了一曲速度滑冰的奋斗之歌，在完成自我价值实现的过程中，也为中国冰雪运动，乃至中国的体育事业做出了不可磨灭的贡献。

国家需要我，我就应毫不犹豫地顶上。只要能代表国家站在冬奥会赛场上，我就觉得特别荣耀和自豪，所以我那时就像战场上的一名勇士，为了祖国的荣誉而努力，我责无旁贷。

——叶乔波

叶乔波在全国冬季运动会速滑比赛中

2003年第十届全国冬季运动会在哈尔滨举行。图为于凤桐在1000米比赛中。

2005年世界速度滑冰短距离锦标赛在美国盐湖城举行。图为王曼丽在比赛中。

2010年温哥华冬奥会女子500米速度滑冰决赛，中国选手王北星收获一枚铜牌。图为王北星（左）与冠军李相花（中）、亚军沃尔夫在领奖台上。

2014年2月11日，速滑名将叶乔波做客位于索契的华奥星空——腾讯演播室。节目期间，叶乔波回忆了自己征战冬奥赛场的经历，感叹运动生涯遗憾告终，在谈及王北星、张虹等中国四位运动员的艰苦付出时，她不禁落泪。

2010年温哥华冬奥会女子1000米速度滑冰决赛在里士满奥林匹克馆举行。图为王北星在比赛中。

2016年11月10日，2016—2017赛季速度滑冰世界杯首站比赛赛前训练在黑龙江省冰上训练中心进行。图为中国队选手张虹（前）在训练中。

SHORT TRACK SPEED SKATING
THE BIRD THAT ANNOUNCES THE GOOD NEWS

肆

短道速滑

神龙腾飞的『报喜鸟』

就在花样滑冰和冰球在亚洲冬季运动会上为中国摘金夺银之际，另一个新兴的冰上项目——由速度滑冰派生出来的短道速滑项目，为中国选手再度闯进世界冰坛前列打开了通道。

李金燕在1987年第六届全国冬运会短道速滑比赛中一鸣惊人，独得三枚金牌，三次打破全国纪录，并在3000米比赛中以5分30秒6的优异成绩打破了世界纪录。这说明我国速滑运动员的身体形态和机能特点很适合这项运动，完全可以把它作为我国冰上项目迅速赶超世界先进水平的突破口。

1988年，在加拿大卡尔加里冬奥会上，不满20岁的中国姑娘李琰在表演项目女子短道速滑1000米、1500米和500米比赛中，夺得一枚金牌、两枚铜牌，并分别以1分39秒和2分34秒85的成绩创造了1000米和1500米的当时新世界纪录。在李琰获得第二枚铜牌的次日清晨，卡尔加里城到处贴满了组委会印发的宣传画，题为“神龙腾飞”。

李琰书写新纪录

说到李琰，大家熟知的是她从2006年至今一直担任中国短道速滑队的主帅。但早在1988年，这个当今队员们口里的“后妈”，已经在世界上小有名气，“神龙腾飞”也是由此而来。1992年法国阿尔贝维尔冬奥会，人们都在津津乐道于叶乔波为中国冬季项目实现了奖牌突破，而李琰同样收获了一枚银牌，仅仅比叶乔波晚了两天。

1968年，李琰出生在小兴安岭脚下的冰雪之乡宝泉岭。同年6月30日，沈阳军区党委据中共中央“6·18”批示成立沈阳军区黑龙江生产建设兵团。李琰的父亲当时是沈阳军区某部现役军人，响应号召来到兵团第二师，任师部汽车连连长。李琰的父亲身高在1.80米以上，高大魁梧，日常总是精神抖擞，是一副典型的军人形象。

军人家庭出身、严格的家庭教育，培养了李琰吃苦耐劳的品质。她在很小的时候就开始接触体育训练，最早练的项目是速度滑冰，也就是400米跑道上的速度滑冰。进入初中读了不到一年，李琰就入选了牡丹江体工队，从此开启了自己的体育人生。

1983年，从大道速滑项目派生出来的短道速滑开始引入中国，李琰作为第二批从事短道速滑的运动员，从大道转项过来。当时，短道速滑项目刚刚开展，李琰从1987年开始参加世锦赛，基本上第一轮小组赛就被淘汰下去了。中国队当时的单圈成绩很差，能滑到12秒就觉得很快了。

1987年冬训上强度训练的时候，中国队开始“走出去”，有将近两个月的时间到日本进行训练。短道速滑项目在加拿大、日本以及荷兰等国家发展得比较好，而韩国和中国则都是刚刚起步。李琰和队员们到了日本才知道，原来还可以这么练，那种训练方式和强度是大家从来没有尝试过的。中国队无论是在力量还是在控制能力上都差得很多，跟着滑行都不顺畅，这边摔一跤，那边摔一跤，经常熬得运动员眼眶都是青的。

在日本那两个月，训练效果非常好。回来之后，李琰发现自己的成绩进步很大，一去参加全国比赛，就打破了世界纪录。于是，她顺利地来到了卡尔加里冬奥会。

在1988年的冬奥会上，中国冬奥代表团派出了20人参加速度滑冰、花样滑冰和越野滑雪3大项18个小项的比赛。而新兴的短道速滑虽然是首次进入冬奥会表演赛，但也要进行参赛资格的争夺。李琰和队友们顺利通过了在美国进行的资格赛，拿到了女队全部的单项和接力项目的冬奥会资格。

由于不是正式比赛项目，李琰和当时同样参加短道速滑比赛的运动员们只能住在卡尔加里大学。当时的李琰还不满20岁，年纪小，没什么想法，也不知道自己的水平在世界上是什么位置，队里让她上去比赛，她上去就滑，甚至还领滑，用现在的话说，叫作“专注于自我”，但这也是没有办法的办法，毕竟对别人的实力水平等都不确定，赛前也没有什么针对性战术，只是奋力一搏。

“从比赛开始到最后全部领滑，1500米半决赛我从头到尾领滑，破了世界纪录；1000米决赛也是从头到尾领滑，然后破了世界纪录。”李琰说道。两破世界纪录，摘得一枚金牌与两枚铜牌，李琰成为那届冬奥会上中国队最大的亮点。遗憾的是，那时的短道速滑项目仅为表演赛，否则，李琰已早早为中国冬奥会摘得了首枚金牌。

赛后，李琰并没意识到这枚金牌有多么重要，只是觉得自己滑得挺好的。没想到，第二天早上一开门，发现门口竟然有组委会的宣传画。

“啊！这不是我吗？我的头盔号、我的滑行服……上面还写着几个大大的汉字：神龙腾飞！中国短道速滑女将李琰……”李琰有点惊讶，影响力竟这么大吗？一定是因为本届冬奥会是在加拿大举行，而冬季项目是加拿大的王牌项目，短道速滑也是他们比较擅长的，中国队能够夺金，还打破了世界纪录，让他们印象太深刻了！

那一届的冬奥会上，中国短道速滑队发挥出色的还不止李琰一个人，李金燕、乔静都进入了决赛，张艳梅比她们小一点，实力也很不错。

那个年代，除了比赛还是比赛，没有记者前来采访，也没有太多观众，只在比赛现场看到几个华侨，都在使劲为中国队员们摇旗呐喊。

虽然没能住进奥运村，但她们一点没觉得自己是“编外人员”。“发的奖牌都是一样的，参赛对手也都是通过选拔赛挑选出来的，和真正拿到冬奥会金牌没什么两样！”李琰开心地说。

带着金牌结束了首届冬奥会之旅，李琰很是兴奋，没想到回国之后感受更加明显。一回到家乡牡丹江市，很多人都来了，父母也被从农垦请到牡丹江市，戴着大红花，特别喜庆。牡丹江体委还为李琰安排了一个热闹的欢迎仪式，李琰看到周边群众打出了“向李琰同志学习”的标语，有些不好意思，但心里还是美滋滋的。

女儿这么有出息，令军人出身的父亲很骄傲。父亲一直收集着有关女儿报道的报纸，存了好几箱，时常拿出来翻看，但李琰年轻时并不愿意让父母出去显摆。在父亲去世后，她想起来还有点后悔，应该让父母在儿女有成就时使劲儿去夸，去分享这份荣耀。

正是因为李琰的优异表现，短道速滑项目在卡尔加里收获了很多关注，并且中国也将短道速滑列为了重点项目，成为全国十八个重点项目之一。李琰自己都没想到，她的成绩竟然具有里程碑意义。

对于那一届冬奥会，李琰记忆深刻，甚至连卡尔加里大学食堂的酸奶都记得，她无比怀念地说：“超级好吃！”她们当时在卡尔加里大学食堂吃饭，那地方很空旷，有时会有大雪覆盖，很美！卡尔加里的天气很冷，大家每次吃饭都是冲向食堂的……

在担任教练员之后，李琰多次带队伍去卡尔加里训练，也入住过卡尔加里大学。当时她们住的那栋楼还在，而这里也成了李琰“忆苦思甜”的爱国主义教育基地——每次到这里训练时，她都会给队员们讲述一番当年来参加比赛的情景。

新的挑战

短道速滑成了重点项目，可李琰的身体却出了问题。从卡尔加里回来之后，李琰的状态出现了起伏，1989年一整年，李琰都没有教练带，只能自己拼命练，跟上男队一起练，结果把脚后跟练伤了……与此同时，队伍里冒出了一批新秀，其中张艳梅、王秀兰最为突出，这两位女选手也早早被确定为1992年冬奥会的参赛人选，而李琰则一直在接受考察，直到赛前两天才得到通知，让她上场！

李琰回忆当时的情况，说道："当时的备战非常非常累，我没有一天松懈过，压力大得都不敢喘气，生怕被别人看到你有一分钟的偷懒。到了奥运村，我还是不知道自己能不能上场……直到报名即将截止的那个晚上，徐寅生团长带着辛庆山教练、丁自来教练，以及领导王应辅一起开会，看数据、看成绩，比较来比较去，大家研究了很久，最后还是徐团长拍板：李琰上！"

李琰自己也分析了让她上场的原因，除了上一届冬奥会的优异表现之外，还有就是她的技战术特点——能够扛到最后冲刺的阶段。她在短距离项目上的成绩在当时的队伍里面不是很突出，起跑一般，但后程不错，过人技术也很好。相比之下，与她一起处于"考察""候命"的另外一名队员的技术特点是起跑虽好，但后程相对差一点。

知道自己能去参赛了，李琰的心一直狂跳不已！这届冬奥会，短道速滑已成为正式的比赛项目，和四年前表演项目的关注度完全不同，各国的投入力度也不可同日而语。但李琰的状态与四年前的最佳时期也有差距，尽管她在备战过程中每一分钟都在想着要上冬奥会，上了冬奥会该如何去比，可一旦假设成为现实，她还是有点手足无措的感觉。

"别想太多了！别把比赛太当回事，也别把自己太当回事。正常上去比就行，就当是平常的一场比赛……"和李琰住在一起的一名大道速滑运动员，一直在为李琰做心理调节，帮助她放松心情。

但无论别人怎么说，落在自己头上还是无法控制，李琰感受着前所未有的紧张。她只能强迫自己去按部就班做比赛准备，努力地放平心态。

临危受命，且只有两天的实战准备时间，任谁都会感到紧张，但一向不服输的李琰心里憋着一股劲，要拿下比赛！这场比赛让李琰印象深刻，她努力控制好自己的心态，每天都吃好睡好，从2月18日比到22日，一轮轮地晋级。在半决赛上，她在最后阶段超越了一名选手，才好不容易进了决赛。相比之下，队友们都表现欠佳，进入决赛阶段后就只剩下李琰孤身作战了。

“怎么样?”教练问。

“反正就剩我一个人了，拼呗!”李琰的回答一如既往。

决赛阶段有4名选手，另外3名分别是朝鲜选手黄钰实、荷兰世界冠军莫妮卡·维兹波，以及美国选手卡茜·特纳。按照此前晋级的成绩排名，李琰排在了第四道次。不知道是不是太过紧张，美国选手卡茜刚一出发就摔倒了，大家只好重新回到赛道上起跑。第二次出发，李琰反倒镇定了，竞技状态出奇地好。出发后她抢到了第三位，然后一直跟着荷兰选手和美国选手滑行，到了最后阶段，一个漂亮的内道超越排至第二，进入最后一个弯道转直道的时候，李琰优势明显，但在终点前，她率先出脚略有降速，而卡茜则一直冲刺到临近终点才大跨步伸脚。

0.04秒！半个冰刀尖！冲过终点后，卡茜披上美国国旗开始庆贺成功，而李琰则懊恼地拍了下手……

“当时，短道速滑刚刚有了一些裁判规则上的变化，中国队没跟上国际潮流，没有掌握冲刺技术，我们就没练过冲刺，所以到了终点前不会伸脚。也就是说，我们国内当时并没有意识到技术和裁判规则的改变。如果那时技术能够全面一点，哪怕多练一下冲刺技术，金牌也许就是我们的了。”多年之后，李琰回忆起此事时仍耿耿于怀。

当然，李琰收获的这枚银牌同样意义非凡。此前两天，叶乔波刚刚为中国取得一枚银牌，实现了中国冬奥会参赛历史上奖牌零的突破。

看台上，中国代表团的工作人员、队友、媒体人员等都在呼喊着李琰的名字，一片欢呼雀跃！领奖时，李琰也很兴奋，把马尾辫梳得高高的，还化了一个精致的妆，开心地上台领奖。

虽然四年准备的过程是那样艰辛曲折，所付出的努力是那样令人难忘，但最终化为奥运会比赛上的一枚银牌，李琰觉得一切都是值得的。

那一届冬奥会，在李琰的心中留下了美好的印象。她和几个大道速滑运动员住在一个半山腰的房间里，冬奥会期间恰好赶上西方的情人节，当她们走进餐厅的时候，门口就有人为她们每人送上了一枝玫瑰花。中国当时还没有情人节的概念，特别是看到这么大范围地送玫瑰花，都感到非常惊奇。那时的法国，生活条件比中国好很多，因此有许多新鲜事物是李琰她们没有见过的，比如餐厅外面的冰箱里放置的水果酸奶，李琰还是第一次吃到，觉得非常好吃，这成了那一届冬奥会上令她最深刻的记忆之一。

“如果回到 1992 年，我想和自己说：你做得很好，太出色了！”尽管李琰在那一届冬奥会拿到了真正的奖牌，但她并没有像上一届冬奥会回来之后大出风头，当时所有媒体的关注都聚焦在了叶乔波身上。对于这一点，李琰没有太在意。她回顾自己运动员生涯中的那些挫折与成功，所有的成功，在走下领奖台之后就变成了过去，所有的荣耀都是一时的，开心之后也就过去了，只有失败与挫折，值得终生不断回味。

“当运动员时，生活很简单，做好自己就可以了，虽然有一些成绩，但留在记忆中的挫折也比较多。现在回想起来，我还不够成熟，虽会调整自己，但不会总结自己。我认为自己是一名刻苦的运动员，能跟上男孩子一起训练；也有人说我是个聪明的运动员，我不觉得，总觉得那么多人比我强。直到现在，我再回看以前的录像，还会看到自己有很多的不足。”李琰说，这种勤于琢磨与思考的态度，也为她以后成为教练打下了良好基础。转变为教练员身份后，她总是会回想自己以前当运动员时的经验，想着怎么才能让队员少走弯路。同时，作为教练，她希望自己能在团队中释放一种爱，让每名运动员都能从中感受到，并转化为提高滑冰技术的动力。

收获奖牌
收获爱情

1992年冬奥会，除了收获银牌之外，李琰还收获了甜蜜的爱情。在她紧张备战、前途未卜的时候，来自大连的全国冠军唐国梁走到了她的身边，二人相识于一同出征冬奥会的团队中。

“喏，那个就是李琰！给你介绍有什么好处？”队友指着李琰对唐国梁说。

“请你吃肯德基。”

“真的吗？”

“真的！”

……

队友被唐国梁的回答震住了，不知道该怎么接招。这时教练看不下去了，大声喊了一句：“她就是李琰！”正从滑雪队身边路过的李琰停下脚步，扭过头来观望。唐国梁红了脸，大家开始哄笑起来，李琰也明白了几分，脸也红了。

自此，李琰就与唐国梁相识了。在队友们的撮合下，唐国梁与李琰慢慢走在了一起，唐国梁的憨厚与内向让李琰十分动心，而李琰的漂亮大方也让唐国梁爱恋至深。

两人开始了爱情长跑，唐国梁很快得到了李琰一家人的喜爱，弟弟妹妹逐渐认可了这个还没结婚的“姐夫”，李琰在心里也有了牵挂与依靠。

随后，国际奥委会进行赛事改革，1994年挪威利勒哈默尔冬奥会于两年后举行，李琰作为中国短道速滑队的第五人，参加了女子项目的争夺。这一届冬奥会上，张艳梅摘得女子500米银牌，延续了短道速滑奖牌荣誉。

随后，这一批运动员相继退役，李琰与唐国梁的爱情也瓜熟蒂落，于1995年完婚。退役之后，李琰婉拒了国家队、八一队等几个国内顶尖运动队的邀请，选择了就读东北财经大学国际金融专业。当时的李琰确实有心告别心爱的速滑场，学一门专业的学问，为将来找个好工作打好基础。

大学毕业后，李琰被分配到大连地税局，有了一份安逸的工作和一个美满的家庭。在大家看来，李琰应该很满足了。但其实，回归平淡的李琰内心突然有了一种失落感。冬天，每当看见滑冰的孩子，或是在电视屏幕上看到过去的伙伴依然奔走在速滑一线时，她的内心就有一种说不出的难受。而唐国梁只能变着法儿哄她，希望她能走出这样的惆怅，变得开心起来。

大杨扬
刮起
短道旋风

1994 年利勒哈默尔冬奥会之后，短道速滑国家队开始更新换代。杨扬，也就是日后大家所称的大杨扬，于 1995 年进入了国家队。比之李琰，杨扬经历了更为跌宕起伏的职业发展历程，她的成长也见证了中国短道速滑走向繁荣的过程。

1975 年，杨扬出生于中国最北的一个边陲小镇——黑龙江汤原县，父亲是一名警察，母亲经营着一家小照相馆。刚出生时的杨扬显得异常安静，不哭不闹，父亲给她起了个小名“冰心”，意思是冰冷的心。不承想，当日后的杨扬屹立在奥运赛场上时，真的成了冰场上吸引所有人目光的中心。

汤原县是一个典型的东北县城，冬天这里的气温能达到零下 30 多摄氏度，滑冰、雪爬犁、打雪仗是当地孩子们最喜爱的体育活动，冰冻的河道则成了孩子们的天然游乐场。顽皮倔强的杨扬对于滑冰似乎有着与生俱来的天赋，年仅 8 岁的她不仅特别喜欢滑冰，还被家乡的业余体校教练王春尧看中，从此开始了伴随一生的冰雪之旅。

1986 年，杨扬的父亲因工作调动，从汤原县来到了离哈尔滨不远的七台河市，11 岁的杨扬也跟随父亲来到了这里，并进入七台河市业余体校训练和学习。如果说汤原县业余体校是杨扬的启蒙之地的话，那么七台河市业余体校则是她的成长之地。七台河市是中国短道速滑十分重要的地标城市，涌现了一批优秀的短道速滑运动员，包括后期的王濛、刘秋宏等。

在汤原县训练时，与同龄的孩子相比，冰场上的杨扬是一名佼佼者。然而来到七台河之后，杨扬无论是身体素质还是专项能力都显得一般了，甚至在队里属于中下游水平。来到七台河的第一年，单看训练成绩，别说参加比赛了，杨扬连外出观摩比赛的资格都排不上。

要强的杨扬自然无法接受这个现状，北方的冬天，天亮得很晚，体校小队员们的早操常常是在黑暗中进行的。黑漆漆的冰场上，只能听见远处冰刀滑过冰面的声音。倔强的杨扬以非凡的韧劲在黑暗中爬坡，一圈接着一圈滑着，董延海教练看中了杨扬的韧劲，煞费苦心，悉心指导，为杨扬打下了坚实的基础。而杨扬也用自己的成绩为七台河市夺得了一项又一项荣誉。这座酷爱冰雪运动的城市，为了表达他们对杨扬的敬意，甚至把一条街命名为“杨扬大街”。

1989 年，是杨扬冰雪事业至关重要的一年。这一年，当时成绩并不突出的杨扬被黑龙江省体校的金美玉老师选上了，这是连市业余体校教练也没有想到的事情。金美玉看上的是杨扬的潜力和出色的冰感，然而从没有接受过正规专业训练的杨扬，一进队又成了给全队垫底的了。

正当杨扬日复一日地在400米的大跑道上追赶队友的时候，短道速滑逐渐进入冬奥会大家庭，并在1992年列入奥运会的正式比赛项目。与400米的大跑道相比，短道速滑单圈只有111.12米，更具观赏性，广受欢迎。

杨扬开始改练短道速滑。一开始，她非常不习惯，还有点想不通，在短道上的训练总是提不起兴致，但在大跑道上依然十分投入。不过，她很快调整好了心态，说服自己，既然下定决心改练短道，就要练出个名堂。短道速滑需要出色的爆发力，为了增加力量，金美玉经常带着杨扬到冰场附近的太平公园练身体素质。杨扬也总给自己加量，因为她坚信，成绩是练出来的。

还有一个更为严峻的现实，那就是刚刚来到哈尔滨的杨扬，还只是个试训生，意味着如果表现不好，她随时有可能被退回原籍。

凭借着对滑冰的热爱和加倍的努力，杨扬不但留下了，还越练越好，跟随金教练训练的第三个年头，杨扬终于有机会到北京参加全国级别的比赛，不过对于这个15岁的小姑娘来说，更让她兴奋的不是去参加什么级别的比赛，而是去北京看看。

1992年1月，杨扬在全国短道速滑锦标赛上勇夺1500米和3000米两枚金牌。这时的杨扬已经不是靠鞋在滑冰，而是凭借对冰的感觉在滑冰。

“冰上的我才是更真实的我，因为在这里我可以得到充分的释放，无拘无束。”杨扬内心坚定，她知道，滑冰就是她最真实的理想。其他的运动员总是还会一些触类旁通的项目，但杨扬却仅仅是滑冰的天才，除了滑冰，对于其他体育项目一窍不通。用她妈妈的话讲，这孩子，脑子里只有一根筋。

也许就是这“一根筋”的劲头，成就了冰面上令人无法超越的速度。

1993年，杨扬的父亲去世了，突如其来的打击令她不知所措。女儿失去了精神上的依靠，家庭在经济上也陷入困境。极度压抑的心情和过度疲劳之下，在1994年的奥运会选拔赛上，杨扬没有了往日对冰的感觉。

1995年，国家体委进行了改革，改变了以往的训练体制，并决定组建短道速滑国家队，目标就是要在1998年长野冬奥会上实现金牌零的突破。吉林籍教练员辛庆山来到北京，成为国家队主帅。

当时，中国的冰雪运动基本是在黑龙江与吉林两个大省开展的，吉林与黑龙江的省队也是争夺最为激烈的两支队伍。随着李琰等人的退役，吉林在实力上超过了黑龙江，涌现出一批优秀的运动员，王春露、杨阳（即日后人们所称的小杨阳）等新人实力强劲，都是杨扬在国内赛场上的对手。

“刚来到国家队的时候，自己很自卑，在这支队伍里面，自己是年龄最大的一个，也是能力最差的一个。”杨扬曾如此感慨过。成绩最靠后的杨扬，在主教练辛庆山眼里，是中国队冲击冬奥会金牌最不可能依靠的队员。

“杨扬是黑龙江照顾来的，作为平衡照顾来的。”辛庆山曾毫不留情地如此评价道。而杨扬对此也心知肚明，成绩的落后使她在队里得不到像在省队时的重视，作为替补队员，出场比赛的机会微乎其微。

面对这一切，杨扬再次选择了坚持。

由于报名参加国际比赛的名额有限，国家队内部的竞争空前激烈，训练气氛异常紧张。作为唯一的黑龙江籍队员，杨扬的处境变得有些尴尬。为了给自己争取到上场比赛的机会，训练场上的杨扬心里只有一个念头，就是拼命地练，她要到赛场上去证明自己！

杨扬在训练场上全身心的投入渐渐吸引了辛庆山的注意，他也慢慢改变了对杨扬的看法。终于，不甘心总是替补的杨扬等来了在国际赛场上一试身手的机会。在第九届亚冬会上，杨扬在1500米比赛中面对韩国名将全力卿和金朝夕，表现出色，一举夺冠。韩国的这两名运动员依靠整体实力和战术配合长期雄居世界排名第一、二位，却在这次被杨扬超越了。

杨扬的胜利意义非凡，这是中国队第一次在1500米项目中战胜韩国队。这场胜利让辛庆山看到了杨扬的能力和潜力，而在其他队员眼里，这个来自黑龙江的选手也不再是队里垫底的了，国家队又多了一个有实力参加国际比赛的竞争者。而在杨扬心里，她很清楚这次的胜利是因为对手对自己的轻视，要想真正成为队里的主力人选，她需要继续努力，再次用成绩证明自己。

长野冬奥会留下遗憾

1998年的长野冬奥会，至今想来都令人感到遗憾，忍不住叹息。在整个冬奥会周期所向披靡的中国短道速滑队却只拿到了五枚银牌和一枚铜牌。参赛队伍当中，李佳军和杨阳都有过1994年冬奥会的参赛经验，算是当时的男、女队主力。

长野冬奥会上，中国队第一个冲击金牌的项目是女子3000米接力。枪响后，王春露冲在了第二位，两圈过后，中国队开始领先，在随后的20多圈里，中国队一直排在第一位，按照预定计划滑行。最后时刻到了，大杨扬肩负重任，然而在交接棒时，她没能控制住对手，被韩国选手抢了先，最终与冠军失之交臂……这块金牌虽然丢得有些可惜，但队员们的情绪并没有受到太大影响，大家仍然斗志昂扬，准备着接下来的比赛。

第二个冲击金牌的项目是女子500米，刚一出发，小杨阳就和对手发生了碰撞，险些跌倒在冰面上。而在500米比赛中屡创佳绩的王春露，则凭借起跑的优势，第一个冲出起跑线，但王春露的优势仅保持了两圈，就在一个弯道处被急于超越的对手绊倒，只好眼睁睁地看着金牌旁落。

第三个冲击金牌的项目是女子1000米，这也是中国队最有希望问鼎的项目，大杨扬与小杨阳在决赛中双双入围，更增加了中国选手的取胜机会。比赛开始后，她俩按照预定的战略密切配合，大杨扬一路领先冲向终点，但在最后一刹那，韩国选手先出一脚，再次断送了中国选手的金牌梦。

男子项目同样遭受了失利打击。作为中国队队长，也是实力最强的男选手，李佳军也是在比赛的大多数时间里处在领先地位，但是在最后冲刺关头，又是经验丰富的韩国人先出一刀，使李佳军在接力比赛之后再度饮恨。

…… ……

长野冬奥会上，中国短道速滑队在总共六个项目中获得五块银牌和一块铜牌，成绩已经非常突出，然而在显示出强大实力的同时，队员们也感受到了格外的遗憾——他们只能将自己的金色梦想留给下一个世纪了。

长野冬奥会没能实现金牌零突破的目标，中国队在赛后进行了认真的反思。位于首都体育馆东侧的冬季运动管理中心办公大楼，连续开了近一个月的会议，务实会，务虚会，针对长野冬奥会的表现，各项目逐一“过堂”，尤其对拿到了五枚银牌的短道速滑项目，更是进行了详尽复盘与深刻反思。

首先是对自己实力上的正确评价——从1994年到1998年，中国队四年当中共拿了六七个冠军，而大多数金牌仍属于韩国和加拿大，所以从整体实力而言，中国队并不出众。其次，是对项目规律的认识——当时中国队总是把训练和比赛混为一谈，训练中拿着秒表一掐，一看和世界纪录很接近，就觉得离奥运会金牌很接近了。但实际上，训练中达到世界纪录的水平是很容易的，秒表上的成绩只能说明具备了一定能力，并不说明其他。最后，是对临场发挥的考量——现在看来，中国短道速滑选手在历届冬奥会上的表现，只有长野冬奥会上表现得最正常，因为所有项目都进入了前三名，而在其他几届冬奥会上，中国选手并没有发挥出最佳水平。

在这种反思中，也出了一句关于短道速滑的名言，即“对于短道速滑这个项目来说，有时候滑得慢比滑得快还重要”。

的确如此，对于项目的本质和规律，如果再不去认真地剖析，那么在下一次的国际比赛中肯定还会带有很大的盲目性。就拿短道速滑来说，不仅要能滑得快，还要学会怎么滑得慢——在这个项目上，滑得慢比滑得快更难把握。

找准项目规律，便找到了制胜宝典。长野冬奥会之后，通过分析项目规律，有针对性地加强训练，很快，中国短道速滑队在国际赛场上大放异彩，尤其是杨扬，逐渐成长为那个年代的明星级选手，她在那个周期内两次夺得标志着这个项目最高成就的全能金牌，也预示着中国女队由此进入全盛时期。

更为难得的是，无论是大杨扬、小杨阳，还是王春露、孙丹丹，无论是吉林队还是黑龙江队，四位姑娘心往一处想，劲儿往一处使，因优异的表现被称为“四朵金花”，团结与配合使得她们灿烂绽放于世界赛场。经过了两届冬奥会的磨砺，四个人凝聚如铁，放下了所有个人荣誉，奋力拼搏，一同为2002年的盐湖城冬奥会努力着。

杨扬用实力缔造了冰坛上的神话。当时，中国队在世锦赛上总共获得了53枚金牌，其中有21枚是杨扬拿下的。这个坚强又耿直的东北姑娘，在赛场上总是能不折不扣地执行教练的战术安排，也渐渐赢得了队友们的信任。毫无疑问，大杨扬已经成为中国女子短道速滑无可替代的领军人物。

在中国短道速滑队的集体努力之下，中国体育终于在新世纪迎来了实现冬奥会金牌零的突破的曙光。2002年美国盐湖城冬奥会上，中国冰雪健儿信心百倍，金牌突破的呼声超过了此前任何一届。

彼时的中国，正阔步迈进新纪元，社会经济全面腾飞，夏季项目在奥运会上已经实现了跨越式提升。2001年7月成功申办北京奥运会之后，全民对于体育的重视程度达到了前所未有的高度。

从“鸭子飞了”到夺金

分析盐湖城冬奥会中国代表团的实力，短道速滑是最有机会夺金的项目。其中的女子1500米项目，杨扬和杨阳组成了双保险，在此之前的一个奥运会周期，大杨扬参加了四次该项目的世界锦标赛，夺得了其中三次的金牌，而另外一次的金牌则被小杨阳拿下。在过去三年的国际比赛中，中国队在这个项目上就没有输过，被称为行业内的“大姐大”。大杨扬和小杨阳两个人，也被视为在盐湖城冬奥会上，为中国代表团夺金可能性最大的运动员。

说到这里有一个有趣的插曲：由于两位中国优秀的短道速滑选手名字发音一样，国内大家按照年龄将她们称呼为大杨扬和小杨阳，而在国际上则将她们二人分别标注为YANG YANG A，YANG YANG S，以此区别。

虽然大家都认为女子1500米项目中国队已是胜券在握，但是作为最高规格的冬奥会，与其他比赛相比还是有着很大的差别，要想在冬奥会上夺金需要具备的因素太多，而这也是奥运会的魅力所在。

北京时间2002年2月14日，女子1500米项目率先展开，这是短道速滑最早开赛的项目，再加上中国队实力突出，金牌零的历史很可能要在这一刻被改写，因而各大新闻媒体都将焦点对准了这块冰场，每一个中国人也都在高度关注着这场具有历史意义的比赛。

然而，巨大的期待转化为巨大的压力，压在了大杨扬和小杨阳身上，比赛过程变得不顺利起来……在半决赛上，大杨扬被韩国选手崔恩景领先，后者还打破了世界纪录。大杨扬以第二名晋级决赛，这在一定程度上对大杨扬的心态造成了影响。小杨阳也顺利进入决赛，中国队的两名队员分别位列第二、四道次，形成了一定的集团优势。但与此同时，韩国选手崔恩景和高基玄也双双晋级决赛。崔恩景在半决赛中已经展现了破世界纪录的好状态，而高基玄只有15岁，两人算得上是赛场上最大的黑马了。这些年，为了战胜中国队，韩国队一直在不停地变阵，新人辈出，而这两名选手便是韩国队为应对中国队选派的奇兵。

比赛开始了，大杨扬和小杨阳按照既定计划，分别位于中间和后面位置跟滑，而韩国队可谓初生牛犊不怕虎，两名选手采用了一个非常凶狠的战术，即比赛全过程领滑。她们真的是拼了，要么赢，要么输，不给自己留任何后路。

很明显，韩国人这种凶悍的战术超出了中国队赛前的预料。1500米在短道速滑比赛中一共才13圈半，高基玄从第3圈就开始领滑，到了比赛中后段，崔恩景和高基玄交换位置继续领滑。还剩最后3圈，小杨阳明显感觉到场上形势已经很不利了，想抢上去领滑，结果在超越加拿大选手的时候正好在入弯道处，弯道超越加上速度太快使得她摔出了赛道，而加拿大选手也因为高速滑行失去重心摔了出去……

从比赛开始到结束，大杨扬一直排在队伍的最后，最终没能赶超对手。而由于中途两名选手摔倒，她最终以第四名的成绩结束了这场比赛。保加利亚老将拉达诺娃收获了铜牌。

即便过去了二十年，再回忆这一幕时，仍能感受到大杨扬在通过终点后的那种深深的挫败感。而中国代表团的泄气劲儿就更别说了，整个团队都开始悲观失望起来。

关键时刻，中国代表团团长袁伟民站出来了。

传奇人物袁伟民是中国女排的功勋教练，是走在时代前列的人。早在中国改革开放之初，他就带领中国女排连续五次夺得世界冠军，过程虽然艰难曲折，但却为当时的中国注入了强大的体育精神，在体育领域，为中国冲出亚洲走向世界开了一个好头。“为国争光、顽强拼搏、永不放弃”是中国女排精神的核心。袁伟民在很长一段时间内作为中国竞技体育的领军人物以及国家体育总局局长而被大家所熟知。

严肃甚至是苛刻的工作作风，是袁伟民的标签。在工作当中严格要求、不讲情面是他留给人们的普遍印象。但是，袁伟民有过太多严酷大赛的经历，他知道如何在不同的形势下采取不同的工作方式，最终实现预定的目标。

最有把握的一枚金牌已经丢了，接下来如何疏解队员们的挫败情绪，如何重振士气，成了袁伟民最关注的焦点。

“我要与短道速滑队员们座谈！”在女子1500米比赛失利之后，袁伟民提出了这样的要求。

当时任冬运中心副主任的朱承翼把这个消息通知给大家的时候，遭到了教练和驻队心理医生的强烈反对。他们认为，在这种形势下，若袁伟民局长当面批评运动员，很不利于后期的比赛，队员们的压力会更大。但是袁伟民对他们说：“你们怎么知道我只会批评他们呢？”

果然，两个小时的座谈会，大杨扬等一批运动员愁眉苦脸地进去，又笑嘻嘻地出来，运动员们的精神状态明显改变了。

另外，代表团的李富荣和段世杰两位领导同志也及时从各自不同的角度为运动队做工作，起到了十分积极的作用。这也是中国体制的特有优势——无论走到哪里，只要有组织在，都有一个坚强的领导集体做后盾。

“从矛盾的对立面把握对手，从而战胜对手。”大杨扬和袁伟民进行了一次长谈，这次谈话后她放下了失利的包袱，将目标集中在了下一场比赛上。

“关键是下面的500米决赛，保加利亚名将拉达诺娃几乎长期占据女子短道速滑500米冠军的宝座，500米是她的最强项，主要矛盾转换到了她的身上，她的心态也发生了变化。她守你攻，只要你充分放开，敢打敢拼，凭你现有的实力和能力，是完全有把握在这个项目上夺得金牌的。”领导的分析，将大杨扬的压力释放了，她逐渐放松了心态，并认真制订比赛的具体方案。

大杨扬跑到奥运村的理发店，剪短了头发，自己还剪了指甲，这在以前都是不能触碰的忌讳，就如同很多学生在大考之前不会理发、剪指甲，担心发挥失常一样。但大杨扬就是要这么做，她说自己已经将心魔打败，走出了阴影。

相隔3天，72个小时之后，来到了北京时间的2月17日。中国运动员从奥运村出发前，袁伟民团长就比赛结果做出了他很少有的预测：“今天晚上你们肯定能夺金归来！”他还对大家说，他在其居住的客厅里准备了一些糖果之类的小零食，专门等待着运动员们载誉归来。按照既定的行程计划，当天晚些时候，袁伟民就要先期回国了。

同样的赛程，同样的比赛场地，同样的运动员，大杨扬和队友同样站到了决赛场上。只不过这一次与她一起进入决赛的，是王春露。

“拿了金牌，不是大杨扬一个人的，而是集体的，它属于每一名中国短道速滑运动员。”袁伟民在座谈会上讲过的这句话，至今都记在王春露心里。这一刻，大家拧成了一股绳，不分你我，无论胜负，内心只有一个信念：胜利！为了中国！

大杨扬在内道，王春露在最外道。走上冰场之后，大杨扬摘下手套，弯腰摸了一下冰面，随后又戴上手套，眼神笃定地走到了出发线……“这个动作后来有很多人在解读，甚至还有人发挥想象，说成是我与冰面的感情什么的……其实我就是脑子有点发懵，摸一下冰面，这股寒气能让自己脑子清醒清醒。”

从出发开始，大杨扬就抢到了领先地位，一路领滑至终点。王春露则在后面占住位置，卡好路线，最终也拿到了一枚铜牌。

仅仅用了44秒！在美国盐湖城冰上运动中心震耳欲聋的欢呼声中，在此起彼伏挥舞着的各种颜色的国旗中，杨扬赢了！中国赢了！中国人实现了二十二年在冬奥会上夺得金牌的梦想！

中国代表团沸腾了！全国人民都在激动地欢呼！

等到大家从赛场回到奥运村时，袁伟民团长已经笑眯眯地站在敞开的宿舍门口，等待着大家。大杨扬把领奖时得到的鲜花献给了袁伟民，而袁伟民也如他一早说好的那样，招呼大家吃早就准备好的“喜糖”。

2月23日，令人激动的场面再次在盐湖城冰上中心上演，短道速滑女子1000米比赛，大杨扬与小杨阳重复了1500米的决赛，同时晋级。不过这一次她们将结果改变了，两人配合十分默契，在9圈比赛的大部分时间内，她们始终把主要对手高基玄压在第三位，直到最后一圈，杨扬发挥了冲刺强劲的特点，一举奠定了胜势，而拼命追赶的高基玄则超越了杨阳，获得第二名，小杨阳收获一枚铜牌。

在出征盐湖城冬奥会前，中国军团低调但坚定地说：“我们要实现冬奥会金牌零的突破。”虽然在赛事初期有些波折，但凭借着大杨扬的一双冰刀，中国队在马年的春节一下子添了两枚冬奥会金牌，双喜临门！终于，大家都可以踏踏实实地说一句：“马到功成！”

李琰
异国执教

在好朋友大杨扬为中国短道速滑实现金牌零的突破时，李琰也在自己的人生路上书写着突破。

在大连税务局工作之后，李琰心里依然没有割舍下滑冰。当时大连有个少年轮滑队，成绩平平，大连市体委领导找到李琰，请她出面指导一下这支队伍，李琰痛快地答应了。那个夏天，李琰天天和队员们待在一起，没想到，在之后的全国比赛中，大连轮滑队技惊四座，从多年的默默无闻一下就取得了一个第二名、三个第三名的好成绩。看到小队员们欢呼雀跃的模样，李琰突然忍不住哭了，从那时候开始，她便清楚地知道，她的内心离不开滑冰事业。

1999年，斯洛伐克体育代表团到中国访问。在与中国冰雪界交流时，他们提出希望中国能派一名教练到斯洛伐克，帮助他们训练速滑运动员。此时，冬运中心副主任兰立想到了李琰。当一个长途电话打到大连询问李琰是否愿意出国任教时，她毫不犹豫地同意了。

当李琰把这一消息告诉丈夫时，唐国梁犹豫了一下后说："李琰，这些年你为了我放弃了很多，看着你痛苦，我内心也不好受。去吧，这才是你应该选择的职业！家里有我呢。"

带着丈夫的支持，李琰重新回归了冰雪界。

斯洛伐克跟中国的训练体制不一样，运动员都是自己花钱训练，条件异常艰苦。但就是在那样的条件下，李琰在不到一年的时间就让斯洛伐克速滑队在欧洲比赛中夺得一个全能第六名、两个单项第四名的成绩，其中还有一名队员获得了参加盐湖城冬奥会的资格，为斯洛伐克实现了零突破，李琰也因此受到斯洛伐克总统的接见。

不久，李琰又被奥地利国家短道速滑队看中，并在十个月后带领该队走出低谷。

…… ……

2003年4月的一天，正在家里休息的美国短道速滑名将阿波罗从队友那里听到了一个消息，美国短道速滑队将聘任来自中国的教练——37岁的李琰来美执教。当时，对于这位中国美女教练，阿波罗是不了解的，因为李琰此前并没有在短道速滑强国执教过的经历。

阿波罗认为自己是最优秀的运动员，他要求教练把他作为中心和重点培养对象。但李琰认为，她是美国国家队的教练，应该以大局为重，并且只有全队成绩提高，才能更好地将阿波罗突显出来。阿波罗一开始并不理解，美国运动员的个性很突出，大多数队员都是以自我为中心的，他很难理解新教练的意图。但李琰坚持这么做，也成了阿波罗眼中"固执的女人"，师徒二人有了一丝芥蒂。

此时，唐国梁也来到了美国，在一个加油站打工，和李琰终于结束了分居生活。与此同时，唐国梁进修的运动医学课程很快就能结业，到时他就可以在美国当一名按摩师，有一份稳定的工作和收入。

两人的小日子逐渐步入正轨，李琰也怀孕了。此时的李琰已经属于高龄产妇了，当医生诊断她胎位不是很理想，需要卧床静养时，李琰却挺着肚子继续工作。"医生让我从怀孕到生产都卧床，但贝拉在我肚子里七八个月的时候，我还在冰上带队员训练。”李琰的敬业精神令人感动。

有一次，阿波罗对李琰的训练计划提出质疑，无论李琰怎么解释，也没能让阿波罗信服。于是李琰变得严厉起来，要求阿波罗必须完成自己的计划。训练结束后，李琰再次跟阿波罗解释说，只有这样的距离和速度，才能提高你的运动成绩。

虽然阿波罗心存疑虑，但在大局面前，“太阳王子”表现出了少有的冷静和服从。优秀运动员的品质也令李琰敬佩，她更加投入地指导着队员们，期待他们有质的飞跃。

李琰安排阿波罗与队友们滑圈，到了需要由阿波罗领滑时，或许那天阿波罗的状态不是很好，也或者是他个性太强，他坚决拒绝领滑。这关系到训练计划能否执行下去，如果每个队员都像阿波罗这样不配合，训练就将无法进行。于是李琰对他说：“阿波罗，全队人都在等着你，如果你觉得这样好，那么今天大家就等着你。”虽然阿波罗内心不是很服气，但还是立刻冲到了领滑位置，完成了李琰布置的任务。

一个月后，成果显现了，李琰做了一次身体测试，结果让美国队员们大吃一惊，他们每个人的成绩都得到了飞速提高。直到这一刻，阿波罗才真正信服了，他走到李琰面前，腼腆地说：“教练，看来你是对的！”

一年后，阿波罗不但巩固了自己原来的运动成绩，而且在自己的弱项500米比赛中也取得了长足的进步，无论是单项500米、1000米、1500米，全能3000米，还是5000米接力项目上，“太阳王子”都在疯狂追赶着太阳。

李琰执着、认真的工作作风和训练方法，也渐渐得到全队的认可。在美国短道速滑队执教一年以后，她被队员们戏称为“疯狂的中国女人”，这一称呼中包含着队员们对李琰的尊重与认可。

2005年对于阿波罗来说是丰收的一年。这一年，他所向披靡，取得了所有世界杯6站赛的总冠军。世界锦标赛上夺得1000米金牌、3000米金牌和接力赛铜牌。以至于韩国冰雪界惊呼，阿波罗的出现，是安贤洙最大的悲哀，阿波罗是安贤洙最大的克星。一时间，阿波罗成了韩国人的“眼中钉、肉中刺”。

三年的努力，终于结出丰硕的果实。在2006年都灵冬奥会上，阿波罗在自己的弱项500米比赛中取得历史性突破，他打破了韩国人的围追堵截，杀出一条血路，第一个冲过比赛的终点!

顿时，全场一片沸腾，而取得冠军的阿波罗第一反应就是冲到冰场旁边，与自己的中国教练李琰紧紧地拥抱在一起，千言万语化作一个深深的吻，印在李琰的额头。这个美国男孩用美国人的礼节，表达了自己对教练的感谢与祝福。

应该说，李琰在都灵冬奥会上的战役打得相当漂亮。她不但帮助阿波罗夺得一金一铜，率领美国男队获得接力赛铜牌，而且女队成绩也有所提高，美国队的进步让世界为之惊叹。回想阿波罗在夺得男子500米金牌后冲向场边热情拥抱自己这一举动，李琰说：“这个拥抱对我来说就是最大的回报，包含着阿波罗的感激和信任，那个时候我真的百感交集。”

但当时也发生了一点儿不愉快：美国队获得冠军之后，李琰却没有跟着美国人一起唱国歌，赛后遭到了许多媒体的质疑。她坦言，自己除了中国国歌之外，其他国家的国歌一律不唱。作为教练，她有责任和义务帮助队员取得优异成绩，但作为一名中国人，她只会唱自己国家的国歌。

虽然美国媒体对此有争议，但美国队仍然不愿意放走李琰，在合同到期之后，又开出了很高的条件想要续约。与此同时，李琰也收到了中国短道速滑队的邀请，请她回国执教。经过认真考虑，李琰最终选择回到中国。

王濛
横空出世

此时的中国短道速滑队处于青黄不接的新老交替阶段，在大杨扬等人退役之后，王濛的出现给中国队带来新的希望。

1984年，王濛出生于黑龙江省七台河市一个普通家庭，父亲王春江是一名煤矿工人，母亲张晓霞在法院工作。王濛从小就大大咧咧的像个男孩子，一放学就和小伙伴们疯玩疯跑，是个“孩子王”。

1993年春天，七台河市业余体校的年轻教练马庆忠开始选材，9岁的王濛当时正在新矿区矿务局小学读书，她也成为马教练在这所小学选中的唯一一名学员。

由于年龄小，马教练刚开始只让王濛进行陆上训练，并没有安排她参加负重训练。但王濛不服输，看着队友们练得火热，她也忍不住趁着教练不在的工夫，偷偷来到杠铃边，模仿队友的样子把杠铃片举起来。没想到，小小年纪的她根本无法负重，她用尽全力抠住最上面的一片杠铃片，结果杠铃脱落下来，把她的手指砸在了两片杠铃片中间，手指缩回来的时候，食指指甲盖几乎脱落，鲜血直流……教练和队友赶紧把她送往医院，父母也赶来了，王濛疼得直掉眼泪，但包扎好后她却像没事儿一样，还安慰教练和父母，说指甲盖肯定还能长出来。很快，她就忍痛恢复了训练。

穿上冰鞋训练之后，王濛和小队员们都要经历磨脚之痛，大家都嚷嚷着太疼了不想练了，只有王濛默不作声，脚踝磨出血，结痂再磨破，她都咬牙坚持着。白天流出来的血和袜子粘在一起，晚上睡觉前脱袜子的过程是最痛苦的，但王濛都忍下来了。

和队友相处的日子里，王濛也展现了其大气的一面，家里拿来好吃的，她都会和队友们分享。队里有啥脏活累活，她也会冲在最前面。训练就更不用说了，和男孩子一样的训练量，甚至很多男孩子都滑不过她。

1998年，王濛进入黑龙江冰上中心，成为省队的一名专业运动员，师从范宏文教练。范教练认为，王濛的滑行技术不错，但体能一般。此时，正处于青春期的王濛身体开始发胖发沉，在冰上没以前利落，她找到教练问，要不要不吃不喝减肥？教练劝她要合理减肥，不能走极端，同时鼓励她培养主动训练的思想意识。

此后，王濛真的把短道速滑当成了自己的一份事业，而不再只是一个爱好。在教练的悉心指导和帮助下，她的成绩越来越好，进步越来越大。

2000年，16岁的王濛参加了第九届全国冬季运动会，与大杨扬、小杨阳同场作战，晋级1500米决赛之余还收获了1枚铜牌。2002年，王濛参加世界青年锦标赛，并获得500米冠军，同时还收获了全能亚军和1500米第三名。

2003年，王濛第一次参加世界锦标赛，并进入500米决赛，之后在女子3000米接力赛中，她与老队员大杨扬、王春露、付天余联袂斩获了冠军。

2004年，王濛在世界杯赛场上崭露头角，包揽了世界杯荷兰站、意大利站、韩国站、杭州站的500米冠军。2005年，她在十运会上不仅拿下了500米短道速滑金牌，还获得了女子全能第一名。

一连串的成绩，让王濛逐渐担起了中国短道速滑的重担，但由于此前大杨扬等队员相继离开队伍，而王濛个人尚不足以支撑中国短道速滑女队的威名。2006年都灵冬奥会之前，大杨扬重回赛场，与王濛新老“一姐”共同撑起短道速滑的大旗，但当时的大杨扬已经30岁，尽管比赛经验丰富，但体能却无法与巅峰时期相比了。

都灵冬奥会上，大杨扬与王濛联袂出征。王濛携手付天余晋级500米决赛，在与老将拉达诺娃的对抗中占据上风，为中国代表团夺得一枚金牌。1000米决赛，王濛与大杨扬同时晋级，共同对抗两名韩国选手，然而经验不占优势的王濛在最后阶段被对手超越，最终获得一枚银牌，大杨扬收获铜牌。1500米决赛，王濛在三名韩国选手的包抄下抢得一枚铜牌。

首次出战冬奥会便斩获一金一银一铜，王濛在成就“大魔王”的路上迈出了坚实的一步，呈现了其巨大的潜力。王濛的实力得到了辛庆山和伊敏两位国家队主教练的认可，他们对王濛的评价都是综合能力强，潜力无限。

中国短道速滑新一代领军人物就此诞生！

“火星”撞“地球”

再说李琰，2006年接受中国队邀请回国执教之际，她同时也收到了美国队的续聘书，且薪水提高了不少。与此同时，美国的不少俱乐部也向李琰伸出了橄榄枝。

李琰有点两难，一方面她想回到祖国执教，但另一方面，女儿伊莎贝拉只有一岁多，丈夫唐国梁又刚在美国开起了按摩诊所，他从大连一路追寻妻子来到美国，三口之家的小日子才渐入佳境……

但在反复权衡之下，李琰还是带着女儿回国了。

“Crazy women（疯狂女人）!”阿波罗知道李琰要回中国执教后，脱口而出这句话。他给李琰打来电话，极力劝说她不要走，还允诺李琰不论遇到什么难题，他和队友们都会全力帮忙解决，甚至许诺会帮助照顾李琰的女儿。

尽管阿波罗的态度令人感动，但李琰还是没有动摇回国的决定，原因很简单，因为她是中国人，她更希望能率领着中国运动员登上最高领奖台，那样在颁奖时，她就能唱起国歌了。

“真希望世界能有两个李琰，一个留在美国继续帮助他们，另外一个回到中国带领中国队。”善良的李琰在心里着实纠结了一番。

丈夫唐国梁就更无奈了，从妻子离开大连前往斯洛伐克的那一天起，他就成了“追着妻子走”的人。好不容易来到美国安顿下来，妻子却又选择了回国。两人商量后，李琰带着女儿回国，先将女儿安顿在大连的奶奶家，而唐国梁暂时留在美国，一家三口分开在三地。

2006年5月24日，李琰回到北京，来到首都体育馆，当天就参加了两个训练计划会。25日上午做完了例行体检后，李琰在首都体育馆谈起了近期的训练安排：“国家队将于6

月1日赴昆明集训。在未来的工作中，将进一步增加训练计划的透明度，加深与队员之间的沟通，共同合作，一步步实现目标，为2010年冬奥会做好准备。”李琰对未来四年的工作安排已经有了基本构想。

以下是刊发于2006年5月26日《中国体育报》上的一段采访：

记者：在去斯洛伐克之前，您有一份稳定的工作和美满的家庭，是什么让您放弃了这一切？

李琰：退役后，我在东北财经大学学习国际金融。毕业后，如愿找到了一份专业对口的稳定工作，也曾经想过，就这样和冰上生涯告别。但在工作一年后，也就是2001年，我接到了国家体育总局的电话，问我愿不愿意去斯洛伐克担任短道速滑队的教练，几乎没有太多的犹豫，我就同意了。正是有了这个机会，我才真正感觉到，我的心灵已经和冰雪融合在一起了，四年的学习和一年的工作并没有让我真正和冰雪绝缘！

记者：面对一个未知的国家，一个陌生的环境，您害怕吗？

李琰：不害怕！我是一个喜欢挑战的人，我相信自己的实力。做运动员我拿过奥运会金牌，现在，我也想通过做教练来证明自己。

记者：您在斯洛伐克的教练生涯很成功，但是国内很少有人知道这些。

李琰：2001年我到斯洛伐克时，他们速滑的成绩很差，在欧洲都排不上名次。我到了以后，他们认为我是最好的教练，把所有的队员都交给了我，最大的24岁，最小的才14岁，有的队员甚至要从滑冰开始教起。当时最大的障碍就是语言，我讲英语，而他们讲斯洛伐克语。不过，队员们都很配合我，在我们的共同努力下，成绩提高很快。在第二年的欧洲锦标赛上，就取得了两个单项第四和男队全能第六的成绩。2002年，总统接见斯洛伐克冬奥会代表团时，还特意找到我，要亲自感谢我。

记者：在斯洛伐克做教练取得成功后，您又去了美国，给大名鼎鼎的阿波罗当教练，这里面也有很多故事吧？

李琰：看到我在斯洛伐克的成功，美国短道速滑队向我发出了邀请。2003年，我到了美国，做了短道速滑队的主教练。在美国执教，比在斯洛伐克时困难得多，美国队有自己比较成熟的一套训练、管理体系，队员的成绩也都不错，因此，我首先要做的就是取得他们的信任。我也有自己的教练方式，在将近一年的时间里，我和队员一直在互相交流、沟通，也经过了几次“交手”，关键是队员们看到在我的执教下，他们的成绩有了提高，他们才完全信任了我。

记者：2006年冬奥会，阿波罗拿到了短道速滑500米的金牌，他和你拥抱的那一幕全世界都看见了。

李琰：是的，当时他和我的拥抱，是对我那几年执教生涯的最大肯定，这个拥抱里包含了一切，我觉得，所有的付出都是值得的。

记者：听说您做出回国的决定，只用了一周时间。

李琰：半个月前，我接到了回国执教的邀请，之后，我与国内有关领导交流了想法后，就决定回国了。从在美国队辞职到回国，这中间只用了一周的时间。

记者：这么短的时间决定这么重大的事，美国的队员一定很吃惊。

李琰：我把辞职报告交给美国队30秒之后，阿波罗就给我打来了电话，他当时的语气很激动，问我为什么要去中国。我特别注意到，他当时没有问我为什么要回中国，很显然，他已经把我当作他的亲人了。在此之后，美国队的每个队员都给我来了电话，或者发了电子邮件，他们都舍不得我离开。当时，我的心里也很矛盾，我甚至希望自己能一分为二，但我知道我必须要做出选择，这是我人生中很重要的一步。

记者：做出这个选择后，您又要和家人分开了，女儿还那么小。

李琰：是啊，我的女儿伊莎贝拉，她现在已经22个月了。这次，她和我一起来到了北京，但不久，她就要和奶奶一起去大连，以后我们一家三口，分别在三个地方。

记者：您现在是三地分居了。

李琰：我要感谢我的丈夫，他很支持我回国的决定，但是，我们在美国有自己的房子，他在美国有自己的事业，不能和我一起回国。贝拉也很支持我，现在我在做访谈，她就在楼上睡觉。说实话，我会很想丈夫和女儿。我有假期，丈夫也有假期，我们可以利用这些时间团聚，过一段时间，贝拉会和奶奶一起去美国，到那时，我们相聚就更方便了。我会经常给他们打电话，可以用这样的方式见证贝拉成长的每一刻。我相信，将来她知道了妈妈在这段时间所做的事——带领中国队去争取2010年冬奥会的金牌——她会为我骄傲的。

记者：现在是身背三种角色，妻子、母亲、教练，您认为哪一个最重要？

李琰：教练！

记者：回到国内又是一个全新的环境，有压力吗？

李琰：没有！我相信自己的实力。这次回来，我感觉到了我们要打好下一届冬奥会的强烈决心，我们有举国体制的强大优势，这是美国的俱乐部制度无法相比的。在国外执教期间，我对中国队员就有所研究，这对我现在的工作很有帮助。更重要的是，我现在和队员之间没有语言障碍，沟通会更好。

记者：现在的中国短道速滑整体形势不容乐观，李佳军退役后男队缺乏领军人物，你怎样看待这个问题？

李琰：这对我是个挑战，但是我有信心。在美国我曾带过男队，阿波罗就是我的弟子，我相信自己也能把中国队带好。中国队不久后还会有新的领军人物，现在，我需要一段时间去加深了解，去发掘人才。

记者：您近期有什么安排吗？

李琰：24日回来后，我连续参加了两个工作会。短道速滑队今后的训练会更加透明，这样可以更好地激发队员训练的主动性。现在，我还没时间了解队员，6月1日起，国家队将到昆明开始集训，我想那是我与队员加深了解和沟通的最好机会。

记者： 您对未来的初步打算是什么？

李琰： 在我面前是一个新的奥运会备战周期，有四年的时间，从现在起，我会和大家好好合作，一步步地实现我们的目标。

…… ……

然而，以自我为中心，或许是优秀运动员的天性。曾经美国队的阿波罗是这样，2006年中国队的王濛也是这样。

当时的中国队，刚刚经历都灵冬奥会夺金的喜悦，一举成名的王濛还没有缓过神儿，她期待着新教练对自己的肯定与关注，但她逐渐发现自己并没有成为最受关注的那一个。以往教练围绕着她制订的训练计划，现在却是在围绕着所有人，她不服，便去找李琰理论。

"以前的教练都是围绕着我来制订训练计划，你为什么不？"

"我要训练的是整个中国队，而不是王濛一个人。我要的是整体实力提高，你王濛也要提高。"

…… ……

话不投机，王濛扔下冰鞋就离开了训练场。其余队员们都在观望，不知道接下去该如何训练，但李琰神色平静，手掐秒表："下一组！"训练按照原定计划进行。

一天过去了，两天过去了……

第三天晚上，王濛主动来敲李琰的门："教练，我明天训练啊！"说完，不等李琰回话，就扭头而去。

2006年10月，短道速滑世界杯激战长春，标志着新周期内比赛战火重燃。教练席上，刚从美国回国执教的李琰很是惹人注目，当队员飞驰而过时，她总会冲着场地大喊："从外道超!""保持住！放松!"此时，她执教中国队四个多月，这场比赛也是她初次以中国队主教练身份亮相国际赛场，十分引人关注。

不过，李琰本人倒是没有太大压力，一切尽在她的掌握之中。对于中国队取得的成绩，李琰表示满意，尤其是队员的战术意识，她说："大家比得很聪明，战术运用灵活，中国队正在跟着我的思路走。"

短短四个月，李琰究竟给中国队灌输了怎样的思路?"第一，我在训练中一直强调意识，从准备活动开始，我就告诉大家我为什么要这么练，我的目的是什么。我希望队员们都能吃透；第二，我要求队员学会主动控制场上局面，不放过任何超越机会。"由于短道速滑项目的特殊性，李琰很强调队伍的团结协作："在我的队伍中，每一名队员都很重要，大家各有作用，在比赛中也各有自己的位置。"

从这次世界杯的成绩看，中国队在中长距离项目上未有改观，男女接力还出现了摔倒等失误，对此，李琰显得很有耐心："比赛就是这样，肯定会出现失误和遗憾，但我不怕，找到失误原因并不断改进，才能真正提高我们的实力。我们的目标是温哥华冬奥会，四年的时间，不需要我四个月就出成绩，不能太急了。"

由美国队主教练转为中国队主教练，李琰对角色转换很适应，不过，她的昔日弟子却有了点"小脾气"。"第一天看见我，美国队员很开心，他们习惯叫我妈妈，每个人都过来跟我拥抱，说：'妈妈！我们好想念你。'但是，第一天预赛刚结束，有些队员的口气就变了，一名队员就说：'妈妈，你把教给我们的东西都告诉中国队员了，我再也不爱你了。'"李琰笑了："美国队员还拿我当自己人，可能刚开始还不适应吧。不过后两天就没事了，又跟我好了!"

另一方面，中国队的孩子也有点闹"小脾气"。"你是奥运冠军教练，我是奥运冠军。我是队伍当中最好的，我应该得到教练足够的重视。"王濛曾这样表示过。她就像个需要关注的孩子，因为没有李琰的格外关注有点不高兴。而李琰也很坚持原则，她认为队伍整体有所提高，水涨船高，王濛自然会有更大的提高。

但是，王濛对此似乎不以为然，她的思想意识还没有转变过来，对于教练的战术安排也略有不满。最终，所有的不满都在2007年长春亚冬会上爆发。

第六届亚冬会短道速滑女子500米决赛，王濛冲过终点线夺冠后，并未与站在场地边的主教练李琰击掌庆贺，两人形同陌路；女子1500米决赛结束后，挂着铜牌的王濛被记者们簇拥着，站到了中央电视台的直播镜头前：“教练没有给我制定任何战术，只问过我一句话‘你知道怎么比吧’，所以我会自己申请回地方队，国家队的训练不适合我。”原本例行的赛后采访顿时充满了火药味，王濛言语中将矛头直指回国执教不足八个月的李琰。

这样的发泄，在王濛心里，也是找不到解决办法的办法。当然，她也为自己的冲动受到了惩罚，被国家队调整回省队，也失去了参加2007年短道速滑世锦赛和世锦赛团体赛的机会。

师徒
重归于好

那一年的短道速滑世锦赛，由于王濛的缺阵，中国队表现并不理想，只获得了2银2铜。随后，李琰回到美国休假、探亲，并开始反思自己这一年执教的经验与不足。

到底做错了什么？还是哪些地方做得不够？这几个问题一直萦绕在李琰的脑海里，她也开始思考与王濛的相处方法。

“我为什么要回中国？就是要为国家做出贡献。回中国的目的是什么？重现中国短道速滑的辉煌。但为什么会出现这样的结果？说明我做得不好，也没有达到自己的目标。”看着绕膝撒娇的女儿伊莎贝拉，李琰开始试着把王濛当成孩子，把所有的队员当成孩子，试着从母亲的角度去关爱队员们。“一个孩子接触到陌生人，特别是这个孩子有很高的目标和梦想，可能就不会很快接受这个陌生人，而是需要一段时间的磨合。我来了之后她并不了解我，不了解我能给她带来什么东西，这种怀疑是很正常的，而之前就是主帅跟优秀运动员磨合时出现了问题。在和队员相处时，我是不是应该更柔和些，而不是像过去那么强硬?”

处于风口浪尖上的王濛心里也不好受，结束了一个赛季的比赛之后，她回到家享受了三个多月的长假。在这段时间里，妈妈没有责备过她一句，然而父亲却在此事上与母亲有着不同的意见，两人常常为此发生争执。王濛不希望父母吵架，也开始审视自己的问题：教练已经带出了奥运冠军级别的运动员，她有骄傲的资本。而自己不服气的地方，在于面子上过不去，自己毕竟也是个冬奥会冠军，但李琰没有给自己太多的关照，反而把精力更多地放在小队员身上。但仔细想想，其实两人的奋斗目标是一致的，那就是最终在冬奥会上夺冠。

王濛需要在国家队规范高效的训练中稳定地提升水平，去国际赛场上展现自己；而这么优秀的运动员如果不能参赛，对于李琰和国家队来说也是损失。

转机出现在2007年6月，国家短道速滑队重新集结备战新赛季，王濛的身影出现在队伍当中。这一次，王濛感受到了李琰的变化。王濛因为有腰伤在身，训练时间不能过长，李琰在训练中考虑到了这一点，当着全队人的面关照地说，王濛有伤，更因为她的爆发力很强、能力很强，所以可以少滑点。

李琰的细心与关心击中了王濛内心深处最柔软的部分。而王濛也是个爽直的姑娘，有着投桃报李的性格，李琰越这么说，她越要给足教练面子：“我能滑下来!”不管多艰难，王濛都会保质保量完成训练任务，反而成了全队最守规则的一个。

李琰认为，王濛是个非常有梦想的孩子，心里很要强，比赛能力也强。“只要王濛需要，我都会随时出现在她身边，给她支持和帮助，她一定会感受到的。”事实证明了“润物细无声”的道理。在一点点的积累与相处中，王濛逐渐认可了李琰，与教练的探讨交流越来越多，越来越深入，成绩也越来越好。在2007—2008赛季，王濛三次打破世界纪录，并且在2008年3月的世锦赛中夺得3枚单项金牌，在世界短道速滑界开启了属于自己的时代。

每年六七月份，李琰都会带着队员去昆明高原集训。这是一个赛季最重要的体能储备阶段，王濛和队友们练得很苦，每次训练的时候，汗水都会顺着脑门滴滴答答流下来，将地面都打湿了……

“您是妈妈吗？那也是后妈！”调皮的队员们给李琰起了个外号，可以看出他们既把教练当作亲人，又保留了适度的分寸感。短道速滑队员们建了个微信群，每天训练之后会聊聊训练感受，偶尔也会吐槽调侃，互相戏谑几句，差不多到熄灯时间了，便会有一个队员发一张李琰的大头像进来，补上一句：还不睡觉！大家就哈哈一笑，熄灯睡觉去了。

“总要给孩子们一个发泄的地方。”李琰说，虽然自己不在这个群里，但她很开心孩子们在训练之余可以这样放松一下心情，甚至调侃自己能有这样的威严——让大家到点睡觉。

“这个滑板不错啊！”李琰说。旁边的王濛使劲把滑板往身后藏：“教练，你不会滑，再摔坏了！哈哈！”这是2008年的一个春天，李琰和王濛的关系已变得很融洽了。而此时，中国短道速滑女队的成绩突飞猛进，除王濛实力稳步提升外，刘秋宏、周洋也逐渐成长了起来。

“我能让你滑进44秒之内，你信吗？”李琰说。王濛摇摇头：“不信！”都灵冬奥会夺冠时，王濛的成绩为44秒345。“只要你听我的！”李琰胸有成竹地说。而不到一年时间，王濛就相信了这个说法。

2008年再度集训，李琰任命王濛为国家队队长，同年在齐齐哈尔举办的第十一届冬运会中，王濛在短道速滑比赛中一连夺得7枚金牌。随后的几个赛季，王濛接连创造奇迹，成为短道速滑女子500米世界第一人。2009年世锦赛，王濛先后获得女子500米、1000米、全能三项冠军，同时还带领中国女队拿下3000米接力赛冠军，之后的团体锦标赛中王濛率队以46分成功蝉联冠军。

李琰开心地看着中国短道速滑队稳步成长着……

温哥华冬奥会赛场上，短道速滑名将王濛在500米决赛冲过终点后跪谢恩师的一幕，相信会成为那一届冬奥会最为震撼的场景。王濛动情地说："金牌第一个要献给教练，因为是她教会了我500米究竟该怎么滑，就像今天晚上这样!"

李琰红了眼眶，带着笑意回应道："她这是管我要压岁钱呢。我知道她在向我表达感激之情，我很欣慰。"从数年前的龃龉到渐生信任，再到亲如母女般并肩作战，就像李琰教练说的那样，"今晚实现了我们彼此的奥运梦想"。娇小的主教练眼角含泪地说道。

王濛在500米比赛中夺冠，只是中国短道速滑队收获金牌的序幕。随后的2010年2月26日晚，王濛在加拿大太平洋体育馆以1分29秒213的成绩夺得冬奥会短道速滑女子1000米冠军，再加上此前中国队在接力项目上的逆转夺冠，以及周洋获得的1500米比赛金牌，李琰带领的中国短道速滑队史无前例地包揽了女子项目的全部4枚金牌，结局堪称完美。

手握3枚金牌的王濛如此评价李琰："改变中国短道速滑历史的女人。"如果说李琰是伯乐，那王濛则是一匹不可多得的千里马。伯乐不常有，而千里马同样难得，只是这匹"千里马"并不温顺。

"有个性，很聪明，冰上的感觉极好，极有天赋，学什么都有模有样……"几乎所有的教练在评价王濛时都会不吝言辞，而"有个性"总是被放在首位。

也难怪，2002年，刚刚进入国家队的王濛的确是个不折不扣的"野丫头"，不但滑冰动作不规范，生活中也令教练深感棘手。"王濛在老家时是出了名的野，有一帮姐们儿，谁受了欺负，她都要替人家出头。"国家队前任主教练辛庆山说。

“王濛是个好孩子，能力很强！我相信她还有很大的成长空间。教练员要想得到信服，只能靠成绩说话。”李琰透露了王濛变乖的秘诀。

“真的，我们队里现在都很强，我在赛场上有了很多支持，不再感到孤单了。”王濛此时已成为短道速滑队的队长，说话做事有板有眼。

“濛姐人很好，我们刚进国家队的时候都很怕她，奥运冠军啊！可是她一点架子都没有，还会主动教我们技术。”刘秋宏和周洋提起队长时，总是心服口服的样子。

“队长”这一荣誉并不是多了一个称呼那么简单，她每天要承担的工作也很艰巨。具体到每天的两场训练，王濛都要站在队伍中领操，无论是酷暑还是严冬，哪怕喊得口干舌燥，这位队长都非常认真地执行着。更让李琰感动的是，王濛不仅关注自身的提高，同时还会主动跟小队员讲战术，谈经验。谁在场上滑得不对，她会立即告诉她，因此，她在队里说话很有说服力。

2009年的世界杯中国站，9月20日那天，王濛带领所有队员在冰场对面挂上了条幅，上面写着“教练生日快乐，您辛苦了”。赛后回到宿舍，王濛对李琰说：“快许个愿吧！”“我的心愿你们都知道！”李琰流下了幸福、激动的泪水。

赛场上，王濛的实力也如李琰预料的一样，多次将世界纪录踩在脚下，不给对手任何机会，她凭借自己的天赋与努力，以及李琰教练因材施教的指导，最终从一个“野丫头”成长为中国短道速滑的领军人物。

温哥华冬奥会归来后，李琰与王濛师徒将中国短道速滑项目带到了一个辉煌的顶点。那段时间，鲜花和荣誉充溢着整个队伍。李琰续约，将继续带领中国队征战赛场。

2010年度体坛风云颁奖典礼上，中国短道速滑队风头无二，李琰与王濛分别将最佳教练员奖和最佳女运动员奖收入囊中，中国短道速滑队还获得了最佳团队奖！

“王濛太出色了！她真的长大了！”李琰感叹道。

男子项目成为亮点

在距离2014年索契冬奥会不到一个月的时间，紧张备战的王濛在一次训练中与队友发生碰撞摔出赛道，造成右脚内外踝骨骨折，最终无缘索契冬奥会，而李琰及中国队也由此丧失了一员大将。

“每一艘大船都有一条承重线，你不能在它船身上加太多的重量，否则它会承受不住。”李琰无奈地说，“一旦真的超出了承重线，那就交给上天吧，因为你已经无法掌控了。”

即便有些“听天由命”，李琰仍认真地做着比赛规划，将她带领的队员一个个放在最合适的位置上。而机会总会眷顾有准备的人，在范可新、刘秋宏意外出局无缘女子500米决赛的情况下，李坚柔（擅长中长距离，短距离上不占优势）戏剧性的夺冠为团队赢得一个“开门红”，也使队员们在后面的比赛中更加踏实，更敢于放手一搏。女子1500米决赛，周洋王者归来再添一金。

而男队的崛起则是李琰在索契奥运周期执教的又一大亮点。武大靖、韩天宇两员大将的横空出世，一扫往日短道速滑队“阴盛阳衰”的格局，2金3银1铜的奥运战绩也再次证明了李琰的能力，并得到更广泛的认可。

在索契的比赛过程一波三折，金牌与奖牌时有收获，惊喜与遗憾不断发生，李琰每天的心情和大家一样，在惊险刺激中体味着过山车般的大起大落。“最大的幸福是我们在所有项目上都进入了决赛。在最关键的时候，中国短道速滑队发挥出了最高水平，我们做到了。”

李琰一个接一个地列出自己的幸福点：

“第一天韩天宇拿到了1500米的银牌，让我们感觉到了振奋和希望。和他同场竞技的都是全世界最优秀的选手，都是他的‘长辈’，但我们的两名小将都进了决赛。还记得第二天来到颁奖广场，我没找到大部队，就自己站到一个特别高的台子上，舞动国旗，特别兴奋！无论我的队员得第几名，每次颁奖我都去。”

“李坚柔拿到500米金牌，我们只能说机会一直留给有准备的人。范可新在这个项目上是世界上最好的，但在那一刻她没发挥出来。其他队员也没有把握住，但坚柔拿到了。这一刻对我们来说，意义太不一样了。王濛赛前受伤，范可新发挥不好，刘秋宏出局，这枚距离我们最近的金牌一下子变得遥远了。所以坚柔拿到金牌之后，我当时就有点控制不住自己的情绪，那是一种巨大的喜悦。可能会有人说坚柔是幸运的，但她也是自己滑进决赛的呀！这枚金牌是中国队从2002年一直保持的，能在一个中长距离运动员身上得到蝉联，我觉得坚柔是一名伟大的运动员。”

“接下来就是周洋，我们都知道她经历了什么，身体、心理上的起伏，包括赛前一个月，她的腰还有伤。到上海之后脚关节错位，一周不能动。医疗、康复，整个团队的努力，直到奥运会上把自己的全部能量释放。这个蝉联不容易，正常训练都很难，更何况还身负那么多伤病。这枚金牌让我特别感谢团队，是很多默默无闻的人在支撑着周洋，没有一刻的放弃。”

“最后一个最开心的事是‘小卒过河成传奇’。这次参加比赛的大多是年轻队员，男子500米，两个人进决赛，三个人进半决赛，让我们看到了希望。范可新最终在1000米上拿到银牌，战胜了自己！男孩们的接力，真的是铜牌闪着金光。这枚铜牌的价值，就表现在精气神和拼搏精神上。所有的队员们，你站到运动场上，代表的就是中国，无论在什么样的情况下，我们都要有这种不放弃的精气神。”

担当协会主席
引领发展

索契冬奥会结束后，李琰的去留问题再一次成为大家关注的焦点。无论是出征索契之前，还是在索契赢得辉煌战绩之后，李琰都没有对续约之事给过一句“准话”。每每被追问，她要么回避，要么会说：“看需要。”其实，李琰也在思考，除了有冬管中心领导更换、女儿求学等客观因素，如何选择，是坚守还是放弃，对她来说真的是个令人头疼的问题。

放假期间，她与好朋友、中国女排主教练郎平吃了个饭。谈及未来，郎平的一句话令她豁然开朗：“你现在退休，还有点早。”这句话，促使李琰下定决心继续留在教练的职场上，而领导的信任与家人的支持，更是她续约的原动力。

2014年5月，国家体育总局冬管中心宣布，李琰将继续担任中国短道速滑主教练，征战2018年的韩国平昌冬奥会，李琰续约之事尘埃落定。

记者：什么时候决定要续约的？

李琰：其实，对于续约这件事，一直以来自己都不清晰。我首先要考虑自己适不适合留在家里，刚打完冬奥会很累，想先休息一段时间再说。现在心态上有了变化，还是决定继续当教练，这个问题解决之后，是续约不续约的问题，在此期间，我感受到了领导的信任，这个是续约非常重要的因素。

记者：具体来说呢？

李琰：领导的信任很重要，通过前一段时间谈合同、意向，我发现新领导很实在，很想干事，且用人不疑。总结过去八年的备战经验，我们取胜的背后原因就是团队的整体配合与付出。各个方面给出了最大的保障，训练、外出，比赛都不会有问题。对我来说，未来这四年，外围的保障，领导的信任和支持，同样重要。

记者：家人对于续约的看法是怎么样的？

李琰：之前我跟贝拉说，可能会计划回美国读书，她都跟老师和同学们做好告别了（笑）。但现在情况发生变化，我问女儿，你愿意回美国上学吗？和爸爸在一起怎么样？女儿说，我要跟着你，不管在哪儿上学都可以，爸爸太严厉了！可能是见到她的时间比较少，每次都会和她聊天，陪她玩，让她感觉和妈妈在一起很快乐。

记者：从温哥华到索契，您已经执教八年，成绩都很辉煌。再坚持四年，大家的期望值也会很高，压力会比以往两届都大。

李琰：对！但我每一次签约时的想法都是拼四年！我在2006年来的时候，没想过2010年会继续留任。2010年续约的时候也没想过2014年继续留任。对于教练来说，我会把每一次签约都当成崭新的四年，只有有了这样的心态，才会全力以赴，才能把你所有的潜质在这四年中绽放。

记者：索契冬奥会，我们看到了一批年轻选手在成长，他们是不是您留任的原因之一？四年后的平昌，韩国队主场作战一定会全力以赴，很难对付。

李琰：说真话，队伍的情况我都没考虑。2006年我来的时候，团队当中有希望拿奖牌的也就王濛一个人，但我还是来了。2018年在韩国平昌，压力一定会很大。大家都知道短道速滑的竞争主要在中韩之间，两个队伍互相很了解。短道速滑项目对于韩国来说，也是为数不多的争夺金牌的项目，他们肯定会拼。韩国队教练团队最近也有更换，网上有消息说，金善台（2022年北京冬奥会将带领中国短道速滑队）会执教，他曾经带过周洋，此前一直在吉林省担任外教。还有一个教练也曾经在中国执教过，带过张会和张虹，上个周期在美国任助教。韩国队这么布局，除了有国际视野外，更多的还是想通过这两个教练了解中国。我相信自己有能力帮助队伍，我也相信我们团队巨大的战斗力。你也知道，我们在索契之前的四站世界杯打得不好，但在王濛受伤的情况下哀兵出征，悲壮的心情让每个人都把自己最大的能量激发出来了。

记者：在中国执教期间，您创造了职业生涯最辉煌的成绩。对于这八年，您是如何评价的？

李琰：对我来说，所有的压力都来自内心，不待扬鞭自奋蹄！过去八年在中国的执教，我发自内心地感恩。你自己再有能力，没有平台，也很难做成事情。没有如此信任我的平台，没有如此优秀的团队，光有我自己，是不可能创造这么好的成绩的。

平昌奥运周期，李琰继续担任中国短道速滑队掌门人。伴随着国际整体水平的崛起，李琰面临的困难远远超过之前两届，然而那句“不是每四年而是每一天”的理念却从未改变，正是这样脚踏实地的态度，令中国短道速滑队继温哥华和索契冬奥会后连续第三次拿满奥运席位，成为短道速滑领域的“唯一”。

2018年的冬奥会上，武大靖一骑绝尘，以书写中国短道速滑历史的表现夺得男子500米金牌，李琰喜极而泣。赛后采访时，李琰说自己要带队在2022年北京冬奥会上为祖国争取更大的荣誉！

当时，李琰除了担任中国短道速滑队主教练一职外，还是行业的领导者——中国滑冰协会主席，负责统筹行业发展。中国体育发展开始进入实体化改革进程，李琰也将主要精力放在了整个滑冰事业的大计之上。

职业套装、精致妆容，以中国滑冰协会主席身份出现在公众视野中的李琰，意气风发、谈笑自若，与从前那个身穿国家队队服，在冰场边神情严肃，时而眉头紧锁、时而呐喊流泪的主教练已经判若两人。

李琰担任中国滑冰协会主席后，重点打造和推出了“体教融合·植根计划”。这是一个复杂的体系，也是一个与李琰当运动员时完全不同的培训成长体系，是中国滑冰协会近两年通过大量调研拿出的成果。以2019年10月17日中国滑冰协会与石景山区教委签署合作框架协议，共同建设青少年冰雪运动先行区和示范区为契机，2020年4月15日，再向前推进一步的时机到了。“去年和石景山区签约后，我们现在做的事情就是将这个成果进行延展。”李琰表示，在前期帮助石景山区将186名体育教师培养成为滑冰指导员后，现在这些老师所在的学校都成立了运动队，而首届全国滑冰小学生校园联赛也列入筹备计划，在全国十个省、市、自治区举行，明年参赛的省、市、自治区将扩大到32个。“让大家练后能够参赛，孩子们既没有离开学校，也没有离开父母，在这个体系下还可以得到很好的教育，强壮身体，磨炼意志，这应该是个很科学的体系。”李琰说，“将来孩子们只是在选择上大学或是去地方队、国家队的这几年会分流，但最后肯定还是会合在一起，成为裁判员、教练员、管理者，甚至是科研人员，再反哺最基层。这个小循环会让我们的体系越来越完善，让我们的方法越来越有效。”

让更多孩子很容易地接触滑冰，接受滑冰训练，并且有比赛可参加，这就是李琰心中的大事业，更重要的是在她的设计中，孩子们的专业化训练推进至校园，可以文体并重，让他们在将来有更多人生选择，同时也为竞技体育增加了广阔的选材面。

尽管不再有赛场上夺冠瞬间的辉煌，但李琰认为滑冰项目的普及与推广更为重要。“如果我是一个教练，我能管班里的20个人，但如果我是一个滑冰协会的负责人，我能够改变一个体系，能够改变很多孩子，解决很多我们面临的难题。所以我更希望借助现在这个平台，把各体系搭建好，让这个项目能够真正良性运转。”

“过去几十年我都是以金牌来定胜负，但我觉得现在这个工作的意义更大。”李琰继续说，“虽然我不能马上看到金牌，但我能够看到孩子们的笑脸，能够看到孩子们参加体育运动时天性的释放，看到他们摔倒后再爬起来的那股意志力，也能够看到他们每天训练的辛苦。这不是每四年一次的胜利，虽然我们现在做的工作是‘前人栽树，后人乘凉’，但我相信在中国滑冰协会的带领下，我们的科研团队、专家团队和社会力量一起，一定能够共同打造一个好的现代体育运营模式。”

让更多孩子很容易地接触滑冰，接受滑冰训练，并且有比赛可参加，这就是李琰心中的大事业。

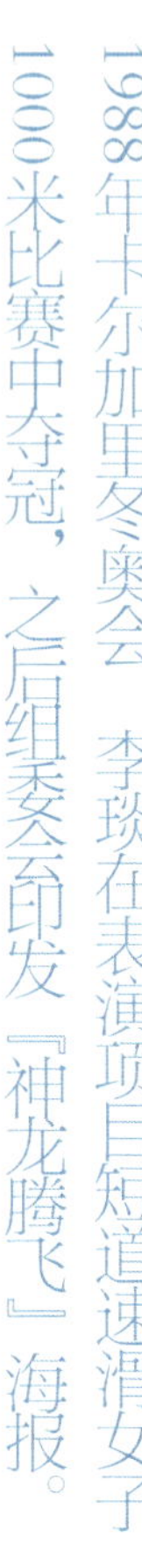

1988年卡尔加里冬奥会，李琰在表演项目短道速滑女子1000米比赛中夺冠，之后组委会印发『神龙腾飞』海报。

1993年世界冬季大学生运动会上，张晶、郑春阳、李琰、王秀兰、张艳梅获得女子3000米接力冠军。

1996年第三届亚洲冬季运动会上，杨扬夺得短道速滑女子1500米冠军。

1999年世锦赛，袁野、安玉龙、李佳军、冯凯为中国男队首次夺得男子5000米接力冠军。

2002年盐湖城冬奥会短道速滑男子5000米接力决赛中，由李佳军、冯凯、郭伟、李叶组成的中国队夺得铜牌。

1998年，杨阳、王春露、孙丹丹、杨扬在世界团体锦标赛赢得冠军。

2008年世锦赛，王濛、周洋、付天余、刘秋宏、赵楠楠夺得女子3000米接力世界冠军。

2002年盐湖城冬奥会短道速滑女子1000米决赛中，中国选手杨扬夺得金牌。

2002年盐湖城冬奥会短道速滑女子3000米决赛中，由杨扬、王春露、杨阳、孙丹丹（左起）组成的中国队获得亚军。

2010年温哥华冬奥会短道速滑女子3000米接力决赛，中国队获得金牌。图为王濛和周洋（左）交接棒。

2010年温哥华冬奥会短道速滑队包揽四枚金牌。图为领队杨占武与金牌得主合影留念。

2006年都灵冬奥会女子500米决赛后，王濛身披五星红旗庆祝获得冠军。

2014年索契冬奥会短道速滑女子1500米决赛在索契冰山滑冰宫进行。中国队周洋成功卫冕。

2018年平昌冬奥会短道速滑比赛男子500米决赛中，中国选手武大靖以39秒584的成绩创世界纪录和赛会纪录，勇夺金牌。图为武大靖高举五星红旗庆祝。

2018年平昌冬奥会短道速滑比赛男子5000米接力决赛中，由武大靖、韩天宇、许宏志、陈德全（左起）组成的中国队获得银牌。

CURLING : THE PERSISTENT HEART IS IN THE JADE POT AS WHITE AND TRANSPARENT AS THE ICE.

伍

冰壶

一片冰心
在玉壶

冰壶又称冰上溜石，是以队为单位在冰上进行的一种投掷性竞赛项目，被大家喻为冰上的“国际象棋”。这项运动十分考验参赛者的体力与脑力，于方寸之间展现动静之美。

就在二十几年前，“冰壶”对于中国人来说还只是一个无法生出任何想象的陌生词汇。1995年，在世界冰壶联合会的大力推动下，中国举办了第一届冰壶培训班。直到2000年，中国第一支冰壶队——哈尔滨队成立；2003年，第一支国字号队伍诞生，同年，中国加入世界冰壶联合会。随后几年时间内，中国冰壶人走完了其他国家需要十几年甚至几十年才走完的路：2006年中国女子冰壶队获得世锦赛第五名，2008年获得世锦赛亚军，2009年摘得世锦赛金牌，到了2010年温哥华冬奥会，中国姑娘们令人惊喜地摘得了铜牌。进步之神速，令世界刮目相看！

中国冰壶的“四朵金花”

周妍、岳清爽、柳荫、王冰玉，这是中国冰壶初代“四朵金花”，也是辉煌历史的缔造者。下面就让我们走进“四朵金花”的成长经历，了解属于她们的光辉岁月。

一垒，周妍，1982年9月出生于黑龙江省哈尔滨市。周妍出身于一个普通的工人家庭，因从小身体不太好，9岁时就被父母送去练习速滑，以期通过体育锻炼强身健体，结果歪打正着，小周妍的体育潜质被挖掘出来，中学毕业后便考入哈尔滨体育专科学校，并从事短道速滑项目，之后与柳荫、岳清爽同期改行进入冰壶队。周妍身高1.65米，戴着一副眼镜，看上去挺文静，但其实，她是个性格开朗且幽默的女孩：“我总能在训练枯燥时，让队友们发出笑声。”周妍笑嘻嘻地说道。

二垒，岳清爽，1985年10月出生于黑龙江省哈尔滨市。岳清爽是四个姑娘当中个头最高的一个，并且十分漂亮，在人群中非常显眼。虽然她的父母都没有从事体育工作，但她的舅舅是一名篮球运动员。受到舅舅的影响，岳清爽从小就爱好体育运动，身体素质非常好，一直是学校的短跑明星。进入中学后，她开始从事速滑项目，之后转入哈尔滨体育专科学校。作为队伍中的二垒，岳清爽既要以出色的技术为自己的冰壶做保护，还要担起破坏对手作战策略的重任，因此需要具备很好的心理素质，以保证在紧张的赛场上能够沉着应对。而对于自己的性格特征，岳清爽说她是属于活泼开朗型的：“我的性格在冰壶比赛中易守易攻。”

三垒，柳荫，1981年8月出生于黑龙江省哈尔滨市。作为队伍当中年龄最大的队员，柳荫就如一个大姐姐照顾着其他队友们。和岳清爽一样，虽然父母的工作都与体育无缘，但她也有一位从事体育项目的舅舅，而且还是位速滑教练。因柳荫从小体质较弱，舅舅便鼓励她练习速滑，以强健体魄，没想到柳荫从此走上了体育之路。2000年，已经20岁的她即将从哈尔滨体育专科学校毕业，面临新的选择。当时正赶上冰壶队成立，感觉在速滑项目上很难有所建树的她，便毅然决定改行从事了冰壶项目。“因为有速滑的底子，我在冰壶运动中的稳定性还是很占优势的，这也是我成功的原因之一。”柳荫在后来的采访中说道。

四垒，王冰玉，1984年7月出生于黑龙江省哈尔滨市。由于最后出场的四垒相对更为重要，因此王冰玉也担任了冰壶队队长一职，是“四朵金花”的代表人物。和另外三名队友不同的是，王冰玉的父亲是一位冰球教练，曾入选过中国冰球国家队，因此王冰玉可以算是出身于体育世家。上中学时一个偶然的机会，王冰玉尝试了一次冰壶运动，从此便深深喜欢上了这个项目。她被父亲带到哈尔滨冰壶队时，就下定决心要加入这支队伍。王冰玉的父亲原本只是希望女儿有个体育专长，这样对将来考大学能有些帮助，没想到，女儿却执意要成为专业冰壶运动员。王冰玉说，其他队友都是半路出家，只有她是一开始就认准了冰壶运动，虽然一开始父母并不同意她的选择，但最终，她还是说服了他们，实现了自己的心愿。

初次接触冰壶

1995年，受世界冰壶联合会委托，日本冰壶教练阿布等人来到哈尔滨，并开设了冰壶推广培训班。王冰玉的父亲王大军作为第一批学员参加了培训。当时，冰壶运动对于中国人来说完全是个陌生的领域，王大军在接受培训后却对该项运动痴迷不已，每逢电视上转播冰壶赛事时，他都会雷打不动地收看。

1997年的一个冬天，王冰玉放学回到家，看见父亲正坐在电视机前目不转睛地观看外国队的冰壶比赛，就边陪着父亲观赛，边好奇地问个不停。“怎么打?”“哪个国家厉害?”当得知中国的冰壶运动还只是一张白纸，尚未开始起步时，王冰玉问父亲：“爸爸，中国人将来能和外国人一起参加冰壶比赛吗?”王大军肯定地说：“能！自从我接触了冰壶，就一直期望中国冰壶也能在世界级大赛上拿奖。只可惜我现在年纪大了，要是再年轻点，我肯定会上场比赛!”

父亲眼里流露出的遗憾以及壮志未酬的决心，让13岁的王冰玉震撼了，她说：“爸爸，你还有我呢！没准儿，我以后能替你圆梦呢!”

但当时国内尚未开展冰壶运动，王大军只觉得女儿的话充满稚嫩与童真，完全没有想到这个机会在两年后便真的来临了。

1999年底，哈尔滨体育专科学校筹备成立第一支冰壶队，王大军得知消息后欣喜若狂，回到家里问已经读初三的女儿：“冰玉，我们学校要成立冰壶队了，你想不想学冰壶啊?”王冰玉痛快地回答：“好啊，那我就去玩玩看!”

2000年初的夜晚，哈尔滨的气温低至零下30多摄氏度，王冰玉第一次由父亲陪着来到冰球场。偌大的冰球场灯光耀眼，教练和学员加起来却只有十个人，显得异常空旷。教练告诉学员，由于没有专门的冰壶训练场地，只好借用冰球场代替。为了给冰球队白天的训练让路，他们的训练只能在每天晚上10点后进行。国内没有专业的冰壶鞋，教练只得发给每位学员一个塑料袋，让他们套在脚上，开始上冰学习滑行。

这是王冰玉第一次和冰壶“亲密接触”。虽然只是简单地练习一下冰上滑行，掌握一下擦冰要领，但踏板、刷子以及坚硬冰凉的冰壶还是给她留下了深刻印象，以至于下半夜回到家之后，她兴奋得一直无法入睡，起身来到桌前，在日记里描述道：“冰壶，像一个有生命的精灵，豁然撞开了一个全新的世界……”

刚开始练习冰壶时，很多项目都在同时使用这个冰球场地，所以场地条件很差。学员们上冰时间经常被安排在凌晨两三点钟，他们往往要在别人熟睡的时间起床，并且在训练时尽量互相调侃以抵抗困意和孤独，而训练后一顿热乎乎的早饭成了她们最大的期盼。

“最痛苦的事情是起床，最大的动力是去早市买好吃的！场地上的大本营、前掷线、丁字线等都得我们自己画。”那段日子的经历，王冰玉都将之变换成了美好的回忆。她笑着说，“我们都成制冰师了。开始时画一块场地得一天时间，后来越画越好，现在只要三四个小时就能完成了。”

中国冰壶运动就在这样艰难的条件下起步了，而最早一批冰壶人也带着填补空白的使命感为这个项目奋斗着。2003年，中国冰壶集训队正式成立，王冰玉、柳荫、岳清爽、周妍“四朵金花”集齐，中国国家女子冰壶队开启接续奋斗之路。

“走出去”到加拿大外训

2005年，冰壶运动有了长足发展，在北京怀柔建成了国内第一所专业冰壶馆，虽然有了专门的训练场地，但条件也不是太好，尤其是冬天，馆内的气温只有零下几度，队员们训练时很容易被冻感冒。不过，一个可喜的现象是，伴随着这一项目在我国的发展，在“四朵金花”的示范带动作用下，我国的冰壶运动开始普及，国内联赛也逐渐开展起来，但队伍主要集中在黑龙江，可见这一运动还有着很大的发展空间和潜力。

“国内的冰场大环境还不发达，对我国冰壶的开展也有很大的局限性。中国从事冰壶运动的运动员总共不超过100人，适合训练和比赛的场地也非常少。中国的冰壶运动可以说是自上而下的一项运动，是先有国家队，才有这项运动的开展。在夺得金牌的背后，是冰壶运动人才缺乏、场馆缺乏、市场几乎一片空白的尴尬。”时任国家体育总局冬季运动管理中心主任的赵英刚说。

进入国家队后，王冰玉的训练强度和心理压力越来越大，父亲王大军为此十分牵挂。他知道女儿喜欢听歌，于是特意给女儿送了个精巧的MP3，还专门下载了一首孙楠演唱的《红旗飘飘》。王冰玉将这份礼物视为珍宝，每当训练太苦或心情低落时，都会一遍又一遍地听《红旗飘飘》，从高昂的音乐声中重拾激情。

即便队员们如此刻苦训练，中国队的成绩进步得仍不明显。于是，队伍选择了“走出去”，远赴加拿大，去向这个冰壶强国的先进队伍“取经”。

2004年初，在当年的泛太平洋地区冰壶锦标赛比赛之前，中国冰壶队来到加拿大进行集训。这个只有3200多万人口的国度，冰壶运动却非常普及——全国有1200多所冰壶俱乐部，有150多万人会打冰壶，是名副其实的冰壶强国。

到加拿大不久，中国女子冰壶队和驻地一家冰壶俱乐部的女队进行了一场友谊赛。当对方队员出现时，王冰玉和队友们笑了。对方四个人，都是中老年妇女，有一个队员甚至满头白发，都可以当她们的奶奶了。起初，王冰玉和队友们并没把对手放在眼里，认为自己毕竟年轻，而且已经练了四年冰壶，和几个老妇人较量是胜券在握。孰料，比赛开始后，王冰玉和队友们才发现，对方四人虽然连前掷线都滑不到，却配合默契，战术和布局变化多端。而她们自己则因战术意图不明确，连贯性不好，比分竟落后于对方。最后一局的最后一投，王冰玉出现失误，比赛输了！

回到驻地，王冰玉拨通了家里的电话。哈尔滨的深夜，爸爸是从睡梦中醒来接听女儿电话的。“老爸，我们今天和四个加拿大中老年队员打了场比赛，人家把冰壶玩得炉火纯青，我们输了！练了这么多年，连老人家都打不过，以后还怎么跟其他强队打啊？我真感觉前景渺茫！”王冰玉把心里的疑惑一股脑地说给了王大军，声音都有些哽咽。

电话里沉默了片刻，随即传来了王大军平缓的声音：“冰玉，看来你真的要出息了！”王冰玉有些摸不着头脑，只听父亲又说：“因为你将要开始积攒力量了，只要你先放平心态……”

父亲风趣幽默又一针见血的点拨，让原本情绪低落的王冰玉一下子笑了。此时，她想起了一句话：“要选择梦想，就要先选择坚强。”

在加拿大训练的时候，由于经费有限，中国队都是自己买菜、做饭、找场地，甚至有时候住宿和训练都不在一个城市，回到驻地已经十分疲惫的队员们就吃方便面和面包充饥，艰辛难以想象。后来，在教练的带领下，几个20岁左右的冰壶姑娘开始轮流买菜做饭，而她们之中，只有周妍在家做过饭，于是教练谭伟东就成了大厨的不二人选。有心的周妍为此专门趁放假回家跟母亲学做了好几道菜。“从那以后，我们的生活水平突飞猛进！”王冰玉掰着手指头数：“小爽最擅长做炖菜，轮到她做菜的时候，就给炖上一大锅，什么都在里面了。荫儿姐的凉菜那真是绝了，我们教练说她退役以后要是去卖凉菜，我们负责推广。”那王冰玉自己呢？“我啊？做饭好像真用不上我了，我就负责洗菜切菜呗，我是一个刀客，哈哈……”而教练谭伟东则自此被逐出了厨房江湖。

在加拿大的日子让王冰玉很难忘，她说：“我们每天训练2到4个小时，练技术、打配合。休息的时候就去超市买菜，晚上回到家一起做饭。虽然有些辛苦，但是觉得还蛮有意思。”

所谓成功
艰辛铸就

姑娘们的努力终于换来了回报。2004年11月，在第十四届泛太平洋地区冰壶锦标赛暨世界冰壶锦标赛资格赛中，中国女子冰壶队经过六天的激烈角逐，以8战6胜2负的成绩获得了亚军。2005年，中国女子冰壶队赴日本参加泛太平洋地区冰壶青年锦标赛，获得冠军。2006年，她们接连获得了世界女子冰壶锦标赛第五名、泛太平洋地区女子冰壶青年锦标赛冠军、泛太平洋地区女子冰壶锦标赛第一名的好成绩。

2007年1月28日，第六届亚洲冬季运动会在长春开幕，中国女子冰壶队定下了夺金的目标。然而，虽然在家门口比赛，但由于姑娘们在赛前技战术、心理方面准备不足，最终，只获得了季军。

中国女队作为本届赛事的夺金热门，队员们并不满意最后的成绩，其中一位队员语气低沉地说："我们可能还是在战术上出现了问题，通过这次比赛，希望能有进一步的提高，抓住以后的赛事吧！"

不过长春亚冬会却意外带火了冰壶运动，一位观看了比赛的观众认为，冰壶其实是一个技术含量很高的比赛，但偶然因素非常大，就像东北男孩小时候常玩的游戏弹琉琉，瞄得准也不一定就能击中目标。在冰壶决赛的时候，冰壶馆突如其来地"火"了，近300个座位坐了大约200名观众，让场馆的工作人员感叹道："今天是来人最多的一天！"

然而，主场作战，本应到手的金牌丢了，王冰玉和队友们的心沉到了谷底。回到哈尔滨，王冰玉开始认真思考失败的原因。不过她认为，虽然这次经历十分惨痛，但也是一个转折点。正是因为这次比赛，自己的心理状态更加成熟了，并且积累了经验教训，相信在以后的比赛中可以避免再出现同样的失误。

中国冰壶女队教练谭伟东则有自己的独特看法："冰壶本来就是游戏型的比赛，它里面包含着各种快乐的东西，如果太在意比赛的胜负，那么冰壶就失去了它的高雅和它的真正意义了。"

“冰壶白求恩”丹尼尔来了

中国女子冰壶队于2007年获得亚冬会第三名后，在技术上已经具备了一定的水平，但仍然属于世界二流队伍。2007年，中国请来了加拿大教练丹尼尔，他来到中国以后发现中国队员的技术水平已经相当不错，只是战术意图不明确、配合及每位选手的连贯性不够好，于是在这方面进行了加强训练，果然起到了立竿见影的效果。

说起来，中国冰壶队与丹尼尔的结缘，还有一段阴错阳差的故事：2007年，中国队在寻找外援时锁定了一名加拿大籍四级冰壶教练（在加拿大，冰壶教练资格共分为五级，一级最低，四级已属于水平非常高的，整个加拿大四级、五级教练共有10人左右）。当时这名教练已经同意前来执教，但后来不知什么原因不能来了。那位教练非常过意不去，便推荐了丹尼尔，丹尼尔当时在一家学校的印刷部工作，冰壶执教资格为三级。

“我们当时也不了解丹尼尔的水平，就说好了请他前来带队一个月，看看和队伍是否能够配合好。”当时担任中国冰壶队领队的李东岩回忆道。尽管不是首选，丹尼尔却表现得相当好。2007年9月，丹尼尔来到了中国，带领队伍在北京郊区怀柔进行了泛太平洋冰壶锦标赛。没想到，丹尼尔和队伍配合得非常好，男女队全部拿了金牌。

就这样，丹尼尔通过了中国冰壶队的测试，正式签订了两年合同，合同从2008年2月开始，到2010年温哥华冬奥会结束。“丹尼尔给人的感觉是，场上，你看到他，就会有获胜的信心；而在场外，丹尼尔是个非常幽默的人。”中国冰壶队队长王冰玉评价说。

冰壶是一项需要运筹帷幄的智力兼力量的冰上运动，丹尼尔给中国队带来了新鲜的冰壶理念。“一开始，我发现中国运动员专注于投掷、刷冰等技术本身，战术水平不是很高，所以，我着重提高运动员的战术水平，教他们打比赛的方法。”

丹尼尔练习冰壶四十年，有二十多年的执教经验，他曾带过加拿大魁北克省冠军队。

来到中国后，丹尼尔负责带领男、女两支冰壶国家队，其间，女队获得2008年世锦赛亚军、2009年大冬会冠军和2009年世锦赛冠军。男队也在2008年世锦赛上收获了第四名的历史最好成绩。至此，中国男、女冰壶队双双获得温哥华冬奥会参赛资格。

一切似乎都非常美好，丹尼尔于2009年率领中国姑娘们获得世锦赛冠军后，于当年4月回国休假，6月返回中国，并和队伍一同进入最后的备战阶段。然而，他却遇到了一件极为郁闷的事儿——因为成绩太过显眼，他丢掉了在加拿大学校印刷部的工作。

也难怪丹尼尔郁闷，早在和中国签订教练合同时，他已经向任职的学校请好了两年的假，校方也同意了。但没想到的是，今年6月学校竟然向他发出最后通牒，如果坚持还到中国执教，他将被学校开除。

按照规定，如果在加拿大工作满二十年，是不应该被开除的，更何况是在事先得到对方允许的情况下，丹尼尔当时便提请工作所在地的工会帮助协调解决这一问题，但后期也不了了之。

因此那几天，丹尼尔情绪非常低落，如果真的被学校开除，他在结束与中国队的合同后，回到加拿大可能就真的没有工作了。但相比之下，丹尼尔更看重可以带领中国队在冬奥会上征战的机会，所以他没有任何犹豫，在队伍集中之际还是义无反顾地来到了中国。

“我们真的很需要丹尼尔，需要他这样的教练，他在场上很重要，能够控制住局势，尤其是他在比赛当中淡定、平静的表情，队员看见他就如同吃了一剂定心丸。”李东岩说，“我们的外教真的很不容易，为了这支队伍把国内的工作都丢了！这样让队员们都非常感动。”

每次比赛，丹尼尔都会在自己的英文名字后面加一个“丹”字，他说这是他的姓，是队员们教他写的。“他们教我中文，我教他们英文，但我还不会用中文说句子。”丹尼尔有点不好意思地说。

2009年世锦赛折桂

在2008年世锦赛中，中国女子冰壶队接连击败各路强手，闯进了决赛，在循环赛和佩寄制半决赛中两胜世界最强队加拿大队，显示了强大的实力，最终在决赛中不敌加拿大队获得了亚军。这也标志着中国女子冰壶队已经成为世界级强队。

由于中国队战胜过加拿大队，她们再去加拿大训练时，加拿大方面已经不允许她们在最好的场地训练，也不允许三级以上的教练指导她们，但中国姑娘依然保持着乐观和积极的心态，在技战术和配合上又有了新的进步。

2009年，女子冰壶世锦赛在韩国江陵结束，在前一年斩获亚军的中国队再接再厉，顺利进入决赛后再进一步，在决赛中以8：6战胜瑞典，首夺世锦赛金牌。这场比赛，中国队除了首场不敌上届冠军加拿大队之外，在此后的循环赛、半决赛以及决赛中一路高歌猛进，豪取12连胜，最终走到最高领奖台。

现在我们来回顾中国队夺冠历程。共有12支队伍参加世锦赛决赛，比赛采取10局，每队轮流投掷冰壶。

循环赛第一场对阵加拿大队，开始阶段双方打得相对胶着，但加拿大队不愧是中国队的“师父”，到第九局结束后，加拿大队已经以11：5大比分领先，中国队看大势已去，便放弃了最后一局的比赛，输掉第一场比赛。

其余10场循环赛，中国队接连取胜，分别以9：3战胜俄罗斯队，8：4战胜美国队，7：6战胜韩国队，8：7战胜瑞士队，8：5战胜丹麦队，9：3战胜意大利队，4：3击败苏格兰队，8：2击败德国队，8：7击败瑞典队，7：2击败挪威队。

至此，本届女子冰壶世锦赛循环赛全部结束，中国队以10胜1负排名第一，顺利晋级决赛。丹麦队与加拿大队同为9胜2负，比较胜负关系，丹麦队位列第二，中国队将与丹麦队进行第一场半决赛，加拿大队排名第三。瑞典队同样获得第三名，将与加拿大队进行附加赛，获胜者与第一场半决赛的负者进行第二场半决赛，决出另外一个决赛名额。因此，中国队获得了两次进入决赛的机会。

第一场半决赛，中国队以6：3的总比分战胜丹麦队，直接进入决赛。丹麦队则进入第二场半决赛。赛后李东岩赞扬了队员们在这场比赛中的表现，他说："应该说中国队发挥比较正常，这是比较完美的一场比赛。这场比赛我们打得非常有耐心，前五局和对手打成2：2，然后在一点一点等待对手给我们机会，等待对手的失误。整个比赛过程感觉队伍在一点一点走向成熟，也是这么多年的经验带给我们的一种收获和成果。"

当然，丹麦队的发挥也很出色，李东岩同样给予了赞扬："丹麦队实际上今天也打得非常沉稳，她们知道和中国队打进攻占不到优势，所以一直试图打防守，把比赛拖到最后再去进攻，这种打法对她们是很有利的。但是我们在第七局的时候，抓住了对手两个失误得到了3分，才把整个比赛赢下来。"

2009年3月29日，比赛进入到最后的决赛，中国队面临的对手是瑞典队。此前中国队曾经战胜过对手，信心十足。双方打得十分小心谨慎，尽量保证不被对手"偷分"，但也都出现了失误。前三局双方互交白卷，第四局开始后，中国队改变了战术，采用一垒的保护球占位的战术，利用后手拿到2分，随后第五局瑞典队只扳回1分。上半场比赛结束时中国队以3：2的微弱优势领先。

进入下半场比赛，两队的队员们展开了激烈的争夺，第六局和第七局比赛双方各得2分。第八局比赛堪称本场比赛的"经典"，因为争夺非常激烈，双方队员都出现了不应有的低级失误，瑞典队的一垒手投壶不过前掷线，随后中国队的二垒手又直接把冰壶投掷出界……双方的真正较量是从三垒手开始的，柳荫的精准分球使中国队两个冰壶进入大本营，随后瑞典队四垒手罗贝格的精彩粘球，瞬间让中国队的优势丧失殆尽，瑞典队的两个冰壶在大本营内，且比中国队的冰壶距离圆心更近。最后一投，王冰玉做了一次精彩的打定，同时顺势将瑞典队的另一个冰壶向外挤了1厘米。正是这1厘米改变了比赛的局势，中国队两个冰壶变成了有效得分壶，中国队后手再得2分，以总比分7：4领先3分。

决胜局比赛，双方继续激烈对抗，中国队极力要清场，瑞典队则极力要保住场上的冰壶。关键时刻又是柳荫一次漂亮的双飞，把瑞典队的占位壶全部清开。但瑞典队不愧是强队，四垒手再次做出精准投掷，使得瑞典队的两个冰壶又都成为有效得分壶。中国队这局必须不让对手得分才能获胜，最后一投对队长王冰玉是一个极大的考验。王冰玉顶住压力，精彩的双飞让瑞典队的两个冰壶都飞出大本营，中国队后手再得1分，最终以8：6战胜瑞典队，并且收获12连胜，取得了第一个世锦赛冠军！

比赛结束后中国队的队员们振臂高呼，都在为这个世界冠军而感到兴奋！瑞典队获得亚军，丹麦队获得第三名，上届冠军加拿大队则无缘奖牌，仅获得第四名。这次世锦赛的成功，标志着中国女队进入了世界冰壶冠军的行列。

冬奥备战增信心

由于在韩国江陵举办的2009年女子冰壶世锦赛上发挥出色，中国冰壶姑娘们赢得了媒体关注，也收获不少粉丝，更增强了备战温哥华冬奥会的信心。

“作为项目管理者，队伍的每一次出征、每一场比赛我都很关注，何况这是世锦赛。姑娘们打得非常出色，通过这次比赛，队伍得到了进一步历练，也更加成熟了，这对一个集体项目来说是特别重要的。比赛中我们也看到了这支队伍的合力和团队精神。”国家体育总局冬季运动管理中心主任的赵英刚来到机场，和众多媒体共同迎接队伍凯旋，并对中国队在世锦赛上的表现给予高度评价。“冰壶队是一个非常优秀的团队，我们的运动员在每个岗位上都发挥了非常重要的作用，不同的作用最后才形成了总体比赛的战术和技术效应。当然关键时刻还需要球星效应，特别是四垒王冰玉在关键时刻对机会的把握非常重要。”赵英刚说。

从2009年初在第二十四届世界大学生冬季运动会上折桂，再到世锦赛登顶，中国女子冰壶队一个月内接连夺得两个世界大赛的金牌，也让人们对于她们的温哥华冬奥会比赛前景充满期待。

“大冬会、世锦赛夺冠固然可喜，但毕竟世锦赛和奥运会不同，目前除了中国队，加拿大队、瑞典队、丹麦队，甚至瑞士队都在世界同一个档次上。这些国家如果准备得好，在奥运会上也是很有机会夺冠的。中国队只有扎扎实实地总结经验教训、认真积极备战，在目前的基础上努力把握自己、提升水平，明年冬奥会上才能有更出色的表现。”赵英刚谨慎地说道。

从3月30日归来，庆功宴、专访、网络交流等各种活动令中国队员们应接不暇。虽然一夜之间红遍全国，但姑娘们依然低调淡定。王冰玉说，外界环境的改变对她并没有造成太大的影响，对于赛事的回顾更令她关注以及反思、回味。

“我有时候总觉得是不是比赛还没结束呢，不敢相信我们就这么赢了。”幸福来得太快，让这个冷静的女孩有了不真实的感觉。“其实最后一场压力真的很大，因为我们知道再也没有退路了……幸运的是我们赢了，但这并不意味着我们就是理所当然的赢家。”在比赛中，虽然她们的脸上一如既往地带着微笑，但心里却很清楚，这一次，没有回头路。王冰玉对中国队的水平有着清晰的判断：“我们的实力确实进步了，但这不意味着我们就是十拿九稳的冠军。全世界最高水平的比赛还是在加拿大和欧洲，我们只是具备了那个实力，然后就是运气。”一说到和冰壶有关的话题，王冰玉就会本能地进入她的“冰壶状态”，冷静、平和、客观。

温哥华前找状态

在温哥华冬奥会比赛的前一年摘得金牌，对于中国女子冰壶队的姑娘们建立信心起到了极大的促进作用。“自信是一方面，这是拿到世界冠军后带来的积极方面，但肯定也有不利的地方。”刚刚拿到世界冠军之际，李东岩就对姑娘们的下一步发展略感担忧。在他看来，包袱和压力也会随着荣誉而来。

果然，2009年9月到10月，中国女子冰壶队在加拿大训练比赛的历程，便验证了李东岩的担忧。“在这两个月期间，中国队并没有往年打得好，氛围不是很好。”李东岩介绍。世界冠军的身份让众多俱乐部非常欢迎中国队，但也因此成为一些国家的“靶子”，他们总会出现在中国女队的比赛现场，认真观摩，这无形中给中国姑娘们带来了不小的压力。而“我是世界冠军了，我要赢”的想法也不时出现在姑娘们的脑海中，这使得她们在比赛时的心理包袱比较重，反而输了比赛。

在新西兰冬季运动会上，中国女子冰壶队虽然拿到了第二名，但场面和过程并不理想。“队员会有想赢怕输的想法，在领先的时候就不会再打一些战术了。以前领先时还会选择进攻，现在则会想控制住比赛，能赢就可以了。”李东岩说。

“出现问题，就必须解决。”这是队伍在备战过程中的重中之重。

那段时间，李东岩和教练组、管理人员一起，开始为队员们一点点地进行调整。既要给大家施加压力，又要想办法帮助大家释放压力。“着急的时候也说出了一些狠话，比如‘再输就回家，别打冬奥会了’之类的。”李东岩笑着说。

就这样，经过一段时间的调整，队伍逐渐走出了阴霾，温哥华冬奥会之前，在日本举行的泛太平洋地区冰壶锦标赛上，队员们终于可以很好地控制比赛节奏，并再次摘得了金牌。

“队员们在泛太平洋锦标赛上的表现，只能说状态在逐渐恢复，但参赛的队伍整体实力不强，和冬奥会相比差距很大。”李东岩说，不过令人担忧的还不仅于此，目前他的心中又多了一个烦恼——王冰玉的膝伤。

“王冰玉的膝盖有伤，现在还在坚持比赛。”李东岩说。

冰壶运动对于膝盖的磨损是比较严重的，每一次投壶都要将膝盖弯曲呈20度角，专业运动员每天的弯曲次数达上百次，五六年的专业化训练下来，王冰玉的膝盖由于过度劳损出现了伤势。

王冰玉是队长，并且在场上担当关键的四垒，一旦出现伤病问题，对于队伍的影响将非常大。“目前我们也在进行保守治疗，上冰训练时尽量让她少练，同时在力量课上加强其力量训练，并控制体重以减轻膝盖承重等，希望能缓一缓她的伤势。”李东岩说。

不管准备情况如何，温哥华冬奥会仍如约而至。中国姑娘们也做好了准备，蓄势待发。

一波三折的比赛

带着调整好的状态，抱着冲击的心态，中国女子冰壶队的姑娘们站到了温哥华冬奥会的舞台上。共有10支世界强队出战温哥华，东道主加拿大队自然是最强劲的对手。

在循环赛的过程中，中国队一波三折，上演了跌宕起伏的“过山车”式赛况。

第一场，中国队出战英国队。中国队是新科世锦赛冠军，因而也成了夺冠的热门队伍，而英国队是一支老中青结合的队伍，实力也很强。最终，在加时赛中，中国队以4∶5惜败于英国队，输掉了本届奥运会的首场比赛。

丹尼尔教练赛后很沉得住气，他表示，中国队员第一次参加奥运会，确实压力比较大，比赛中出现了一些失误。加时赛队员们也很有耐心，本来有取胜的机会，可惜没有把握住。

丹尼尔的助手、中方主教练谭伟东称，这次参赛的10支队伍水平非常接近，竞争肯定要比世锦赛激烈，中国队员没有经验，今天大概只发挥出70%的水平，特别是一些关键球的处理上还需要提高。

“第一次参加奥运会比赛确实不太适应，激动、紧张都有。加拿大观众的声音比以往的世界大赛大很多很多，这不是我们能控制的。”王冰玉也表示，冬奥会的初体验有点紧张，“我们会尽快忘掉这场比赛，准备下一场。至于在这届冬奥会能走多远，我们没有想过，比赛要一场一场地打，每支球队都希望打好比赛，尽可能走得最远。”

第二场比赛，中国队迎战瑞士队，经过十局奋战，中国姑娘以8∶6险胜对手。

第三场比赛，中国姑娘们的对手是日本队，这是将冰壶带入中国的“师父”队伍，不过中国选手发挥相对出色，最终以9∶5大比分战胜了日本队。

第四场比赛，中国姑娘们创下两项纪录：一是本届冬奥会最悬殊比分纪录，二是最短局数纪录。王冰玉、柳荫、岳清爽和周妍四人齐心协力，在第六局结束后，就以11∶1战胜了上届世锦赛季军丹麦队。

“今天大家总体来说打得都还不错，另外丹麦队的发挥确实不太理想，我觉得可能有点失水准吧。”王冰玉表示对手给了自己机会，而中国队也抓住机会赢得了这场比赛，“我觉得主要是在机会的把握上相对要比丹麦好一点。”除了客观上对手发挥不佳之外，王冰玉还认为对于比赛的投入是赢得这场胜利的另外一个原因：“相对来说我们的心态比较平和，没有太多的想法和干扰。我觉得这一场比赛大家更能够沉浸在里面，这种状态是很好的，这也是需要我们记住并保持下去的。”

“赛前的确没有想到这场球会取得一场大胜，因为参加奥运会的队伍都是比较强的，所以不敢小视对手，主要还是做好自己。”一垒手周妍表示。而柳荫则坦言丹麦队给了自己不少机会，而中国队也抓住了机会。“我感觉状态的确是一场一场在提升，这场比赛我的状态来得要比前几场快一些，感觉一上来就有了。不像前几场是在比赛过程中逐渐有状态，这场比赛的确做好了准备。”柳荫说。

“我想我们还是做足了准备。领先有领先的打法，落后有落后的打法，但是今天我觉得反倒是丹麦队让我们偷袭之后打得很紧张，对一些复杂情况处理不了，导致后面越来越没有状态。”二垒手岳清爽谈自己的看法。

第五场比赛的对手是瑞典队，同样是一支强队，在遇见中国队之前一场未败。中国队状态起伏，不敌对手，以4：6惜败。

“中国队前几局打得不是很令人满意，尤其在比分落后时显得很焦虑，急于扳平，反而不能发挥出水平。对方虽然连得2分，但中国队后面几局有所调整，也创造出这样的场面。只是对方控制能力强，整个场面把握得更好，而我们未能抓住更多得分机会。”

第六场比赛，对阵德国队，中国队在加时赛中以9：7战胜对手。

关键的第七场，是中国队与东道主加拿大队的对决。中国姑娘们面对加拿大队毫无惧色，在加时赛中以6：5力克对手，送给对手一个“首场失利”。这场比赛，姑娘们投入其中，非常专注，队长王冰玉甚至在比赛中一直大喊，导致声带损伤。谭伟东赛后在混采区说：“因为后面比赛还很艰苦和激烈，这种情况下她会不自觉地喊出来，所以我们也是对她采取了一些保护措施，服用一些保护嗓子的药物，让她尽量少说话多喝水。我想面对比赛这个伤病不是大问题。”

谈及比赛，谭伟东认为还可以，他表示：“尤其是在前五局比赛中，大家准备非常到位，状态很好。而加拿大队有些紧张，出现了一些技术性的失误，被我们捕捉到了。但是到后面我们的队员心态出现一些变化，急于得分。当时的确也有一些得大分的机会，大家都急于捕捉到。不过由于失误，比分逐渐被拉近，好在我们的队员在第七局结束之后能做一个很好的调整，保持了一个稳定的心态打完比赛。”

在一切向好的局面下，中国队又让人坐了一次“过山车”，在第八场对阵水平不太强的俄罗斯队时，竟然意外以4：7不敌对手。这样的表现不但让队伍晋级四强的征程变得艰难，甚至还出现了一些所谓“内讧”“不和”“嫉妒”的传闻，为队伍的备战形势蒙上一层阴影。

赛后丹尼尔显得很愤怒，对于这样的结果他有点难以接受。丹尼尔说：“失望？我现在已经冷静下来了，我不知道我还能做什么。我不知道姑娘们为什么今天表现成这样。”丹尼尔表示中国队开局不错，但是第三局由于失误被对手拿走3分，这让他感到很遗憾。而随后的比赛，中国队多次陷入被动状态，最终输给了有“神经刀”之称的俄罗斯队。

丹尼尔还介绍说自己在比赛结束之后没有和队员说太多，只是告诉她们：“看，这是你的决定。”丹尼尔还道出了令自己最生气的地方，他说：“本来有机会赢得比赛的，我们有机会拿下3分，结果我们什么也没得到。我们的策略没有问题，是执行上出现了问题。”

“为什么输？我也不太明白，也许是队员们脑子不太清静，去问问她们吧。”领队李东岩赛后也很失望，他认为中国队输得这么惨，不是对手打得有多好，而是队员们的发挥出了问题。

队长王冰玉谈到失利原因时则表示：“可能是昨天赢了加拿大队，大家有些兴奋，今天还没调整过来。”王冰玉的看法和李东岩类似，“我们并没有觉得对手打得很好，在比赛当中还是要打好自己的比赛，这一场比赛是我们自己有问题。”

第九场比赛对战最后一个循环赛对手——美国队，中国姑娘以6：5险胜，6胜3负提早晋级四强。

在半决赛中，中国队对阵上届冠军瑞典队，以4：9不敌对手，无缘决赛，而这也是第二次输给了对方。但中国队首次参加奥运会便进入四强，已经打破了历史纪录。

赛后三大社也对两场半决赛给予了关注：

法新社：瑞典队打破中国队夺冠梦想

在瑞典队战胜了中国队之后，中国主教练丹尼尔也承认瑞典队的丰富经验得到了回报。瑞典队从比赛开始就占据优势，最终迫使中国队提前认输。

在另外一场比赛中，加拿大队以6：5险胜瑞士，赛后队长博纳德却表示在决赛中，自己并非热门："我们将处于下风，这是可以接受的。"

美联社：瑞典击败经验稍逊的中国队

瑞典队在提前一局击败世锦赛冠军中国队后，决赛将对阵东道主加拿大队。瑞典人没有浪费机会，她们面对经验稍逊的中国队在前三局分别拿到1分，以3：0领先。中国队的领袖王冰玉只打出60%的成功率，而她的对手诺贝里却有75%。

路透社：加拿大和瑞典晋级决赛

诺贝里的瑞典队仅仅用了9局比赛就以9：4轻松击败了中国队，而东道主加拿大队在最后一局惊险击败瑞士，最终决赛将在这两支队伍之间进行。

失去了金牌争夺机会后，中国女子冰壶队的姑娘们并没有放弃，在季军战中一扫阴霾，最终以12：6击败瑞士队，夺得温哥华冬奥会女子冰壶项目的一枚宝贵铜牌。

"我很骄傲她们的表现，第一次参加冬奥会就获得了铜牌。要知道，备战四年一次的冬奥会，各国都非常努力，能取得这个结果很不容易。在中国，这几个选手就是冰壶运动的先行者。如果中国有更多的人打冰壶，有一些人能够与她们水平相当，那么情形也许会好些。"丹尼尔对姑娘们的表现很满意，连连称赞。他认为，冰壶运动讲究技战术，还特别注重经验，这一点在奥运会上显得尤为重要。与队员平均年龄40岁的瑞典队相比，队员平均年龄仅有25岁的中国队显然在大赛经验上欠缺许多。他同时也期待中国有更多的运动员参与冰壶项目，不要只依靠这一支队伍打天下。

“我们非常开心，第一次参加奥运会就拿了铜牌。”队长王冰玉说。站在领奖台上，看到五星红旗飘扬在赛场的上空，百感交集的她仿佛又听到了父亲送给自己的那首歌曲——《红旗飘飘》。

颁奖仪式结束后，王冰玉给远在哈尔滨的父母打去了电话，她哽咽着说：“爸，我们没能取得更好的成绩……”王大军说：“冰壶在中国起步这么晚，你们又是第一次参加冬奥会，能摘得铜牌已经很棒了，就像你们教练丹尼尔说的，如果继续这样发挥，你们离奥运金牌一定不远了。”

“爸，您说得对，下届冬奥会，我们还会去拼，拿金牌！”王冰玉坚定地说。电话两端，父女俩双双洒下喜悦的泪水……

冰壶
期待后势

一连串的成绩，煮“热”了冰壶这一冷门项目，也让国人了解并喜爱上了这项运动。

“冰壶在我国很有发展前景，不同年龄段的人都可以玩，它同时具备了竞技性、娱乐性与技能型，对抗性也不强。”见证了冰壶运动从无到有、从弱到强的发展历程的国家体育总局冬季运动管理中心主任赵英刚说道。他还介绍说，除了王冰玉等“国字号”选手在前台支撑，后面还有一些队伍在逐渐建立与发展中，“国家集训队的主要任务是不定期地组织队员集训，并参加世界比赛。女队进步很快，短期之内便具备了同日本队抗衡的实力”。

但冰壶运动在我国的根基相对薄弱。截至2010年温哥华摘得铜牌之际，在我国注册的冰壶运动员仅为100多人，且水平相差较大，没有形成很好的梯队，全国专业的冰壶馆只有3个。比之注册选手高达百万、冰壶馆上万的加拿大等国，相差甚远。

“在中国打冰壶的人口呈桶状发展。受场地、教练等条件制约，开展并不广泛。”赵英刚继续介绍道，“冰壶的场地要求在平整的冰面上撒上均匀的冰点，我国还缺少相关的专业人士，大型赛事的制冰师都是从加拿大或苏格兰请来的。此外，冰壶运动的开展价格不菲，好的冰壶一只就要上万元，再加上专用的鞋、冰刷等，目前在我国还没有普及到诸如网球、保龄球等项目的水平。”

即便如此，赵英刚对于冰壶运动的前景仍充满信心：“世锦赛和冬奥会的成绩，让更多的人了解了冰壶，关注的人多了，才会有相关的投入。另外，冰壶运动对于场地的要求不大，没有很强的对抗性，大家在场上斗智斗勇，非常适合中国人。”

“这支队伍失败很少，比赛一直都很顺。虽然我不希望付出太多的代价，但总是认为一支队伍不经历一定的磨难是很难成长起来的。”李东岩说道。

伴随着王冰玉等一批金花的退役，冰壶场上期待更多的小花灿烂绽放，实现新的突破！

2009年第二十四届世界大学生冬季运动会男子冰壶比赛在黑龙江省滑冰馆进行。在争夺第三名的比赛中，中国队战胜韩国队获得铜牌。图为中国队队员在比赛中。

2007年第六届亚洲冬季运动会女子冰壶比赛在长春举行。图为中国队与日本队在比赛中。

2003年第十届全国冬季运动会女子冰壶比赛在哈尔滨举行。图为冠军哈尔滨女队在比赛中。

冰壶本来就是游戏型的比赛，它里面包含着各种快乐的东西，如果太在意比赛的胜负，那么冰壶就失去了它的高雅和它的真正意义了。

2010年温哥华冬奥会女子冰壶铜牌争夺战中，中国队队长王冰玉正在全神贯注地比赛。

2010年温哥华冬奥会女子冰壶循环赛第二轮在温哥华奥林匹克中心进行。图为中国队教练在布置战术。

2010年温哥华冬奥会女子冰壶循环赛第二轮在温哥华奥林匹克中心进行。图为中国队周妍（左）、王冰玉（中）、岳清爽在比赛中。

2011年太平洋冰壶锦标赛男子组决赛在南京奥体中心结束。中国队战胜新西兰队夺冠。

2014年男子冰壶世锦赛在北京首都体育馆拉开战幕。图为中国队在比赛中。

在2010年温哥华冬奥会中，中国女子冰壶队首次参赛，并获得一枚宝贵的铜牌。

Vancouver 2010

更加成熟，但是对奥运会赛场上的把控还是有些欠缺的。”

经历了四年的磨砺，当时，所有人都认为中国自由式滑雪空中技巧队伍可以一展身手了，甚至有望实现双双包揽男子和女子项目的金牌，因为，女队有李妮娜与徐梦桃坐镇，而男队则有贾宗洋与齐广璞这一对“双子星”担纲。

然而，令人没有想到的是，索契冬奥会的赛制进行了修改，目的是增加比赛的观赏性，增加刺激感与不可控因素。奥运会比赛一共有21名选手参赛，其中资格赛分为两轮，第一轮前六名直接晋级决赛，剩余选手在第二轮前六名也可以入围决赛。决赛则分成三轮进行，第一轮12进8，第二轮8进4，第三轮就是4个选手争夺冠军。

先说男子项目，我国共有4名选手出战冬奥会，资格赛过后，贾宗洋排名榜首，齐广璞、吴超也顺利晋级，而队长刘忠庆则被淘汰。

到了决赛第一轮，齐广璞使用的难度系数为4.425的bFdFF（向后直体翻腾一周转体一周接直体翻腾一周转体一周）。他的起跳、腾空、翻转、着陆都如同教科书一般完美，进而拿到了惊人的121.24高分，独占鳌头。贾宗洋的动作难度系数为4.525的bdFFF（向后直体翻腾一周转体两周接直体翻腾一周转体一周再接直体翻腾一周转体一周），他的起跳速度很快，空中动作力道十足，落地也站住了，取得了110.41分，位列第四。接下来的吴超使用难度系数为4.425的bFdFF，他的空中姿态很漂亮，动作完成度很高，正当人们感到他也有很大希望冲金时，他却在落地时出现了重大失误——摔掉了一个滑雪板。之后，吴超虽然清楚自己不可能晋级了，但还是礼貌地向观众致意，为自己的索契冬奥会画上了句号。

决赛第二轮开始了。这一次，贾宗洋的难度系数为4.425的bFdFF，他的腾空依旧姿态优美，但落地时重心出现问题，身体向前倾斜，好在他及时做出调整补救，没有摔倒。齐广璞的难度系数为4.525的bdFFF，他的起跳速度出色，空中身体控制也很好，最后的着陆水到渠成。最终，贾宗洋以117.70分排在第一位，齐广璞以116.74分紧随其后，此外，白俄罗斯选手库什尼尔以115.84分排在第三名，澳大利亚选手莫里斯以115.05分位列第四名。

第三轮终极决战开始了，贾宗洋、齐广璞与两名外国选手展开了对冠军的激烈争夺，而齐广璞和库什尼尔都选择了当时世界上的最高难度系数5.000！

竞技体育的魅力之一正是其不可预测性，想要获胜除了具备扎实的功底，有时也需要一点儿运气。库什尼尔使用了难度系数为5.000的bdFFdF（转身向后翻腾三周转体1800度），他的整套动作完成得非常完美，拿到了惊人的134.50分，这是冬奥会史上的最高分，而库什尼尔也成为第一个在冬奥会上完成5.000难度系数的选手，可以说已是金牌在手。

之后，轮到齐广璞上场了。"我准备的就是这个动作，就是要拼！这个时候不拼，还要等到什么时候？"齐广璞说。此时，由于白俄罗斯选手在这一难度上跳出了高分，使得齐广璞的压力有些大。在比赛开始后，他的状态受到影响，起跳不是很充分，虽然在空中的姿态依旧优雅完美，但落地时却出现摔倒的失误，最终以90.00分排在了第四位。"起跳差了一点，没有完全把身体展开。"他表示，失败更在于自身原因，高难度动作本身就意味着高风险，"这个动作的成功率很低，来到索契之后，成功率大概是50%吧"。

最后压轴出场的贾宗洋承受着巨大的心理负担，对手的高分、队友的失利令他的精神十分紧张。他选择了难度系数为4.900的bFdFdF（向后翻腾三周转体1800度）。尽管起跳速度、腾空高度都控制得不错，但着陆时却因重心不稳而摔倒了，最终以95.03分获得了一枚铜牌。而澳大利亚选手莫里斯凭借顺利完成难度系数4.525的难度动作，获得了一枚银牌，成绩为110.41分。

"如果最后一轮没有做最高难度动作，就算是成功了我也不开心。"齐广璞说。尽管只获得一枚铜牌，但两位"90后"小将都表示，拼到最后一刻，他们无怨无悔。"赛制对于每个运动员都一样，库什尼尔毕竟比我们大得多。"齐广璞说，"其实，后出发不会有太大压力，反而更能看清楚别人的速度与起跳高度，给后面出场的人一个参考。"

虽然两届冬奥会都与金牌失之交臂，但贾宗洋、齐广璞用一轮轮的优秀表现也证实了

再战
平昌冬奥会

虽然在索契冬奥会上留下遗憾，但徐梦桃、贾宗洋、齐广璞依然是中国体育代表团冲击2018年平昌冬奥会的主力军。四年一度的挑战，对于很多体育人而言，已习惯用比赛来记住年份。

总结在索契冬奥会上的经验，贾宗洋和齐广璞都有一个共同感受，那就是自己的稳定性还不够，成功率不到50%的动作，谈何稳定发挥。因此，二人在继续训练提升的同时，都将目标放在了平昌冬奥会，齐广璞在接下来的比赛中发挥稳定，斩获2015年世锦赛金牌，但贾宗洋却遭遇严重伤病，缺席了三个赛季……

在2015年的一次训练中，贾宗洋发生意外，双腿胫骨粉碎性骨折、腓骨断裂、内侧踝关节断裂，他不得不立即做手术，而在手术过程中，医生给他的双腿植入了22颗钢钉和两块钢板！在X光照片之下，他的双腿触目惊心，也因此，他成为同伴口中的“钢铁侠”。

小腿粉碎性骨折对于普通人来说，意味着以后不能再从事大活动量的运动项目了，而对于运动员来说，则基本意味着运动生涯的结束。“当时挺害怕的，不知道能不能再继续滑雪了，因为断裂的位置刚好是雪鞋用力的位置。”现在回想起来贾宗洋依旧很害怕。但是，为了冬奥梦想，贾宗洋没有放弃，他一直在与伤病搏斗着。

在手术一年之后，贾宗洋取出了钢板和21颗钢钉，但至今仍有1颗钢钉无法取出。正当他准备开始恢复训练时，又一次的意外受伤打乱了他整个夏天的训练计划。2016年夏天在美国训练时，贾宗洋的胫骨平台压缩性骨折，训练不得不再次中断。此时距离平昌冬奥会已不到两年时间，而他也已经有两年没有跳动作了。那段时间贾宗洋感到非常迷茫和无助，对自己的未来失去了信心。“第一次想自己到底能不能参加奥运会，不知道接下来会怎样?”他回忆道。

伤病带来的影响，不仅仅是对身体的，更重要的是对心理的影响。2016年冬天，中国自由式滑雪空中技巧队在沈阳的白清寨滑雪场训练，那时贾宗洋开始恢复雪上三周动作。

徐梦桃在比赛中

比赛结束后，韩晓鹏躺在雪地上享受着胜利与放松的一刻："完成动作那一刻，我知道金牌到手了！"

平昌的每一跳贾宗洋都记忆深刻，除了决赛第一轮，他较为紧张之外，剩下的几跳都很放松，尤其是决赛的最后一跳，当他最后一个出场时，全场都安静了。他和教练欧晓涛在等待风停，那一刻大家都不免为贾宗洋感到紧张。“等风停的时候，我跟涛哥说：‘多安静啊！这么多人都看着我，享受这一刻吧！’”等待中的贾宗洋调整了一下呼吸，自信地冲着前方挥了挥手，目光坚定。贾宗洋说：“那一瞬间很享受，因为以后可能都不会再有了。”

当旗杆上的旗子不再飘动，在教练的示意下贾宗洋开始助滑。他的起跳和空中动作都表现得相当完美，只是在落地时出现了轻微晃动，但还是稳稳地站住了。滑过终点后，贾宗洋思绪万千。“自己的努力、团队的付出没有白费。”落地几十秒的时间，贾宗洋想了很多，受伤以来的一幕幕像放电影一样出现在他的脑海中，他说：“这段时间经历的每一个过程，自己坚持的东西得到了认可，还有那么多人在旁边为我加油，感觉很自豪！”

当贾宗洋从自己的思绪中回到比赛时，他才开始关注自己的成绩，当大屏幕显示第二名、128.05分时，贾宗洋抬头仰望天空，心中暗想：“这个对手得跳成什么样啊？”看着乌克兰选手阿巴拉门科拿着国旗庆祝夺冠，站在一旁的贾宗洋有些失落，但是能够参加平昌冬奥会并且取得银牌，他已经尽力了，也知足了。

…… ……

这就是中国自由式滑雪的一个项目——空中技巧队迄今为止的发展历程，以小见大，人们看到了中国雪上项目发展的不易，也从这些优秀的运动员身上看到中国人顽强拼搏和永不服输的精神。这样一群花样年纪的少男少女，为了祖国的荣誉、集体的荣誉，为了一个竞技体育的目标，坚定地踏上超越自我的艰辛之路，无论他们最终能够飞得多高，走得多远，我们都应该为之送上掌声，祝福他们获得佳绩，实现自己的梦想！

在一次训练中，他清楚地记得当时的场景："那天训练，我在小钰（中国女队队员孔凡钰）后面准备跳动作，结果我目睹了她受伤的全过程。下一个就是我了，当时我就害怕了，不敢跳了。"贾宗洋说，自己受伤之后，更受不了看到别人受伤，因为会再一次给他带来精神上的刺激，贾宗洋说2016年是他练空中技巧有史以来最害怕的一年："那一年真的是一种煎熬。"

2016—2017赛季，贾宗洋正式复出，在那个赛季，他一边恢复难度动作，一边参加比赛。可是由于之前缺课太多，专项能力不足，来到比赛场地的他甚至感到很陌生。比赛的节奏、自身对比赛的控制，甚至是比赛的准备他都不熟悉了，即使有之前多年的比赛经验，此时他也无能为力。"在比赛中出现了很多失误和问题，真的不知道该怎么做。那个赛季的比赛，没有对自己发挥特别满意的一站，有时候能进决赛，但说不定哪一跳就会出现问题，我都不知道是什么原因。"形容起自己那一阶段的状态，贾宗洋说"很闹心"。

随着比赛次数的增多，加上教练的帮助和自己的努力，贾宗洋早已恢复了比赛能力，只是一直没有找到合适的机会去证明自己。直到2017年12月的世界杯崇礼站，贾宗洋以127.88分的高分收获赛季首冠，他终于突破了自我，重拾信心。时隔三年又站在了领奖台上，贾宗洋很有感触，他激动地说："再次站上领奖台，不管是第一，还是第二、第三，我对自己的表现都是非常满意的。受伤之后的这几个赛季，我的信心受到影响，在一些比赛中出现了很大的失误。这个比赛对我而言是非常重要的，这个冠军对我而言也是非常有意义的，对我接下来的训练很有帮助，而在自信心方面也会有很大的提升。"

从那站比赛之后，贾宗洋开始融入比赛当中了，他开始像以前一样能够控制、把握比赛，掌握比赛节奏，不会再感到害怕、无助了。2017—2018赛季，贾宗洋一个赛季就拿到了4个冠军，再次被认为是平昌冬奥会的夺冠热门人选。

为了备战平昌冬奥会，2017年夏天的水池训练，贾宗洋练习了难度系数高达5.0的动作，可由于种种原因，他并没有在雪上完成这个高难度动作。"老天不让我跳，我就不跳了！"所以当他来到平昌时，最高难度动作的系数也只有4.525。

在2004—2005赛季自由式滑雪空中技巧世界杯比赛中，中国队员韩晓鹏获得季军。

2003年第十届冬季运动会自由式滑雪空中技巧女子团体比赛在哈尔滨二龙山滑雪场进行，长春市队获得冠军。

2014年索契冬奥会自由式滑雪女子空中技巧决赛在索契罗萨—胡特极限公园结束。中国选手李妮娜最后一跳落地摔倒受伤，最终名列第四。

李妮娜摔倒受伤，工作人员居臣泽搀扶其走出赛道。

SOCHI 2014
1
FULL TILT

雪女子空中技巧预赛在都灵举行。郭心心在比赛前与教练纪冬（左）互勉。

在2016年第十三届全国冬季运动会自由式滑雪空中技巧女子个人决赛中，乌鲁木齐队张鑫获得冠军，齐齐哈尔队孔凡钰获得亚军，齐齐哈尔队沈晓雪获得第三名。图为乌鲁木齐选手徐梦桃在比赛中。

2017年12月16日，中信国安—国际雪联自由式滑雪空中技巧世界杯比赛在崇礼云顶滑雪场落下帷幕。中国选手贾宗洋获得男子冠军。

2017年12月17日，中信国安—国际雪联自由式滑雪空中技巧世界杯混合团体项目决赛在崇礼云顶滑雪场进行。中国选手徐梦桃、齐广璞、贾宗洋组成的中国队一队获得冠军。图为团体赛颁奖仪式。

2018年平昌冬奥会自由式滑雪男子空中技巧预赛在凤凰单板公园进行，中国选手齐广璞以126.70分排名第二。

中国冬季项目自1980年开始出战冬奥赛场，历经了1992年阿尔贝维尔冬奥会首次斩获奖牌、2002年盐湖城冬奥会实现金牌零的突破。从历届冬奥会奖牌成绩看，花样滑冰、速度滑冰、短道速滑、自由式滑雪占据大半江山，而冰球和冰壶运动因其特殊性同样备受关注，尽管中国冰球队未能在冬奥会上登上领奖台，但仍热度不减，亦能代表我国冰雪运动从筚路蓝缕走向繁荣昌盛的发展历程。因此，前面将上述项目单独成篇，逐一介绍其发展过程中的典型人物与精彩故事，讲述那一段段流金岁月的浮光掠影。

但是，这并不意味着其余冰雪项目就没有任何建树，在新中国成立70余年的奋进过程中，每一位中国冰雪人都在各自的项目领域内奋力发挥着能量，书写着属于自己的精彩篇章。受地域、气候等条件影响，我国的冰雪运动开展并不广泛。至2015年北京成功申办冬奥会之前，在冬季项目7个大项15个分项109个小项中，我国开展的项目还不到三分之一，而且由于训练条件艰苦、成绩一般，很多项目尽管也凝聚了一代又一代冰雪人奋斗的汗水，却并未走进大众的视线。例如跳台滑雪、高山滑雪、越野滑雪等，其实，每一个项目，每一支队伍，每一位运动员都有许许多多鲜活而感人的故事。

另外，即便是为人们所熟知的花样滑冰、速度滑冰、自由式滑雪、单板滑雪等项目，也有很多小项并未得到人们关注。借由北京申办冬奥会这一契机，我国提出了全项目参赛的目标，这为中国冰雪运动带来了大繁荣、大发展，也必将在未来很长一段时间内成为中国冰雪运动发展的原动力与助推器。

中国跳台滑雪“第一跳”

1958 年 3 月 2 日，通化市滑雪运动员单兆鉴在吉林省通化市江南滑雪场创造了“中国跳台滑雪第一跳”的历史，开创了中国跳台滑雪的先河。

通化市江南滑雪场的这座跳台，坐落在浑江南岸的山坡上，最初由日本人于 1938 年前后用砖结构修建，后被毁坏。新中国成立后，1953 年由辽东省政府拨款，采用木架结构重建。跳台长约 60 米，宽 4 米，台端高 3.9 米，坡度 30 度，着陆坡长 70 米，停止区长 30 米，是当时中国境内唯一的标准大跳台。跳台很壮观，远远地就能够看到跳台的轮廓，平时爬上去都会令人有恐惧之感，不敢向下观望。

那天天气晴朗，年度滑雪赛事已经结束，运动员们只做些技术性、趣味性的训练，心情十分放松。运动员穿着高山滑雪和越野滑雪的通用木质滑雪板，最初在用土堆成的小跳台上随意练习着，连女运动员也加入活动中，大家的情绪都很高。这时单兆鉴提出要去挑战大跳台，当时教练与队友都感到很惊愕，用疑惑的目光看着他。过了一会儿，又有两名队员报名参加，教练观察了跳台和环境后，点头同意了。

经过一番器材、场地以及身体、心理的准备，大家逐个扛着滑雪板走上了跳台。其中有一人十分积极，要求第一个跳，但他从高高的助滑道上没滑出多远，便坐下侧倒不滑了，连声说：“我不跳了，我不跳了，太吓人了！”气氛顿时严肃起来，大家面面相觑。过了好一会儿，教练认真地问单兆鉴：“还跳不跳？”单兆鉴毫不犹豫地回答：“跳！”

这座跳台建成后，因没有跳台滑雪的比赛项目，从未有人练过。单兆鉴常登上去，顺着助滑坡走走看看，慢慢地也就不觉得跳台“高不可攀”，不感到惧怕了。他早已暗下决心征服它。此时，单兆鉴握了握拳，自言自语道：“征服它！”他来到出发区，深吸几口气，让自己平静下来，心想：“我体质好，柔韧性强，信心足……大不了摔一跤！”

他面对滑道，眨了几下眼睛，深吸一口气，便快捷地从助滑路上冲下去。疾风从耳旁呼啸而过，当滑到跳台边沿时双腿一蹬伸跃到空中。雪板拖着身体，似在飘浮，看到下面发赛。

如果想在比赛中获胜，运动员除了要有出色的滑行技术之外，还应该具备一定的射击能力。之所以说一定的，是因为冬季两项中的射击并不比具体的环数，只要不脱靶就可以了，但如果出现脱靶，就要受罚。不同的小项惩罚的内容不同，有的是每脱靶一次就会被加上一分钟，有的则是罚滑行惩罚圈（滑一圈大约要30秒），无论是哪一种都会严重影响比赛成绩。

1992年的阿尔贝维尔冬奥会，中国体育代表团参加雪上项目的有三支队伍：高山滑雪队、越野滑雪队和冬季两项队。前两个项目，中国尚处于中下游水平，而冬季两项可以说已进入中上游水平。在1989年世界大学生运动会和1990年冬季亚运会上，我国冬季两项男女选手均有优异表现，先后获得过接力与个人的金牌和铜牌。为迎接阿尔贝维尔冬奥会，该队从1991年12月中旬就前往德国训练了四十多天。其间，队伍还参加了两次世界杯赛，男运动员在136人中位列第二十六名，女运动员在78人中位列第二十一名，这是我国选手在该项目的世界大赛中取得的最好名次。通过集训和参赛，冬季两项队伍提高了自信心，当他们来到阿尔贝维尔时，教练王远臣说："这次我们是来争成绩的！"

但是，夺取好成绩的脚步远比想象中更为艰难。1992年2月14日，比赛正式开始，在最有希望的接力项目上，队伍却接连出现了失误。首先是王锦芬立射发挥失常，8发子弹仅命中1发，被罚加滑4圈（600米）；而第3棒的优秀选手宋爱琴在下滑时，因加速过早，在下坡处摔了个跟头，雪杖也摔折了。这样一来，进入前八名的希望便成为泡影，最后仅获得第十二名。

有人感叹道："运气真不好！""不能怪运气！"朝鲜族教练员金石浩分析："出现失误，偶然中有必然。主要是缺乏大赛经验，运动员的心理不稳定。此外，虽然我们的滑行技术和速度已经能与强手对抗，但是我们的射击却是薄弱环节。这个项目的射击与一般射击不同，难度较大。"教练员和运动员既为没有在大赛中赛出自己的实际水平而懊恼，也为由此获得的经验、信息而欣慰。

雪上运动在欧美是热门的冬季运动，在我国还是一个艰苦而不广为人知的领域，冬季两项队的教练员和运动员有信心继续奋斗。他们认为，选择该项目作为我国雪上运动的突破口是完全正确的，通过参加这次大赛，“我们看到了希望的曙光”。

两年后的1994年利勒哈默尔冬奥会，中国队再次发起冲击。2月18日，冬季两项的女子15公里个人赛进入后半阶段，一位德国教练急匆匆地找到中国队教练王远臣，说他想了解王锦芬的情况。根据记分牌显示，王锦芬在其已完成的3/4赛段中，成绩排在第七位，而这种情况在这项最受欧洲人青睐的比赛中还从未出现过。

此时的王锦芬仍在比赛中，尽管无暇抬头去看记分牌，但凭着感觉她也知道，自己的成绩非常不错。她情绪激动，胸腔急剧起伏。可惜的是，激动也带来了冲动，在最后一次进入靶位时，王锦芬拉过背后的小口径专用步枪，不待喘息平定，就连连向50米外的目标射击。她万万没有想到，致命的错误也随着自己扣动扳机而来。由于在最后一次射击中，五发子弹只命中了两发，王锦芬的名次一下子掉了下来。最后，她在69名参赛者中仅位列第二十四名。

尽管榜上无名，王锦芬在比赛中的表现仍然令人瞩目。她的滑雪速度在前8名之列，两次卧射10发子弹全部命中，只是她的大赛经验还不够丰富，需要更多积累与沉淀。

到了四年之后的长野冬奥会上，中国选手于淑梅在冬季两项女子15公里角逐中发挥正常，名列第九，这反映出中国雪上运动水平在稳步提升。令众人没有想到的是，更大的惊喜还在后面，在紧随其后进行的冬季两项女子7.5公里越野赛上，于淑梅以十枪皆中、不失一发的出色射击技术和正常发挥的滑雪速度，位列第五名，这一名次也是中国代表团在该项目上预定的突破目标。

希望之星
于淑梅

于淑梅的出现，为中国雪上项目掀开了新的一页，她在国际大赛上摘取了属于亚洲人的第一块雪上项目的金牌。

于淑梅是隶属原沈阳军区雪上运动大队的运动员，从1995年参赛开始，她先后在世界杯总决赛、世界滑雪锦标赛、亚冬会以及国内赛事中，共获得各种奖牌43枚，4次荣立一等功，连续三年被评为全军“十佳”运动员，还被评为全军优秀共产党员。

站在世界杯的最高领奖台上，于淑梅以雪上项目金牌零的突破，实现了为国争光的铮铮誓言。

1992年6月，于淑梅光荣地入选沈阳军区雪上运动大队。这个运动队既是解放军八一滑雪队又是国家代表队。17岁的于淑梅抱着为国争光的远大理想来到地处我国北疆林海雪原深处的运动大队。穿上军装的那一天，大队长刘耿领着于淑梅和另外两名新入伍的运动员来到杨子荣墓前，讲述了这位英雄的感人故事。风雪中，于淑梅记住了令人为之奋进的一句话：“为国争光不仅是一句口号，更是迎风傲雪的一种胆魄。”

虽为女儿身，却有男儿志。于淑梅每天都要穿上笨重的雪板，在教练的指导下，进行异常艰苦的训练：早饭前10公里跑加器械训练，上午和下午交叉进行20至30公里山地跑和80公里自行车训练，晚上还要进行射击训练或研究技术。为体会教练讲解的动作要领又不影响滑行速度，于淑梅常常只穿着薄薄的滑雪服在寒风刺骨的林中穿梭。为了攻克技术上的难点和加深对理论问题的理解，于淑梅一边训练一边还要刻苦学习，她先后自修了解放军体育学院、沈阳体育学院的课程，并相继取得了中专、大专文凭，还利用业余时间学习英语，并在出国参赛时请人帮助收集国外有关滑雪方面的资料。

1995年1月，在吉林举行的第八届全国冬运会上，刚出道的于淑梅一举夺得女子冬季两项7.5公里金牌和追逐赛银牌，并和队友一同为解放军代表队摘取4×5公里越野赛的金牌。在之后的一次世界杯总决赛上，于淑梅夺得了一银一铜的好成绩，可她却哭了，她解释道："我是一名运动员，也是一名军人。作为运动员，赛场上得分有高低、有胜负，可在战场上，亚军就是失败者。"

于淑梅深知肩负重任，她顽强地向世界之巅攀登着。夏天无雪，运动员们便在毫无遮挡的烈日下，忍受着水泥地上腾起的阵阵热浪，脚踩着替代滑雪板的滑轮，在2.5公里蜿蜒起伏的模拟滑道上来回穿梭。直到北方雪花飘落，于淑梅和队友们又像候鸟一样返回林海雪原中海拔1000多米的营地进行训练。那里的冬天大雪封山，交通不便，而此时又正是滑雪训练的黄金时间，于是每年的元旦和春节，运动员们都是在山上度过的。在除夕夜，于淑梅见新入伍的小队员思乡流泪，就和政委王文刚带头唱起了雄壮有力的《义勇军进行曲》，一张张泪痕未干的年轻脸庞变得凝重起来，大家昂起了头……

在高寒条件下进行滑雪训练，运动员们经受着冻伤的严峻考验，而于淑梅就曾被冻掉了一个脚趾。在训练期间，于淑梅每天都要坚持完成几十公里的大运动量训练，这意味着要在冰天雪地里转上半天，因此她总是最后一个归队。一天，她发现自己的脚指甲发黑，一碰便痛得钻心，可为了不耽误训练，她硬是咬着牙穿上鞋，套上滑雪板去训练了。可到了晚上脱鞋时，10个脚指甲竟然脱落了8个，疼得她大声喊叫起来。脚趾淌着血水，身上浸透着汗水，眼中流着泪水，领导和队友们都劝于淑梅先停止训练，好好休息，可她怎么也舍不得放弃宝贵的训练时间，仍忍着剧痛完成训练中的每个动作。

1996年2月，于淑梅在第三届亚冬会上一举夺得两枚金牌。决战归来，她感到右脚无名趾痛感加剧，到部队医院拍片检查后，医生让她立即手术。在手术中，医生发现她的趾骨第一节已经坏死变黑，第二节开始增生，再晚一点就很可能导致病变。医生边做手术边感叹："这么长时间，一个靠脚从事极限运动的女孩是怎么挺过来的？"术后的于淑梅躺在病床上对医生解释说："冻伤年年有，我以为挺一挺也就过去了。我们的'两项'本来就落后，我又是国内的尖子选手，我不拼行吗？我也要攀登世界高峰！"

雪中姐妹花 灿然绽放

2003年，伴随着于淑梅的淡出，孔颖超、刘显英和孙日波“雪中三姐妹”涌现了出来。在第五届亚洲冬运会女子10公里追逐赛上，三人合力击败了日本名将田中珠美，包揽了该项目的金银铜牌。这是中国选手在国际大赛中首次拿下冬季两项的前三名，取得了书写历史的佳绩。

谁也没有料到她们三人能够冲击金牌，更没有想到她们能全部登上领奖台。中国冬季两项队的领队王文刚说：“我们没有考虑夺取这枚金牌，我们这次只计划冲击接力赛冠军。”这枚金牌确实不在计划之内，以至于连领奖服都没有准备。孙日波和刘显英还是临时把教练的队服穿上，才上台领奖的。

没有压力，也就没有包袱，三名中国选手反而觉得轻松，从而在比赛中发挥出了最佳水平。10公里追逐赛的出发顺序是按照三日的7.5公里短距离结果排的。田中珠美最先出发，孔颖超在13秒后出发，刘显英落后田中珠美20秒，而排在第五位出发的孙日波更是落后日本对手55秒。滑完第一圈回到射击场，孔颖超第一组卧姿五发全中，刘显英五发四中，田中珠美有两发子弹跑靶。在田中珠美还在罚圈之时，孔颖超已经开始了正常比赛的第二圈赛事。

以滑行速度快和射击准闻名的田中珠美在第二圈狂追猛赶，但总是落后孔颖超一步。第三圈时，她加快了滑行速度，但体力的透支和内心的焦急已经使她无法稳定自己的状态。在第三组立姿五发子弹射击中，田中珠美竟有三发子弹脱靶。

此时雪越下越大，风也越刮越猛。“面对风雪，我几乎无法睁开眼睛。”孔颖超赛后说。即便如此，孔颖超依然发挥超常。在第四组立姿射击中，她五发全中，刘显英五发四中。比赛进行到此时，她和刘显英已经确保了前两名。

老将孙日波和田中珠美在第四组立姿射击中均有两发脱靶。孙日波在落后田中珠美3米的情况下奋力追赶，在离终点还有1公里时，突然加速超过了对手。场外的于淑梅不断大声呼喊，为队友加油鼓劲。

“我嗓子都喊哑了，我怎么感觉比自己参赛还累！”于淑梅说。而包揽了三甲的三姐妹在冲过终点线后互相搀扶着接受来自各方的祝贺，开心与自豪交织在一起，泪水和汗水混合在一起……随后抵达的田中珠美则一头栽倒在松软的雪地上，号啕大哭。

孔颖超兴奋不已，她连珠炮似的说：“今天是我们扬眉吐气的日子，前天我就是太想赢了，结果反而无法控制自己的情绪。”

自2003年第五届亚冬会开始，中国冬季两项队的孔颖超、刘显英和孙日波三员女将便一直活跃在国际赛场上。到2006年都灵冬奥会时，22岁的王春丽成长起来，获得越野滑雪的第十八名，这是中国选手在冬奥会这一项目的参赛历史上取得的最好成绩。此外，刘显英也在冬季两项女子7.5公里竞速赛中获得第十一名。

冬季两项是北欧国家的传统优势项目，挪威老将比约达伦是该项目的一代传奇，曾获得过8枚冬奥会金牌。在中国，冬季运动发展属于冰强雪弱，冬季两项更是如此。随着于淑梅、刘显英等几位老将退役，中国队在2010年后陷入青黄不接的困境，面临着严重的选材缺口危机。培养冬季两项运动员的周期较长，我们期待借由举办北京冬奥会的春风，中国队在更多项目上有所建树，也能够在冬季两项上重振辉煌。

滑向世界顶峰的冲浪者

单板滑雪U型场地技巧项目在我国开展的时间并不长，同样是进入21世纪才开始起步，但是已涌现出一批优秀选手，以刘佳宇为代表的单板滑雪运动员迅速跻身世界强手之列，多次在世界赛场上获得佳绩。在2018年平昌冬奥会上，刘佳宇摘得一枚银牌，为单板滑雪实现了冬奥会奖牌的突破。

单板滑雪在冬季运动大家庭中属于新兴项目，起源于20世纪60年代，美国密歇根州一位名叫谢尔曼·波彭的滑雪爱好者仿照海上冲浪板，为自己的孩子制作了一块滑雪板。由于该项目深受青少年的喜欢而得到快速传播和发展。

随后，世界上第一场正式的单板滑雪比赛于1981年在美国科罗拉多举行。十几年后，在1998年于日本长野举办的第十八届冬奥会上，单板滑雪首次成为冬奥会比赛项目，并增设男女U型场地技巧项目。在这一项目上，美国天才型选手肖恩·怀特曾获得过两届冬奥会冠军，是单板滑雪界的明星选手，被粉丝亲切地称为“飞翔的番茄”。

到了21世纪初，伴随着该项目入奥，中国单板滑雪正式立项，并于2003年组建国家队。在2006年的都灵冬奥会上，中国单板滑雪队拿到了参赛资格，亮相世界。其中，女队的年轻选手刘佳宇表现稳定出色，在温哥华冬奥周期的国际赛场上初露锋芒，4次斩获世界杯分站赛冠军，并且荣获世锦赛冠军。

“武术小丫”走上单板之路

1992年，刘佳宇出生于黑龙江省鹤岗市。年幼时，还不会走路的她就趁着大人不注意爬到了雪地上，这个淘气的小姑娘似乎早已注定了与冰天雪地有着难以割舍的缘分。果然，17岁时，刘佳宇已经在单板滑雪项目中闯出了属于自己的一片天地，可以说是“一飞冲天”。

“飞起来之后的那种感受，是非常令人享受的。”这是刘佳宇对于单板滑雪运动的理解，自从选择了这个项目，她便一直那么热爱着。

从单板滑雪项目成立第一支队伍时，刘佳宇就非常幸运地成为其中的一员，可以说是单板滑雪的“元老”。“单板是刚开办的新项目，我完全不知道是怎么回事。”刘佳宇说。也难怪，在接触单板滑雪前，刘佳宇并没有系统地进行过体育训练，只是为了强身健体，练过几天武术。可能也就是因为练过武术，教练刘长福一下子就挑中了她，因为她的柔韧性和灵活性都很好。就这样，一个连滑雪都不会的小姑娘稀里糊涂地就入了行。

刘佳宇十分开朗活泼，像个“假小子”一样，高兴的时候还会跟着奶奶哼上几句京剧。不过，进入单板滑雪队之后，这个爱说爱笑的女孩子却皱起了眉头。“刘佳宇刚进队时，先当了一个月的‘旅游滑雪者’，什么都不会。”谈及起步阶段，教练刘长福和刘佳宇都笑了。身体素质差，动作学得慢，刘佳宇当时也着急得直冒汗，甚至想到了放弃：“那时候年纪小，眼看着自己什么都学不会，我就特想家。”小姑娘回忆着。但是，教练并没有放弃自己挑选的好苗子，他告诉刘佳宇：“你不是不行吗？别人练3个小时，你就练5个小时；别人练3课时，你就练4课时。练得多了，自然就好了！”

于是，听话的刘佳宇开始奋起直追，她不怕吃苦受累，每天都咬牙训练。“这么多年，我最满意刘佳宇的地方，就是她训练刻苦、听话，只要肯练，身体素质、技术难度都能练上去。”刘长福正是看中了刘佳宇这宝贵的坚韧性格。

几个月过去了，刘佳宇慢慢追上了队友的进度，但自己的运动生涯又差一点断送在父亲的手中。“担心孩子耽误上学，以后没有好的出路。另外，看了她们夏天在玉泉的训练，穿着旱冰鞋练，摔起来太狠了！我看见佳宇浑身摔得都是伤，小脸儿被紫外线晒得不像个样子，没法看。”刘佳宇的父亲这样说道，他盼着自己的女儿能够上大学，也不愿看到女儿训练得那么苦。思来想去，爸爸将刘佳宇领回了家中，不让女儿练了。

这也是没有办法的事情，尽管单板滑雪在美国兴起了几十年，但在中国才刚刚起步，没有赞助不说，教练员的水平也很有限，只有刘长福一个人会完成一些难度动作，可以说，这项运动完全是在中国单板滑雪人的摸爬滚打中练出来的，运动员的受伤程度自然不会轻。

庆幸的是，刘教练没有放弃刘佳宇，一个星期内他就给她家里打了好几个电话，终于说服了她的家人，把刘佳宇给劝回来了，也因此保住了中国单板滑雪项目的一棵小树苗。

由于队伍不断提升着训练水平，逐渐摸清楚了项目规律，加上刻苦的训练，刘佳宇进步很快，在2005年初，她便获得了个人第一个全国冠军；2007年3月，刘佳宇在加拿大卡尔加里单板滑雪世界杯比赛中勇夺银牌，实现了中国单板滑雪队在世界杯历史上奖牌“零的突破”；到了2007—2008赛季，她愈战愈勇，勇夺欧洲杯冠军，在其参加的四站世界杯比赛中，斩获两金一银，一度排在世界杯积分榜首位。2008—2009赛季，刘佳宇先后夺得三站世界杯冠军、世界杯总积分冠军、世界大学生冬季运动会冠军和世锦赛冠军，在国际赛场上刮起一股强劲的中国风。

刘佳宇可圈可点的表现震惊了国际单板滑雪界，当中国单板滑雪队领队安林彬试着向国际雪联咨询聘请外教事宜时，国际雪联的官员开玩笑地说：“你们都已经是世界上的高手了，还需要再请外教吗?”

尽管取得了这么多的荣誉，刘佳宇却认为没有什么值得自满的，她对自己有清醒的认识，表示道：“国外很多选手都没有参加世界杯，在参加的一些比赛中也没有拿出最高水平，所以不能说自己拿了金牌，就已经达到了什么样的高度，我感觉自己和她们相比还有挺大的差距。”

刘佳宇口中的“她们”，是指美国、澳大利亚、新西兰的几名单板滑雪高手。在温哥华冬奥会之前的世界杯比赛中，刘佳宇只和她们在世界杯赛场相遇过一次，当时，刘佳宇拿到了第二名。“她们可厉害了，我虽然没有在赛场上看到她们的水平，但是通过技术录像也了解了，真的是非常好，除了难度之外，她们对于单板滑雪的感觉也是我目前所欠缺的。”刘佳宇说。

直到今天，刘佳宇仍深深记得自己第一次参加世锦赛的经历。2006年初，刘佳宇第一次参加如此高水平的激烈竞争，众多高手的表演让她眼花缭乱，应接不暇：“就顾着看别人了，见世面了。到了自己比赛时，已经完全没有感觉，心里特别地放松，结果做到第三个动作就摔了……”尽管小姑娘自己都觉得那次的经历很好笑，但就是因为这次比赛，刘佳宇让很多裁判记住了自己。比赛结束后，一个韩国裁判特意来到刘长福跟前，对他说：“你们中国队有个小姑娘很不错，腾空高，动作漂亮，很有潜力，如果不摔差不多能进前三了。”

“慢慢长大了，也会控制自己了，尤其是比赛的时候，会想明白做什么。”刘佳宇慢慢学会了如何控制比赛节奏，如何更好地进行比赛。

在2009年的世界大学生冬季运动会和世锦赛中，刘佳宇的发挥越来越稳定。“有时候拿了金牌，但是表现并不是很满意，技术和战术都没有发挥到最好，所以对我来说，比赛的成绩并不重要，我更看重自己能不能将真实水平发挥出来。”

出征
温哥华

走下领奖台，“一切从零开始”。这是中国体育人最喜欢说的一句话，也是教练刘长福最爱说给刘佳宇听的一句话。

2009年赛季结束后，刘佳宇和队友们放了一段长假，然后于5月重新在沈阳集合赴上海训练，7 月 26 日，队伍又踏上了飞往新西兰的航班，开始了上雪训练和新的赛季了。

“前一段在陆地训练时已经练了 900 的难度，不知道能不能在雪上训练时加上去。”刘佳宇说。540—720—900，是单板滑雪运动员惯常选用的难度，目前刘佳宇的难度组合为 720＋900，“我的难度也就是中游吧，在世界范围并不属于最好的。”刘佳宇介绍说，目前国际上大概有 7 到 8 名选手的难度高于刘佳宇，所以提高难度便是刘佳宇的当务之急。但其实，900 对于女选手而言难度很大，有些男队员都无法完成，但刘佳宇硬是凭着自己的执着努力练成了。

在这里还有一个小插曲。有一年，在亚布力滑雪场上训练时，由于雪非常滑，刘佳宇怎么都飞不起来。刘长福一看着急了，大喊：“这怎么就飞不起来呀？我看你还不如我呢！”说完，刘长福走到起点，穿上滑板，准备做示范。然而，其实在此前刘长福并没有滑过 900 的难度，但大话已经说出来了，怎么也要硬着头皮冲上去，“万一自己上去滑了几下，什么也没完成，还挺寒碜的。”刘长福心里也打鼓，但还是勇敢地冲向了场地……最终，他成功了！“也不知道怎么就完成了，还站住了！”刘长福的表现果然镇住了刘佳宇，也提升了她的信心，就是从那天起，她终于敢飞这个动作了。不过也就是从那天起，她发现刘长福穿滑板的次数越来越少了。

参加温哥华冬奥会并取得好成绩是刘佳宇的目标。“加拿大是我喜欢的地方，我希望自己能在那里取得好成绩。”小姑娘的话总是很简单，但却充满了自信。然而，2009 年 11 月底在日本训练时的意外受伤，让刘佳宇的冬奥会之旅蒙上了阴影。“一年受了六次伤，她不崩溃我都快崩溃了。”刘长福感慨道。领队安林彬也说：“其中最严重的一次是 2009 年 11 月的肩伤，足足让她缺席训练一个多月。断断续续恢复训练后，她的状态也未能调整到最好，原来她可以完成 900 的动作，受伤之后只能完成 720＋720。”但 17 岁的刘佳宇并没有灰心：“能够站到这个赛场上就很开心了，要感谢大夫还有很多工作人员，遗憾的是自己练得还不够。”彼时的她在温哥华冬奥会单板滑雪 U 型场地技巧比赛中位列第四，但她认为自己能够最终站在赛场上已经满足了。

2010年2月18日，刘佳宇与队友孙志峰、蔡雪桐同时站在了温哥华冬奥会的赛场上。预赛第一跳，刘佳宇就出现了失误，最终排在参赛选手的第十二位，险些未能晋级决赛。队友孙志峰跻身前六名，直接晋级决赛。

在半决赛中，刘佳宇逐渐找回状态，获得了41分的好成绩，轻松晋级决赛。共有12名选手出现在决赛赛场上，和刘佳宇、孙志峰站在一起的，有美国队的盐湖城冬奥会冠军和都灵冬奥会冠军，还有澳大利亚队的强手。

第一跳，刘佳宇完成得不错，但为了稳妥，她没有拿出自己的最高难度，最终获得了39分，排在第二位。第二跳，首个出场的澳大利亚姑娘布莱特冲击难度成功，一举收获45分。随后，美国的克拉克也超过了刘佳宇。到出场之前，刘佳宇的名次已跌至第四位。“上720+720吧，完成好了至少能拿到一枚银牌。”安林彬说。但可惜的是，刘佳宇并没有将这一难度连接成功。最终，刘佳宇和孙志峰分别排在第四和第七位。

不过，小姑娘的心态很好，这对于一名竞技体育运动员来说尤为重要：“能拿到第四名的成绩很开心，感觉自己发挥得还可以，一滑比一滑好，只是最后一滑稍微有点失误。不过都没有关系，通过冬奥会也看到了自己的差距，动作的熟练性和难度掌握得还不是特别好，此外，空中高度和动作流畅性还有待加强……”

结束了温哥华冬奥会的征战，刘佳宇也将目光锁定了四年后的索契冬奥会。“下面的目标就是挑战自我，争取下一届冬奥会练得更好。”她说。安林彬也对小将们四年之后的表现寄予厚望：“第四名和第七名的成绩也算可以，虽然稍微有点遗憾，但是通过这次比赛，让我们对下届冬奥会还是非常有信心的。”

从温哥华回国之后，刘佳宇开始了漫长的伤病休整期，先是在北医三院进行了四个半小时的手术。当时，北医三院的崔国庆大夫为刘佳宇进行了左肩盂唇肌撕裂和髋关节韧带撕裂两项手术，左肩钉了两个钉子，然后把受损的肌肉进行了缝合。这个听起来十分晦涩的手术名称，令人想到刘佳宇遭受的伤病有多严重。

“各级领导都很关注佳宇的伤病，还有北医三院的主治医生，安排得很妥当。整个手术比较成功，再休养两三天她就能出院了。”刘长福说道。然而，手术成功仅仅是第一步，随后三四个月的康复更为关键。

术后的刘佳宇感觉非常好，她开心地说：“我又能滑雪了！”但在康复阶段，她的髋关节伤又复发了，那是在2010年1月备战冬奥会时摔的。当时，刘佳宇的髋关节初步确定为肌肉损伤，她在国家体育总局体育医院康复一段时间后，又转往位于北四环的德尔康尼医院继续养伤。“伤势一般，但一直没有最后确诊，可能下周会有专家过来会诊。”刘佳宇说，再过几个月新赛季就要开始了，她心里十分着急。

在温哥华冬奥会的备战期间，刘佳宇先后六次受伤，最终是浑身缠着绷带上场的，她笑称自己裹得就像个“木乃伊”。即便如此，这位乐观坚强的小姑娘仍然感激此次的温哥华冬奥之旅，这场比赛也让她坚定了自己的选择：“完成动作的一瞬间，我突然明白了许多道理。在去年的训练中，我的心态很不好，总是有抵触心理，有时候想练好，有时候又很消极，不明白自己这么辛苦是为什么……最终导致训练出伤较多。但真正结束冬奥会那一刻，我知道我热爱这个项目，我喜欢站在滑雪场上，我以后再也不会犯以前的错误了。”

随后，刘佳宇开始“蛰伏”，为了养好伤病，她暂时告别了赛场。

冰雪小姐妹

正当刘佳宇在世界赛场崭露头角之际，中国单板滑雪逐渐呈现“人才厚度”，2012年，在温哥华冬奥会周期结束，刘佳宇因伤缺阵，这一项目的新人扛起了重任。

蔡雪桐、李爽携手站上了世界杯加拿大站冠、亚军的领奖台，两位冰雪小姐妹也是我国第一批单板滑雪队员，从相识到相知，再到一同奋斗，她们成为惺惺相惜、情同手足的姐妹花。

2004年8月，当12岁的李爽开始专业训练半年之后，11岁的蔡雪桐也被选入了黑龙江省雪上训练中心。短短的头发、黑黑的脸、瘦弱的身体，这是双方留给彼此的第一印象。李爽笑着说："第一次见面，我以为她是男孩儿，她以为我是男孩儿。"

正因为如此相像，蔡雪桐与李爽都给对方留下了深刻的印象。巧合的是，她们被安排在同一间宿舍，同在一个屋檐下，这使得她们相处的时间很多，两颗年轻的心也越走越近，成了无话不谈的好姐妹。

2005年，蔡雪桐先被选入了国家队，而李爽仍然留在省队，这一年也成为两人为数不多的分开的日子。虽然不在一个队了，但她们还是有很多机会可以见面。李爽说："我们当时都在哈尔滨江北训练，住的地方也很近，蔡雪桐住在宾馆里，我住在公寓里，还是可以经常见面的。"

2006年，李爽也进入了国家队。她和蔡雪桐又一次住在同一个房间，友谊也变得更加深厚。"每天训练结束后，我们都会打开电脑，一起听音乐或者看电影。"蔡雪桐说，"我放什么电影，李爽就看什么电影。""是的，我们前段时间还一起看了《失恋33天》呢!"李爽立刻在一旁附和。

蔡雪桐在场外比较安静，对于不熟悉的人，她的话总是特别少，爱听慢歌。而李爽天生开朗，是一个大大咧咧的东北姑娘，喜欢快节奏的歌曲。二人一静一动，性格上的互补也让她们之间很少闹矛盾。"刚住在一起的时候，我们也闹过不愉快，那时的蔡雪桐一生气就不说话了，而我就会哄她。"大一岁的李爽表现出了姐姐的态度，"不过现在我们不会了，在一起生活了近八年，彼此都很了解对方了。"

生活中两个人相互扶持，训练、比赛中两个人也相互促进。刘佳宇受伤暂别赛场之后，蔡雪桐和李爽逐渐走上世界舞台，更多地担起为祖国争光的重任。她们一同参加了世青赛、世界杯和世界大学生冬季运动会。蔡雪桐的成绩更为优异，获得了2009年世青赛冠军，2010—2011年赛季世界杯总冠军，2011年第二十五届大学生冬季运动会冠军。而李爽却一直与冠军无缘，获得2009年世青赛季军、2011年世界杯总积分第三名，以及2011年世界大学生冬运会季军。但在2012年全国第十二届冬季运动会上，李爽则战胜了蔡雪桐，一举获得了三枚金牌。

三征冬奥
升起五星红旗

从17岁时首次站在最高领奖台的那一刻开始，刘佳宇对单板滑雪这项运动、对个人的价值，就都有了新的认识：她的价值，能在单板滑雪运动中得到体现、得到提升、得到回报。

所以，尽管经历三次大手术，运动生涯曲折波澜，这一切都没能阻挡刘佳宇追逐梦想的脚步。重新恢复训练后的她不觉得苦，也不觉得累，因为她知道自己热爱单板滑雪，热爱在雪上腾空飞起的感觉，所以她每天都是开开心心地去训练、去比赛，在训练和比赛的过程中，享受这项运动的美好。所以，在备战冬奥会的每一天，刘佳宇都面带着笑容、充满信心。

2018年2月13日，平昌冬奥会进入到第四个比赛日，单板滑雪女子U型场地上的决赛激烈展开了，两位中国选手蔡雪桐和刘佳宇出战。第一轮中，蔡雪桐做的“外转540”出现了失误，刘佳宇则表现非常出色，获得85.50分，在第一轮结束时仅落后于美国韩裔天才选手克洛伊·金，排在第二位。第二轮中，蔡雪桐又在进行难度动作时出现失误，而刘佳宇依旧出色地完成了整套动作，最终获得89.75分，超过了自己第一轮的得分。第三轮中，没有人能够超越刘佳宇的分数，而刘佳宇也没能突破克洛伊·金，最终获得一枚银牌，这是历史性的一刻，是中国冬奥代表团在本届平昌冬奥会上收获的第一枚奖牌。

在此之前，中国队有4名选手参加了资格赛，但是李爽和邱冷均出现了不同程度的失误，最终无缘决赛，而中国队的两位夺牌热门选手刘佳宇和蔡雪桐，虽然没有拿出最高难度，但还是凭借高质量的完成度轻松进入决赛。在这个项目上，实力最强的选手就是前面提到的天才型选手克洛伊·金，虽然年仅17岁，但是这位美国韩裔美少女已经是世界第一了，她能够轻松完成转体900抓板和1080度的高难动作，是不折不扣的“难度王”。

名次尘埃落定后，刘佳宇向获得冠军的克洛伊·金和获得铜牌的凯莉·克拉克送去了一个大大的拥抱，并且又露出了自己的招牌式笑容。看着在平昌冉冉升起的五星红旗，刘佳宇说，今天能把自己最好的一面展示出来，已经很开心了，她为自己骄傲。

这是一枚足够珍贵的银牌，不仅是中国代表团在平昌冬奥会上获得的第一枚奖牌，也让中国选手在单板滑雪项目上第一次站上奥运会的领奖台。在此之前，提及冬奥会的雪上项目，获得过奖牌的只有自由式滑雪空中技巧项目，在由点及面的过程中，这枚银牌的意义不言而喻。

刘佳宇用“享受”一词来概括她的第三次冬奥之旅，尤其是这一次，父亲和亲友都来到现场观战。“练了这么多年，能让他们看看自己的女儿、亲人或朋友滑得这么帅，我很骄傲！”刘佳宇笑着说，喜悦之情溢于言表。

刘佳宇在平昌冬奥会夺得银牌后，父亲高兴地回到家乡为女儿庆祝，但亚军本人却没有参加什么活动，她想静下来理一理思路，想想过去是怎么做的，有没有为了目标而尽全力，努力的结果怎么样，未来到底该怎么走……刘佳宇就是这样一个清醒的女孩。奥运赛场，总是充满了希望和无法改变的遗憾，付出不一定会得到回报，但不努力一定不会取得成功！

为北京冬奥会努力备战

2022年的北京冬奥会，已经是刘佳宇和蔡雪桐的第四届冬奥会，此时的她们已近而立之年，却仍在坚守着，为强化体能日复一日地训练着，矢志前行、拼搏奋斗。

刘佳宇认为，作为技巧类项目，单板滑雪对于年龄没有严苛的要求，国外有很多三十四五岁的运动员仍能保持优异状态，“因为从事的时间越久，对项目越了解，比赛经验也越丰富。2020年国家队请来了国际顶尖的教练，对我也是新的鼓舞，令我更有信心了。教练带来了很多新的想法和思路，帮我改正了一些固有的毛病，不仅是为2022年，也是为下一届冬奥会做准备。”蔡雪桐也说，随着年龄增长，自己的身体机能反而更趋近于最佳状态：“感觉自己还有很大潜力，但确实需要更长的恢复时间，伤病积累也比较多，所以我一直很重视体能，如果想在雪上取得更多进步、解锁新的难度，就要打好基础。”

回想自己刚出道时的情景，再看看如今国内的“单板热”，刘佳宇感慨道，十几年来

单兆鉴获“世界滑雪历史研究终身成就奖”。

2008年1月2日，中国长春净月潭瓦萨国际滑雪节在长春净月潭国家森林公园盛大开幕。国内外近万名滑雪爱好者慕名而来，共同享受冰雪带来的乐趣。图为国内年龄最大的参赛者、70岁高龄的单兆鉴。

völkl
SWIX
FISCHER
www.FISCHER-ski.com
RCS

2007年第六届亚洲冬季运动会女子冬季两项10公里追逐赛中，孔颖超获得冠军。图为孔颖超接过工作人员准备的国旗冲向终点。

在2007年第六届亚洲冬季运动会女子冬季两项10公里追逐赛中，刘显英获得亚军。图为刘显英在比赛的最后一轮射击中。

2
adidas

2018年2月13日，平昌冬奥会单板滑雪男子U型池预赛在平昌凤凰雪上公园进行。图为中国选手史万成在比赛中。

2018年平昌冬奥会冬季两项女子10公里追逐赛在平昌阿尔卑西亚冬季两项中心进行。图为选手们在比赛中。

2016年第十三届全国冬季运动会冬季两项男子12.5公里追逐赛决赛在新疆天山天池滑雪场举行。图为选手们在比赛中。

DOUBLE OLYMPIC CITY
TOGETHER FOR A SHARED FUTURE

双奥之城 一起向未来

北京的奥林匹克情结

说到双奥之城，就不得不提及2008年北京奥运会，“无与伦比”的精彩让世界了解了这座古老与现代交融的城市之文化与底蕴，也让北京成为全世界的焦点。当然，北京奥运会的申办并不顺利，还经历了一次“傲慢与偏见”的失败时刻。

20世纪90年代初的中国，改革开放的春风吹遍大地，全国一派朝气蓬勃，一方面社会经济水平不断提高，另一方面还需得到国际上的普遍认可。彼时，申办奥运会便成为中国一个展示自我、增加自信的平台。1991年初，中国宣布由北京代表中国申办2000年奥运会，这样的表现震惊了世界。1993年9月23日，国际奥委会在摩纳哥进行投票，北京虽然没有获得2000年奥运会的举办权，但仅以两票之差落选。

而在竞技体育方面，中国早已成为一股不可忽视的力量，尤其在奥运赛场上的优异表现，令世界看到了一个腾飞的中国。自1984年洛杉矶奥运会甫一亮相便夺得15枚金牌，1992年巴塞罗那奥运会与1996年亚特兰大奥运会均取得16金，至2000年悉尼奥运会时，金牌数达到28枚，实现了飞跃。

2001年，北京再度申办奥运会。中国以更加自信的姿态向世界展示了自己，顺利取得了2008年奥运会举办权！

2001年7月13日，这是一个令国人振奋的日子！北京申奥成功的喜讯传来，人们不约而同地涌上街头，北京立刻变成了欢乐的海洋。天安门广场聚集了几十万群众，人们挥舞着国旗，在欢庆的锣鼓声中一遍遍高呼：“我们成功了！”“我们爱北京！”“祖国万岁！”中华世纪坛人如海，歌如潮。人们相互击掌，相互拥抱，任激动的泪水尽情流淌。

世界看到了中国，这个东方巨人已具备了举办奥运会的实力。北京成功申办奥运会，改变了奥林匹克的世界格局。

2008年8月8日，在精心筹办了七年之后，北京奥运会在万众瞩目中盛大开幕，中国人表现出“有朋自远方来，不亦乐乎”的最大热情，开门迎接四方宾客。盛大精彩的开幕式盛况不仅震撼了中国人，也震撼了全世界的观众。许多外国媒体把世上最美好的词语汇集起来，献给了北京，献给了中国。

据统计，2021年7月23日，延期一年举办的东京奥运会开幕之际，约有3万人在某网站上回看了北京奥运会的开幕式盛况，可见北京奥运会在人们心中的分量之重，留存之久。

北京奥运会无论开幕式，还是比赛运转以及中国队员的表现，无一不被世界瞩目，国际奥委会主席罗格在闭幕式上对北京奥运会给予了高度评价，认为中国人的表现完全配得上“无与伦比”四个字。

更令人惊喜的是，精彩仍在继续！北京与奥林匹克的再一次相遇，仅仅在北京奥运会成功举办后的不到七年时间。2015年7月31日，北京再一次获得申奥成功，将携手张家口举办2022年冬季奥运会！

可以说，冬奥会申办成功意义重大，北京不仅创造了一个奥林匹克历史，成为世界上第一个既举办夏季奥运会又举办冬季奥运会的城市，而且代表着中国已经站在了奥林匹克的前沿，引领奥林匹克运动走向一个新时代。

现代奥林匹克运动诞生以来，共有19个国家的23个城市举办过或将要举办夏季奥运会，共有15个国家的22个城市举办过或将要举办冬季奥运会。但是，一百二十多年来，还没有一个城市能够举办这两场盛会。北京在短短七年时间，便实现了“双奥之城”的荣誉加身，这是所有人都没有想到的，而这也已成为国际奥林匹克运动中的一个重要事件。

其实也并不意外，北京拥有举办冬奥会得天独厚的条件：国家体育场“鸟巢”、国家游泳馆“水立方”、国家体育馆（现征名确定为“冰之帆”）以及五棵松体育馆、首都体育馆等一批北京奥运会场馆都能为冬奥会使用。再加上经验丰富的办赛经验与办赛能力，国际奥委会主席巴赫对于北京举办冬奥会十分放心，声称将2022年冬奥会交给了“值得放心的人”。

张家口走向世界舞台

2015年，在北京成功申办冬奥会之后，张家口这个经济并不发达，但却拥有天然良好滑雪资源的城市迎来了重大发展契机，开始走到世界面前。

2014年12月初的一天，阳光普照，张家口市崇礼县（现为崇礼区）万龙滑雪场的雪道上，一名名滑雪高手疾风般“飞到”雪面，身后掀起弧形的碎雪……他们可不是普通的滑雪爱好者，而是来自日本滑雪队的专业运动员。

“这里的雪质硬，天气好，很适合训练。”日本滑雪协会官员大场顺二说道，这位50多岁的老教练见证了日本滑雪的兴起。在1972年札幌冬奥会的带动下，日本全国范围内兴起了滑雪狂潮。1998年，日本再度举办了长野冬奥会。举办两届冬奥会的影响力，也让日本的滑雪、温泉旅游为全世界所熟知。

大场顺二每年11月都会带着队伍到中国河北张家口崇礼，在这里的万龙雪场进行训练。“每年都过来，这是第八年了。第一次来是因为这里办了一场国际滑联积分赛，没想到雪场那么好。”大场顺二介绍说，日本湿度大，不适合造雪，因此雪场在12月份才会开放，并且气候不如崇礼好。另一个重要因素是，万龙滑雪场拥有两条国际雪联认证的滑雪道，每年的积分赛也是在这里开启。大场顺二带领队伍训练20多天之后再比完赛，才会回到日本。

而像大场顺二这样的队伍还不在少数，每年与万龙滑雪场、云顶滑雪公园签订早期上雪合同的，差不多有200名运动员，大部分来自日本和韩国。

像大场顺二这样的滑雪界专家们所推崇的滑雪条件，便是张家口成为北京联合申办城市的基础条件。张家口的滑雪场主要集中在崇礼区，这里每年10月中下旬开始降雪，11月初雪场开放，持续到来年4月初，整个雪季积雪厚度达1米左右，存雪期长达150多天，冬季平均气温为零下12摄氏度，平均风力仅为2级，山地坡度适中，多在5度至35度之间，非常适宜于开展国际竞技滑雪运动，崇礼被国内专家和权威人士誉为“中国发展滑雪旅游产业最理想的天然区域之一”。

伴随着与北京联合申办冬奥会，张家口也打响了名声，之前很多远赴日本、韩国滑雪的发烧友，也在近年来越发留恋崇礼的雪场，这个“滑雪小镇”的知名度也越来越高。

云顶、万龙、多乐美地、长城岭、太舞……一座座滑雪场在崇礼规划落成，以太子城冰雪小镇为中心的赛事核心区，将承办冬奥会的2个大项6个分项50个小项的比赛，承办雪上项目的各雪场均在10分钟车程之内。

黄土嘴村，距离万龙滑雪场不到2公里，步行约20分钟。十几年前，这里还是穷乡僻壤，村民生活困难，脱贫成为当地政府的重中之重。但是，伴随着冬奥会的申办，这里变成了整洁有序的“农家乐”。岳志云，一个面朝黄土背朝天的农民，现在是黄土嘴一号院的老板。他的“农家乐”也成了标杆，有可容纳20多辆汽车停放的后院，有放置的健身器材堪比星级酒店的大厅，还有摆放着台球桌和乒乓球台的里厅，以及宽敞明亮、卫生整洁、Wi-Fi覆盖、土炕式带暖气的标间，这些都令人感到温馨舒适。岳老板介绍说，他的37间房，一到周末就一房难求，每年至少能带来30多万的利润。伴随着冬奥会的日益临近，来到这里的也不止于北京及其周边的旅客，广州、上海、深圳等南方的客人，甚至还有外宾也都慕名而来，冬天滑雪，夏天避暑采摘，一年四季都能营业。

在黄土嘴村，像岳志云这样的“农家乐”，大大小小开了十几家。依靠着滑雪产业，这里很快脱贫致富。村里30%的人开农家乐，70%的人去了雪场打工，老百姓过上了好日子，对于申办冬奥会的热情更加高涨。

翟羽佳，一个来自崇礼的秀气小姑娘。20多岁的她，是雪场小有名气的滑雪教练。学旅游管理的她说，她更喜欢在家乡的雪场工作，在家乡的雪场学会了滑雪，她也期待教会更多人滑雪，共享家乡这片滑雪乐园带来的乐趣；崔娟，一个来自北京的女白领，因为喜欢滑雪，就搬到了崇礼，现在干脆连工作都搬过来了——在崇礼开了一个雪具店，代理的都是国际高端品牌。不过崔娟表示，雪具店只是一个平台，她理想的事业是将当地的住宿、餐饮、旅游、滑雪、温泉、雪具店等都整合起来，做成一个为各类“玩家”提供服务的一条龙平台……

伴随着冬奥会的申办，以及我国建设体育强国的大政方针，一系列针对体育产业的文件纷纷出台。我国的体育产业日益发展，尽管滑雪产业发展时间不算太长，但以张家口为例，已经吸引了各类优质投资，也为当地老百姓带来了就业机会。人们在极大提升生活水平的同时，对于健康体育也充满了精神追求，因此，谈及申办冬奥会，每个人都热情洋溢、满怀憧憬。

政府主导、企业支持、群众拥护，张家口市拥有申办冬奥会的“天时、地利、人和”。这里独特的小气候，再加上山形地貌和海拔适宜、空气质量优、植被覆盖率高、常住人口不多等因素，使得这座北方城市在各方面都获得了快速发展。未来，张家口的定位更为清晰，将打造成国家首选的滑雪旅游度假村以及亚洲滑雪中心，以冬季滑雪产业作为支撑产业，以旅游带动地产，并带动春、夏、秋季全年发展。

“北京时间”
高效紧凑

2008年北京奥运会的丰富办赛经验，加之张家口良好的滑雪资源与滑雪产业，使得北京成为2022年冬奥会最具有竞争力的申办者之一。再度获得奥林匹克盛会的青睐，这一次中国北京的实力、表现以及心态已经与之前不尽相同。这一点，从参与了三次申奥的杨澜的表现就能够看出来。

2015 年 7 月 31 日，当国际奥委会主席巴赫向全世界宣布 2022 年第二十四届冬季奥林匹克运动会的举办地时，神州大地再次沸腾。杨澜作为中国申办冬奥会的陈述人，在三次申奥过程中都扮演了重要角色。从 1993 年申奥失败，到 2001 年与 2015 年两次申办成功，杨澜感受着我国国力的日益强大，感受着国人从“扬眉吐气”到“自信谦和”的气度和心态转变。

2001 年 7 月 13 日，在北京申奥的陈述环节中，作为申奥大使的杨澜对在座的国际奥委会委员说：“请大家来北京用你们的眼睛发现中国吧!”2015 年 7 月 31 日，杨澜再次在申办陈述中发言，作为冬奥申委总策法务部的负责人，她又一次向世界介绍中国。这一次她的主题是：“给北京办，你们放心。”

从需要被世界“发现”，到请世界“放心”，申奥陈述的主题，恰恰反映了中国从 2001 年至 2015 年的综合国力的飞速提升，以及在世界格局当中的地位变化。我们不再是战战兢兢需要被认可，而是呈现出豪迈自信、融入世界的格局与气度。

三次申奥，杨澜身为见证人，她的感受也更为真切，她曾说：“1993 年第一次申奥，我觉得当时中国与世界的相互了解之间有一道很深的鸿沟。最终以微弱票数败于悉尼时，大家都觉得太意外了。2001 年，我们准备得更加充分，所以当申奥成功时，有一种被认可的自豪感。而现在，中国人的精神面貌、生活状态，与 2001 年第一次申奥成功时又有很大不同，我觉得民众的心态更加平和了。我们的陈述就是摆事实、讲道理，把我们的优势说清楚。一方面是我们的整体办赛实力不断增强，另一方面民众的心理也更加成熟，这就是进步。”

为了准备申办北京冬奥会的陈述发言，杨澜去延庆、张家口的场地进行了实地考察，去看了奥运村的地址、高速公路的交通状况，也去看了崇礼各滑雪场之间的距离……陈述结束后，在国际奥委会委员现场提出的十几个问题当中，光杨澜就负责回答了其中五个，这也是她亲眼看见、亲身经历后给出的自信回答。

而在陈述当中，杨澜的主题也不单单限于体育本身，她更多地呈现了中国整体经济支持、市场开放等关系到北京是否有能力办好冬奥会的条件。

尽管在传统意义上说，平昌冬奥会的8分钟表演之后，冬奥会才正式进入北京时间，但自2015年北京冬奥会申办成功那一刻起，中国北京便根据冬奥会的时间节点，一一展开筹备工作。践行“办赛精彩，参赛出彩”的宗旨，积极推动“三亿人参与冰雪运动”的目标，这是在申办冬奥会时，中国向世界做出的庄严承诺。

筹办工作有条不紊，按计划推进；备战工作提上日程，实施“扩面、固点、精兵、冲刺”的工作方针，力争实现“全项目参赛”目标，并最终在赛场上实现“飘升奏”的参赛目标；在冰雪运动普及层面，广泛推进冰雪运动进校园，并在青少年以及广大冰雪爱好者当中倡导奥林匹克运动，将体育精神广播神州大地。

2015年12月15日，天朗气清，2022年北京冬奥会和冬残奥会组织委员会宣告成立。第二年5月，北京冬奥组委首批工作人员入驻首钢园区。五年来，冬奥组委由最初9个部门、2个运行中心，发展壮大到20多个内设机构，确定了57个业务领域，扎实推进3000余项任务，在“绿色、共享、开放、廉洁”的办奥理念下，筹办工作有序开展。

在筹办冬奥会的过程中，可持续性计划于2020年5月发布；2021年6月23日，冬奥会和冬残奥会遗产报告（2020）发布，彰显办赛城市的远见卓识与长远规划能力。

2021年9月，冬奥会和冬残奥会主题口号发布；10月18日，北京冬奥会火种采集在雅典顺利完成，并于10月20日回到北京，开启火炬传递活动；10月27日，北京冬奥会倒计时100天活动盛大举行，全国人民对于冬奥会的期待进一步加深，赛事门票以及防疫政策也提上日程。国际奥委会主席巴赫发来视频祝贺，并用中文说：“我们北京见！”全世界各个国家地区陆续公布冬奥会组团名单，期待北京冬奥会的来临。

冬奥“拼图”悄然成型

国际奥委会主席巴赫曾说，奥运会可能是这个星球最复杂的一项活动，仿佛一个巨大而又非常困难的拼图游戏。自申办之日开始，至2021年底，北京冬奥会这块绚烂的“拼图”已悄然成型，万事俱备。

首钢工业园区旧貌换新颜。自北京冬奥组委2016年进驻首钢工业园区之后，这座曾经在20世纪新中国成立之初风光无限的工业园区，再度焕发出青春与光彩。时光流转，筒仓静立，百年钢城迎接着愈发熙攘的人流，见证了话筒与闪光灯后的人与事，更有许多冬奥资讯从这里发布，传遍世界，让人们对本次大赛愈加期待。

2017年，冬奥组委两岁生日那天，北京冬奥会会徽“冬梦”和冬残奥会会徽“飞跃”揭开面纱。

在此之前，首批北京冬奥组委业务骨干已赴韩国取经。冬奥组委累计派出254人，其中41人到平昌冬奥组委顶岗实习，144人参与国际奥委会等组织的官方观察员项目，还有赛事组织、转播服务和技术保障的专门团队在当地开展工作。

2018年2月25日，平昌冬奥会落幕，冬奥会进入“北京周期”。“北京8分钟”文艺表演精彩呈现，向世界发出邀请，2022相约北京！

2019年9月17日，冬奥会吉祥物“冰墩墩”、冬残奥会吉祥物“雪容融”发布。两个萌娃诞生的背后，是北京冬奥组委历时一年多的宣讲、评审与反复指导修改的结果。此后不久，2019年10月5日迎来“特许上新日”，北京冬奥会的吉祥物商品线上线下成为“爆款”。北京冬奥组委累计开发了15大类2500余款特许商品，而早在2017年2月，市场开发计划就已启动。

此外，倒计时1000天、冬奥歌曲全球征集等活动相继举行；赛会志愿者全球招募于2020年底启动，报名人数已突破96万……北京冬奥组委的一举一动都牵动着国人的心，期待着冬梦飞跃！

雪蜡车开进首体馆

2021年10月底，冬奥场馆首都体育馆门前的广场上，停放了一个庞然大物——一辆长约17米的厢体卡车，不时引来行人驻足观看。在车厢里，越野滑雪国家集训队打蜡师——来自芬兰的尤哈，正在打蜡台旁拿着打磨机为一副越野滑雪板进行打蜡前的打磨工作。

这便是第一台由我国自主研发的国产雪蜡车，流线型牵引卡车车头后面，是一个长十几米的类似集装箱的厢体。厢体里最核心的地方是6个不锈钢打蜡操作台，可供6名打蜡师同时工作。打蜡台上还安置有雪板固定器，打蜡台上方有倾斜的吸风口和照明设备，台上摆放着打蜡师用到的各种打蜡工具——雪蜡、加热熨斗、刮板等。

这样的高科技产品，让队伍有了“鸟枪换炮”的感觉，越野滑雪国家集训队副领队王岩直呼：“这车太好了！”他介绍说，以前只能找个空地去架个打蜡台，如今有了雪蜡车，打蜡师的工作环境大大改善，工作效率和质量也能大幅提升。

储存雪板也是雪蜡车必不可少的一个功能。在雪蜡车中有两个储藏雪板的区域，一个区域是抽屉式横向放置雪板的，另一个储存区是立式的雪板拉伸柜，踏一下脚踏板就可以解锁柜门轻松拉开，这个柜子可以存放150个滑雪板。

除了打蜡台和雪板储存区，这台车还配备有多种功能以保证打蜡师生活休息的需求。洗手间、淋浴间、休息室一应俱全，并且充分考虑残疾运动员进出的方便性，厢体尾部配备了轮椅升降平台。

在工作使用时，雪蜡车是展开的状态，有效使用面积达到了92.5平方米，而在行进过程中，雪蜡车的厢体将收缩至35平方米。

值得一提的是，这台雪蜡车不仅方便，而且环保。雪蜡车的牵引头采用目前国际上先进的氢燃料电池动力系统，真正做到了零排放，绿色无污染。车顶部安装的光伏发电系统，可以满足车内的日常照明和小家电使用。

北京冬奥会期间，雪蜡车也必将成为一道亮丽的风景线。在首都体育馆交付之后，雪

雪蜡车开进首体馆

2021年10月底，冬奥场馆首都体育馆门前的广场上，停放了一个庞然大物——一辆长约17米的厢体卡车，不时引来行人驻足观看。在车厢里，越野滑雪国家集训队打蜡师——来自芬兰的尤哈，正在打蜡台旁拿着打磨机为一副越野滑雪板进行打蜡前的打磨工作。

这便是第一台由我国自主研发的国产雪蜡车，流线型牵引卡车车头后面，是一个长十几米的类似集装箱的厢体。厢体里最核心的地方是6个不锈钢打蜡操作台，可供6名打蜡师同时工作。打蜡台上还安置有雪板固定器，打蜡台上方有倾斜的吸风口和照明设备，台上摆放着打蜡师用到的各种打蜡工具——雪蜡、加热熨斗、刮板等。

这样的高科技产品，让队伍有了“鸟枪换炮”的感觉，越野滑雪国家集训队副领队王岩直呼：“这车太好了！”他介绍说，以前只能找个空地去架个打蜡台，如今有了雪蜡车，打蜡师的工作环境大大改善，工作效率和质量也能大幅提升。

储存雪板也是雪蜡车必不可少的一个功能。在雪蜡车中有两个储藏雪板的区域，一个区域是抽屉式横向放置雪板的，另一个储存区是立式的雪板拉伸柜，踏一下脚踏板就可以解锁柜门轻松拉开，这个柜子可以存放150个滑雪板。

除了打蜡台和雪板储存区，这台车还配备有多种功能以保证打蜡师生活休息的需求。洗手间、淋浴间、休息室一应俱全，并且充分考虑残疾运动员进出的方便性，厢体尾部配备了轮椅升降平台。

在工作使用时，雪蜡车是展开的状态，有效使用面积达到了92.5平方米，而在行进过程中，雪蜡车的厢体将收缩至35平方米。

值得一提的是，这台雪蜡车不仅方便，而且环保。雪蜡车的牵引头采用目前国际上先进的氢燃料电池动力系统，真正做到了零排放，绿色无污染。车顶部安装的光伏发电系统，可以满足车内的日常照明和小家电使用。

北京冬奥会期间，雪蜡车也必将成为一道亮丽的风景线。在首都体育馆交付之后，雪奥委会提交了第一版赛时政策与程序，餐饮、住宿、医疗、交通、安保等赛会服务工作机制逐步建立。

北京冬奥会的比赛场馆，有改造现有场馆的，如“鸟巢”、“水立方”、首都体育馆等，也有新建的，如“冰丝带”国家速滑馆等，无论是建造还是改造过程，科技、智慧，以及绿色、环保都成为彰显中国科技实力与综合国力的体现。

绿色奥运
科技奥运

项目施工，环保先行。以北京市延庆区小海坨山为例，这里将在2022年冬奥会时举行高山滑雪、雪车雪橇比赛。两年前，一支环保专家团队就已提前进驻，并制定出一批环境保护评估项目和系统的考核指标。据了解，工程项目给所有移植树木制作了树木“身份证”，用于精准移栽。而“绿色”奥运还体现在所有的场馆都将使用清洁能源，据悉，到2022年，所有场馆将100%使用绿色电能供应，这在奥运历史上还属首次。

在我国备战2022年北京冬奥会的过程中，科技、科研、环保都是关键词，其中，科技的元素在备战、筹办工作过程中备受关注。一些世界领先的自主研发科技产品，在彰显了我国科技实力的同时，也将为世界冬季运动带来全新理念。

倒计时100天之后，各项活动逐一发布，北京冬奥会、冬残奥会奖牌公布，制服式样发布，防疫手册出炉……冬奥会的脚步一天天临近。另外，《冬奥会体育项目名词》发布暨冬奥术语平台V3版交付使用，将作为2022北京冬奥会的语言服务遗产，在未来进一步发挥作用。

2016年，北京冬奥会新建竞赛场馆展开规划设计；次年场馆和基础设施建设全面开工；2020年，所有竞赛场馆完工——这张日程表在北京冬奥组委的统筹下，克服疫情影响如期推进。

2019年底，北京冬奥会重点配套工程京张高铁开通运营，不足1小时便能从北京到达冬奥小城崇礼，百年京张线焕发出新的时代意义。

延庆赛区：由中国建设科技集团所属中国建筑设计研究院有限公司牵头设计的北京冬奥会延庆赛区国家高山滑雪中心、国家雪车雪橇中心、延庆冬奥村、延庆山地新闻中心等四大场馆及配套设施建设全面完工，标志着北京冬奥会延庆赛区的筹办工作进入新的阶段，同时国家高山滑雪中心、国家雪车雪橇中心的建成填补了国内相关项目场馆的建设空白。

张家口赛区：主要场馆“三场一村”，即国家跳台滑雪中心、国家越野滑雪中心、国家冬季两项中心，以及张家口冬奥村及冬残奥村，也准备好了即将来临的“冰雪奇迹”。

2020年10月，在严格的防疫措施之下，国家雪车雪橇中心通过了国际雪车和国际雪橇联合会举行的场地认证。紧接着，北京冬奥组委又接待了国际滑冰联盟等四个国际冬季单项体育联合会来华考察场馆，同样收获赞誉。

除了场馆建设改造项目外，京张高铁、延崇高速等重大基础设施项目均已竣工交付使用，北京市副市长张建东表示，场馆建设既要注重赛时需要，又要注重环境保护，同时还要注意赛后的利用，努力打造值得传承、造福人民的永久资产。

北京冬奥组委始终与国际奥委会等保持紧密联系，广泛听取建议，有序开展赛事组织工作。目前已基本配齐各项目竞赛核心团队，编制完成场馆运行计划和运行设计，向国际

冬奥“拼图”悄然成型

国际奥委会主席巴赫曾说，奥运会可能是这个星球最复杂的一项活动，仿佛一个巨大而又非常困难的拼图游戏。自申办之日开始，至2021年底，北京冬奥会这块绚烂的“拼图”已悄然成型，万事俱备。

首钢工业园区旧貌换新颜。自北京冬奥组委2016年进驻首钢工业园区之后，这座曾经在20世纪新中国成立之初风光无限的工业园区，再度焕发出青春与光彩。时光流转，筒仓静立，百年钢城迎接着愈发熙攘的人流，见证了话筒与闪光灯后的人与事，更有许多冬奥资讯从这里发布，传遍世界，让人们对本次大赛愈加期待。

2017年，冬奥组委两岁生日那天，北京冬奥会会徽“冬梦”和冬残奥会会徽“飞跃”揭开面纱。

在此之前，首批北京冬奥组委业务骨干已赴韩国取经。冬奥组委累计派出254人，其中41人到平昌冬奥组委顶岗实习，144人参与国际奥委会等组织的官方观察员项目，还有赛事组织、转播服务和技术保障的专门团队在当地开展工作。

2018年2月25日，平昌冬奥会落幕，冬奥会进入“北京周期”。“北京8分钟”文艺表演精彩呈现，向世界发出邀请，2022相约北京！

2019年9月17日，冬奥会吉祥物“冰墩墩”、冬残奥会吉祥物“雪容融”发布。两个萌娃诞生的背后，是北京冬奥组委历时一年多的宣讲、评审与反复指导修改的结果。此后不久，2019年10月5日迎来“特许上新日”，北京冬奥会的吉祥物商品线上线下成为“爆款”。北京冬奥组委累计开发了15大类2500余款特许商品，而早在2017年2月，市场开发计划就已启动。

此外，倒计时1000天、冬奥歌曲全球征集等活动相继举行；赛会志愿者全球招募于2020年底启动，报名人数已突破96万……北京冬奥组委的一举一动都牵动着国人的心，期待着冬梦飞跃！

蜡车就开往河北承德的国家雪上项目训练基地，为正在那里训练的越野滑雪国家集训队服务。雪蜡车让冰雪运动员，特别是越野滑雪运动员感到莫大的振奋。据不完全统计，全球正在使用的雪蜡车还不到10台。而以“中国首创、世界一流、完全国产化”为目标打造的雪蜡车，从零开始到交付使用，只有不到一年的时间，体现了我国工业现代化的实力。

山东省工业设计研究院承担了雪蜡车设计组的工作。该研究院创新设计部设计总监任锁表示，立足冬奥赛事的高标准要求，我们负责自主攻关研发关键设备——雪蜡台、雪板柜及其他核心部件，完成箱体空间的总体布局、设计和集成，并确认雪蜡车的各个细节是否到位。

“冰丝带”惊艳亮相

2021年1月22日，国家速滑馆的运行团队竞赛主任王北星全副武装，穿上了索契冬奥会的“战袍”，在国家速滑馆第一次冰面制成后率先上冰，她要替所有的参赛运动员先体验一把。

“感受冰刀在冰面上无声地滑行，我找到了当年参加冬奥会的感觉。整个冰面的平整度和滑度都很好，我相信参赛选手们会喜欢上这个场馆。”王北星说。从专业运动员到专业经理人，王北星完成了华丽转身，而“冰丝带”在北京申办冬奥会这几年，也经历了从无到有的过程，最终完美亮相。

本着节俭办赛的原则，遵循“绿色、环保、可持续发展”的理念，在2008年奥运会两座临时场馆——曲棍球场和射箭场已到建筑使用寿命后，相关部门决定，充分利用现有的场地资源，在这两个场馆的建筑用地上，建设国家速滑馆。“冰丝带”国家速滑馆于2016年动工建设，作为2022年中国冬奥会的场馆之一，赛后将对大众开放，既为运动员提供训练场地，也满足民众冬季运动的需求。

“冰丝带”位于北京市朝阳区近奥林匹克公园林萃路2号，是2022年北京冬奥会北京主赛区标志性场馆、唯一新建的冰上竞赛场馆，因此备受关注。“冰丝带”的设计理念来自一个冰与速度结合的创意，22条丝带就像运动员滑过的痕迹，象征速度与激情。

2017年4月25日，“冰丝带”造型第一次亮相。这一天，北京市规划和自然资源委员会（原北京市规划和国土资源管理委员会）对媒体公开了以“冰丝带”为设计理念的国家速滑馆设计方案。当时，“冰丝带”的模型已经在奥林匹克中心区下沉广场的奥运工程建设展示馆展出。这个造型一经亮相，就有许多民众表达了喜爱之意，甚至很多人认为国家速滑馆会成为北京冬奥会最具标志性的场馆。从规划来看，“冰丝带”将和国家体育场“鸟巢”、国家游泳中心“水立方”遥相呼应。建筑外盘旋着22条晶莹的“丝带”状曲面玻璃幕墙，取形于运动员高速滑进时冰刀留下的轨迹，十分富有动感，并且“22”这一数字暗含着我国2022年举办冬奥会之意。

按照设计预想，透明管内置彩色光带，变幻不同颜色，与“鸟巢”的红、水立方的蓝相映生辉，体现速度滑冰的动感和绚丽。2018年1月23日，国家速滑馆打下了第一根地桩。历时三年多，“冰丝带”终于从图纸的模拟形态来到了现实世界中。

2020年5月，国家速滑馆以最高分148.5分荣获“2019年度中国钢结构金奖年度杰出工程”（简称年度杰出工程）大奖，这是国内钢结构行业的最高奖项，而“天幕”的成功“编织”是其主要加分项。以中国工程院院士聂建国为首的12位现场评审专家一致认为，国家速滑馆工程团队完美解决了高性能钢材应用、钢结构滑移、索结构应用等众多技术难题，其建设质量和标准达到国际领先水平。

国家速滑馆拥有亚洲最大的全冰面设计，冰面面积达1.2万平方米。平时可接待超过2000人同时开展冰球、速度滑冰、花样滑冰、冰壶等所有冰上运动。更引人注目的是“冰丝带”的“黑科技”，它采用了目前世界上最环保也是最先进的二氧化碳制冰技术（二氧化碳跨临界直接蒸发制冷），这是全球首个采用此技术的冬奥会速滑场馆。这一高科技制冰技术，能够实现冰面温度差不超过0.5摄氏度（按照国际滑联的要求，场馆冰面温差不能超过1.5摄氏度），而温差越小，冰面的硬度就越均匀，冰面也越平整，越有利于出成绩。据了解，目前速度滑冰所有的世界纪录都是在加拿大卡尔加里和美国盐湖城的高原冰场上创造的，“冰丝带”的冰面打造者们希望2022年各国运动员能在这里创造新的世界纪录。

除了有最平整、最光滑的冰面，“冰丝带”在建造过程中还践行了“绿色”奥运的理念——这种制冰技术使得国家速滑馆的碳排放量接近于零，还配有一套场馆智能化能源管理系统，能把制冰产生的废热用于除湿、冰面维护、提供场馆生活热水等，全冰面模式下每年仅制冷部分就能节省200多万度电；整个系统的碳减排量，相当于近3900辆汽车产生的二氧化碳年排放量，或种植超过120万棵树实现的碳减排量。

不止“冰丝带”一个场馆，“绿色”奥运、“科技”奥运在其他场馆建设中也处处可见。比如大量利用北京2008年夏季奥运会的现有场馆，创新实现冬季项目和夏季项目场地双向转换，是冬奥会的又一大亮点。大家熟悉的“水立方”，是北京夏奥会游泳、跳水和花样游泳项目的比赛场地，而在2022年冬奥会期间，“水立方”将变身“冰立方”，在这里会进行冰壶项目的比赛，这也是世界上首个实现“冰水转换”的场馆。再比如五棵松体育馆是北京夏奥会的篮球比赛场馆，届时它将变身为北京冬奥会冰球比赛场馆，场馆能够实现6小时内冰球、篮球两种比赛模式的转换。

“雪如意”成全球首创

张家口赛区的国家跳台滑雪中心“雪如意”，其建设同样使用了新技术。过去赛道往往设立在山脊上，堆土成型，但“雪如意”打破常规，在山谷间架设全钢筋混凝土框架结构，这也是全球首个全钢筋混凝土框架结构的滑雪中心，也是全球首个在顶部出发区设置大型建筑物的跳台滑雪场地。这条赛道两侧有高山遮蔽，形成天然挡风屏障，运动员在飞翔时能够避风，使比赛体验更加舒适。同时，“雪如意”还应用了复合地基和雨水、地表水、融雪水收集系统等多项新技术，以及应用高性能混凝土中空玻璃幕墙等施工材料新工艺。

据悉，三个赛区的市政、水利、电力、通信等基础设施都已启动建设。其中，延庆赛区海拔超过2000米，为了降低配套设施对地面生态的影响，工程建设采用了先进的复杂岩石地形盾构技术，让市政管线实现“地下穿越”。

专家表示，北京携手张家口共同承办2022年冬奥会，将有力促进京津冀协同发展。以北京2022年冬奥会雪上项目赛事承办地张家口市崇礼区为例，近年来这里的“冰雪经济”大幕已经率先开启。数据显示，2016—2017年雪季，崇礼区共接待游客267.6万人次，收入18.9亿元人民币，同比分别增长22.5%和22.7%。

党的十九大报告指出，广泛开展全民健身活动，加快推进体育强国建设，筹办好北京冬奥会、冬残奥会。这为北京2022年冬奥会新建场馆赛后利用指明了方向。事实上，很多新建场馆在设计之初就已经在考虑赛后的利用，以更好地惠及群众。“我们要汇聚各方资源，集各方之智，引进先进技术，在以后奥运的运营过程中，实现奥运场馆的反复利用、综合利用。”北京市国有资产经营有限责任公司党委委员、副总裁武晓南表示。

冬奥会，
不止于“冬奥会”

让奥运拥有超越竞赛的影响力，一直是北京冬奥组委的希冀。

冬奥未办，“遗产”先行。2019年2月19日，北京冬奥组委发布《2022年北京冬奥会和冬残奥会遗产战略计划》；2020年5月15日，《2022年北京冬奥会和冬残奥会可持续性计划》面世。

规划接连落地。北京冬奥组委实施低碳管理工作方案，所有竞赛场馆将100%使用绿色电力；推进延庆、张家口赛区生态修复工作；上线“低碳冬奥”微信小程序，鼓励公众践行绿色生活方式。

京津冀协同发展取得积极进展。京张地区在交通、生态、产业、公共服务等领域务实合作，崇礼人捧起了家门口的“雪饭碗”，2019年5月崇礼脱贫摘帽。

冰雪运动普及颇具成效。北京冬奥组委实施“共享冬奥”公众参与计划，举办北京市民快乐冰雪季等活动，发布北京冬奥会和冬残奥会教育材料，在全国遴选出627所奥林匹克教育示范学校和1036所冰雪运动特色学校，冬博会连续五年举办。

“创造丰厚的冬奥遗产，为主办城市和广大民众带来长期的、积极的收益，是北京冬奥会筹办工作的重要内容。”北京冬奥组委专职副主席、秘书长韩子荣说。

京张高铁通车

2019年底，京张高铁以及崇礼铁路支线正式开通，“复兴号”列车从北京北站出发，一路向西北行进，从八达岭长城下方悄然驶出，跨过官厅水库，穿山越岭，直达张家口。174公里的里程，列车最高时速350公里，从北京到张家口只要1小时左右，而在以前，坐火车至少需要3个小时，京张高铁的开通也方便了更多冬季运动爱好者前往崇礼。

不仅如此，这条线路还串起了东花园、怀来、下花园等地区，不少人的生活因此改变：出租车司机有了更多客源，在北京工作的年轻人可以每周回家与父母团聚，务农的村民则在家门口找到了挣钱机会。2020年“十一”假期期间，约有25万名旅客搭乘京张高铁奔向八达岭长城——北京冬奥会赛场。10月下旬，北京道路两旁的树叶才刚刚“由青转黄”，而200公里外的张家口崇礼，冬季早已降临，满山遍野的野草褪去绿色，只有山顶的桦树树梢上尚残存着金黄的叶子。若刮上一宿的西北风，早上7点的气温更是会迅速降至零下5摄氏度。

…… ……

“乘客您好，请系好安全带。”2020年10月的一天，来自张家口市下花园的出租车司机王师傅像往常一样在高铁站前等候出站的旅客。京张高铁开通后，每天他和同行都会来这边拉活，他说：“京张高铁在下花园停靠的车次不少，来我们这儿旅游、投资的人越来越多了，我们的收入也提升了一些。”如今，王师傅在北京工作的孩子也能常回家看看：“以前车次少，孩子回来一趟挺不方便的，现在好了，坐上高铁没多久就到了。”

王师傅觉得除了满大街随处可见的冬奥标语，这座不起眼的小城正因高铁的建成通车而发生着巨变，城区的基础设施在更新换代，医院也得到重新修建。毗邻高铁站，很多新楼盘落成，距高铁站不到1公里的地方还新建了产业园，目前正在招商入驻的企业，有不少知名企业或国企。

“这边虽然冷得比北京早，可夏天凉快，冬天空气也不错。”距离京张高铁怀来站半小时车程的鸡鸣驿古城里，来自北京的高奶奶和老伴儿在子女的陪伴下悠闲散步于古朴的街巷，这是两位老人退休以后第一次来张家口。前两年，孩子们在官厅水库旁买了房，工作也经常在这边，总想着带父母来这里住上一段时间，奈何两位老人受不了汽车长途旅行，一直未能如愿，高铁的开通改变了这一切。“坐上高铁半个多小时就到怀来了，孩子们再开车到车站接我们，确实是方便多了，不像以前坐慢车、坐汽车，怎么着也得要小半天。”两位老人计划，明年夏天再坐高铁来张家口避暑乘凉。

“太子城小镇”引人关注

京张高铁开通后，冬奥会的分会场——崇礼赛区及其配套工程的建设也进入了快车道。从京张高铁太子城站出来，映入眼帘的便是崇礼“太子城小镇”，这是一座以冬奥会和四季度假为主题的冰雪运动园区，包含冬奥、文创、酒店、会展等多种业态。太子城站前还建成了一座冬奥颁奖广场，2022年冬奥会张家口赛区的51块金牌都将在这里颁发。

受环境和新冠肺炎疫情影响，崇礼冬奥赛区的这一重要配套工程的进度有所延时，但也在2021年底实现正式开园营业。宋海滨是崇礼“太子城小镇”的项目助理，在建设过程中，他几乎“长”在了崇礼。崇礼的冬天格外漫长，一年可供施工的时间只有短短几个月，特别是2020年因为疫情防控的原因工地又停工了很长时间，工期就更为紧张了。但大家加班加点，最终顺利完工。

“太子城小镇”修建了一条长达1.6公里的有轨电车道，由北向南串联起小镇，免费向游客开放。沿途共设6个站点，其中颁奖广场站可以直接与太子城高铁站进行换乘，给抵达冬奥核心区的游客提供便利的出行选择。

这一重要冬奥工程的建设过程中，也让不少当地人发现了商机。

54岁的赵春新原来是太子城小镇旁边营岔村的村民，现在村子已经拆迁改建成了滑雪场，村民都搬到了城里。如今老赵在太子城小镇招商中心从事保安工作，妻子则在附近一家雪场工作，每个月的收入比以前干农活增加了不少，并且很稳定。

自京张高铁开通之后，崇礼滑雪产业迎来全新发展。2020年，多个雪场举行“开板节”后，雪季也正式拉开序幕。每逢周末，北京到太子城的列车几乎趟趟满员。

吕盼是北京铁路局北京客运段的一名列车长，进入铁路系统工作近十年，之前一直值乘京广线、京哈线这样的长途高铁列车。经过层层选拔、培训、考核，如今她成了京张高铁列车上的一名列车长，见证了人们往返于京张铁路的全过程。

“2020年初发生新冠肺炎疫情后，客流量下降得很明显，北京到太子城的列车也从一天跑五圈缩减到了一天一圈，7月份才慢慢恢复正常。”吕盼回忆着，但随着疫情防控态势好转，2020年夏天，张家口、崇礼地区举行了多场大型活动，一到周末还经常组织青少年野外素质拓展和体育比赛。每到此时，对于车站和乘务人员来说都是考验，每个人都要打起十分精神，做好疫情防控工作。

进入冬季后，乘坐京张高铁崇礼支线列车的乘客，还多了不少滑雪爱好者以及一些专业的运动员。“大家都喜欢乘坐高铁，他们说以前开车来至少要两三个小时，京张高铁开通后，都愿意选择高铁出行，早上去晚上回，省时又省力。”吕盼介绍道。

大量客流给运营服务带来的挑战也更多。吕盼做过统计，最多的时候一趟车上要存放一百多套雪具。“奥运版的车型只有三节车厢有雪具存放柜，客流量增加后，车上的雪具存放柜很难满足乘客需求。”为此，吕盼和同事们想出了一个办法——在二等座车厢靠墙的小桌板上添加约束带，对雪具进行固定，同时，在大件行李存放处增加约束带，避免雪具间发生磕碰或误伤到旅客。

随着冬奥会临近，吕盼和同事们有了新的任务——提升英语水平。“大家的基础都不一样，每天会利用休息时间用手机打卡学习，并选出发音、语感较好的同事担任组长，督促大家学习，每周四还有英语学习的视频检查。”

延崇高速公路主打“智慧”牌

在高铁开通之际，高速公路的建设也卓有成效，相继竣工。延崇筹建处信息中心负责人吴建波介绍说，延崇高速公路河北段途经张家口市怀来县、赤城县和崇礼区，由主线、延伸工程和赤城支线三部分组成，全长113.684公里，采用双向四车道高速公路标准建设。主线于2017年6月底开工建设，2020年春节前建成通车，延伸工程和赤城支线在2021年6月底建成。

“目前延崇高速公路河北段正在开展智慧公路试点建设工作。”吴建波说，延崇高速河北段是交通运输部智慧公路试点项目，将完成基础设施数字化、路运一体化车路协同、基于北斗高精度定位的综合服务等试点建设内容。

这也意味着，这条充满“智慧”的高速公路将综合利用摄像机、雷达、高清卡口、特征识别单元以及气象监测站等手段，实现交通运行状态、车辆状态、环境信息的全面感知，能够自动发现、跟踪、分析事件，并通过车载智能单元、路侧智能基站通信和服务平台统一决策等，实现安全、效率等两类十三项应用场景的数据互通，为奥运转场车辆提供交通保障。

此外，针对项目桥隧比高、气候变化大等特点，结合冬奥会交通保障要求，建设单位还进行了车路协同一体化感知融合和车辆时空轨迹重构技术应用、多车自主编队与同步行驶技术应用等服务冬奥会的智慧高速公路关键技术研究。

疫情无碍前行脚步

2020年初，突如其来的新冠肺炎疫情，让全球处于停摆状态。冬奥会的筹办工作也变得更为复杂，但中国“冬奥人”迎难而上，以视频方式如期举办世界转播商大会、赞助企业大会等活动，线上公开征集奖牌、火炬外观设计方案，发布第一届冬奥优秀音乐作品、色彩系统和核心图形。

2020年11月，北京冬奥组委会、国际单项体育联合会、国际奥委会和国际残奥委会共同决定，将研究制定一个更适应当前形势的测试活动方案以取代测试赛。北京冬奥组委专职副主席、秘书长韩子荣表示：“我们严格落实中央部署要求，坚持疫情防控和冬奥筹办两手抓，创新工作方式，努力克服各种困难，做到了工作不断、力度不减、朝着既定目标稳步向前推进。”

国际奥委会主席巴赫曾高度评价北京冬奥会的筹办，他说：“北京冬奥会的筹办工作非常好。面对这样的危机，北京冬奥组委还是如期完成了所有关键里程碑任务，为北京冬奥会的成功举办和创造新的历史奠定了坚实基础。”

作为2022年北京冬奥会、冬残奥会筹办工作的重要一环，测试赛原计划于2020年逐步开启，但万事俱备，突如其来的新冠肺炎疫情却扰乱了计划。2020年1月，冬奥会首场测试赛、2019—2020国际雪联高山滑雪世界杯延庆站取消。

冬奥组委会及时调整，在2020年初同一片场地上成功举办了第十四届冬季运动会高山滑雪项目比赛，应邀前来的国际雪联专家对竞赛组织、赛道、雪况、山地运行等都给予了高度评价。北京冬奥组委满怀信心，向世界发出冰雪邀约。

“相约北京”系列冬季体育赛事2021下半年测试赛和测试活动，于2021年10月5日正式展开。测试赛在北京、延庆、张家口三个赛区的八个竞赛场馆陆续举办，为期近3个月，共有10项国际赛事、3个国际训练周和2项国内测试活动举行，测试活动一直延续到12月31日。

在冬奥会和冬残奥会举办前组织一系列测试赛，是国际奥委会和国际残奥委会的要求和惯例。为稳妥做好新冠肺炎疫情影响下的筹办工作，北京冬奥组委与国际奥委会、国际残奥委会、国际冬季单项体育联合会密切沟通，及时调整优化了测试赛的各项工作计划。

根据总体安排，本次测试活动首先在位于延庆赛区的国家雪车雪橇中心举办雪车和钢架雪车国际训练周，时间是10月5日；接下来，该赛区还进行了雪车和钢架雪车计时赛等测试活动，包括3个分项、10个小项，共有来自35个国家和地区的参赛队，总计约730名运动员、教练员和随队官员参赛，具有赛事标准高、境外人员多、开赛时间早、时间跨度长的特点。

10月8日至10日，在国家速滑馆举办了速度滑冰中国公开赛，这也是本次测试活动最先开赛的比赛。本次公开赛设12个小项，有来自中国队、韩国队和荷兰队的运动员参加比赛。测试活动采用全要素测试模式，对137条内容进行实践测试。

随后，“相约北京”测试赛来到了首都体育馆，举办亚洲花样滑冰公开赛和短道速滑世界杯；在国家游泳中心举办冰壶国内测试活动和轮椅冰壶世界锦标赛。

11月3日，国家雪车雪橇中心举办了雪橇国际训练周和世界杯比赛；在五棵松体育中心和国家体育馆举办了冰球国内测试活动；在云顶滑雪公园，举办了国际雪联单板滑雪和自由式滑雪障碍追逐世界杯。

12月2日起，在张家口崇礼区古杨树场馆群，先后举办国际雪联跳台滑雪世界杯、北欧两项洲际杯和冬季两项国际训练周。

为保证国际测试赛安全顺利举办，在前期工作中，北京冬奥组委陆续组织国际冬季单项体育联合会专家完成了对场地的考察认证；逐一与国际冬季单项体育联合会召开测试赛评估会，通报了赛事筹备情况；着重就赛事日程、签证邀请、航班安排、机票预订、入境程序、远端健康监控和比赛期间闭环管理要求等各个环节的重要事项，坦诚深入地交换了意见，并介绍我国相关政策和要求，进一步明确各方职责及合作事项，征得了外方的理解和支持。

疫情防控工作是筹办测试赛的重中之重，各赛区组委会和场馆团队按“一场一策”“一馆一策”的要求，不断细化功能分区、防疫分区、人员流线等，强化闭环管理安排。各竞赛场馆闭环管理防疫方案均通过国家级防疫专家和组委会多轮审议，可以说从衣食住行、训练比赛、颁奖采访、防疫消杀等各个环节，对可能出现的风险点都做了全面分析，制定了相应预案。

北京冬奥组委场馆管理部部长姚辉在接受采访时说，本次测试赛中的许多比赛是国际冬季单项体育组织的赛历赛事，有的还是资格赛、积分赛，将采用冬奥会赛时的计时记分系统。这些赛事也是各参赛国家和地区的运动员在北京冬奥会前熟悉赛区气候和比赛场地的最后机会，因此各方的积极性很高，共有约2000余名外国运动员、随队官员和国际技术官员、计时记分专业人员等陆续来华参加各项国际赛事和训练周。

“此次国际测试赛是我们全面检验筹办工作的最后机会。我们将认真贯彻落实各项筹办工作要求，完成好既定测试任务，通过查短板、堵漏洞、强弱项，全面提升团队业务工作能力和场馆运行水平，特别是疫情防控工作水平，确保北京冬奥会和冬残奥会赛前实现全面就绪。”姚辉表示。

国际社会
期待
北京冬奥

北京冬奥会筹办六年多来，场馆建设稳步推进，各项工作逐步落实，同时克服疫情等不利因素，制定出切实可行的防疫措施，一切的一切，均显示出中国的大国担当与大国力量。北京冬奥会有条不紊的组织和推进，不仅让国际社会放心，更让人们对即将举办的冬奥会充满期待。许多国家和地区的运动员与体育界人士纷纷为北京冬奥会卓越的筹办成果点赞，并表达了对冬奥会的期盼之情。

事实上，自北京成功申办2022年冬奥会以来，国际奥委会便多次对中国的筹办工作加以称赞。国际奥委会主席巴赫曾说，2022年冬奥会“交给了放心的人”，而在北京冬奥会火种采集仪式前夕，他再次表示：“北京冬奥会的筹办工作非常顺利，中国应对疫情的方式给我们留下了深刻印象。我们看到了中国的效率。尽管受到诸多限制，北京冬奥会筹办工作仍取得了积极进展。”在距离冬奥会开幕100天时，巴赫说：“再过100天，全世界最优秀的冬季项目运动员将相聚在中国北京，北京将再一次书写历史——成为奥林匹克历史上唯一一座既举办过夏奥会又将举办冬奥会的城市。”巴赫认为，北京冬奥会的举办将把世界冬季运动的发展提升到新的水平，“三亿人参与冰雪运动”亦将带动冰雪运动在全世界的推广普及。

国际奥委会副主席、北京冬奥会协调委员会主席小萨马兰奇表示，北京冬奥组委的筹办工作非常出色，细致入微。“我们看到首钢园变成了人们进行体育运动的美丽公园，北京能成为‘双奥之城’是经过时间验证的，也是中国在奥林匹克领域的实力和重要性的体现。”他认真地说道。

葡萄牙冬季运动联合会主席、葡萄牙北京冬奥会代表团团长佩德罗·法龙巴高度评价了北京冬奥会的筹办工作，表示冬季运动项目对场馆设施、人员管理、后勤保障等方面的要求极为严格，中国克服疫情等各方面困难，以高标准、高质量、高效率推进各项筹办工作，令人由衷赞叹和钦佩。“有充分理由相信，北京冬奥会将成为一届里程碑式的体育盛会，必将进一步促进世界冬季运动发展。”

巴基斯坦奥委会主席赛义德·哈桑日前接受中国媒体采访时也表示，巴方对中国筹办冬奥会的能力信心十足，北京冬奥会将是一场出类拔萃、精彩卓绝的奥运盛会。哈桑说，北京冬奥会和冬残奥会的各项筹办工作都在有序进行中，这在新冠肺炎疫情仍肆虐全球的背景下并非易事。他表示，巴基斯坦运动员正积极备战北京冬奥会，“我们的运动员非常期待、非常高兴，不断询问有关北京和赛事的情况”。

哈萨克斯坦奥委会主席库利巴耶夫也热切期待北京冬奥会再创辉煌，他真诚地说：

“我本人曾出席2008年北京奥运会，那次北京之行给我留下了深刻的印象。我毫不怀疑北京冬奥会将在现代奥林匹克史上书写新的篇章。”

而相对于北京冬奥会的筹办，随着一系列测试赛的展开，各国运动员更是有了切身的体验和感受。

来自9个国家和地区的31名运动员参加了“相约北京”亚洲花样滑冰公开赛，在首都体育馆提前体验了一把北京冬奥会的正赛冰面，“最美的冰”收获点赞无数。世锦赛花样滑冰男单新科亚军、日本选手键山优真说：“这里可以真真切切地感受到冬奥会的气氛，而且冰面非常利于滑行。”女单冠军三原舞依也说：“冰面很好，我很开心比赛场地这么大！”国际滑联花样滑冰副主席、国际滑联技术代表亚历山大·雷科宁表示：“中国是否准备好举办冬奥会？答案是肯定的。我们可以看到新的冰场，相较于我们习惯的旧冰场，有更多的空间、更好的冰面、更好的音箱……总的来说，我们对于举办的情况是满意的，它运作得很好。”

“相约北京”速度滑冰中国公开赛在国家速滑馆“冰丝带”举行，在个人项目上独揽四金的荷兰选手格雷维特对组委会的接待服务、赛事组织运行印象深刻：“一般我们出国比赛都会想家，但是这次比赛让我很有归属感。场馆非常好，工作人员敬业认真，整体感觉非常好。”

“根据国际奥委会收到的反馈，无论是技术运行角度，还是选手个人感受，这些场馆都为运动员提供了很棒的体验，也获得了一致好评，这是我们非常乐于见到的。”北京时间2021年10月17日凌晨，国际奥委会执委会会议结束后，国际奥委会体育主管凯特·麦康奈尔表示：“从我们掌握的情况看，这些运动员对测试赛的评价全都是积极的，无论是在场馆本身还是赛事组织方面。”

另外，俄罗斯、澳大利亚等国家也都陆续公布了北京冬奥会的参赛名单，我们有理由相信，届时中国将为世界呈现一场精彩纷呈的国际盛会。

“两纲三划”确定参赛规划

众多世界强敌正在摩拳擦掌，我国冰雪健儿自然不甘落后。在举办北京冬奥会这一重大机遇下，中国冰雪运动迎来了令人振奋的发展契机。

2018年9月5日，国家体育总局正式公布《2022年北京冬奥会参赛实施纲要》《2022年北京冬奥会参赛服务保障工作计划》《2022年北京冬奥会参赛科技保障工作计划》《2022年北京冬奥会参赛反兴奋剂工作计划》和《“带动三亿人参与冰雪运动”实施纲要（2018—2022年）》。这两个纲要和三个计划，对北京冬奥会的参赛工作做出全面规划，统称为“两纲三划”。

《2022年北京冬奥会参赛实施纲要》讲解了参赛形式、总体要求、目标任务、工作措施、组织实施五项内容，重点介绍了“2018扩面、2019固点、2020精兵、2021冲刺”的参赛工作方略，提出要在北京冬奥会上实现运动成绩和精神文明双丰收。

但不可避免的一个问题是，受自然资源、地理环境等因素的影响，我国开展冰雪运动的省市不多，基本集中在东北、华北地区，并且在冬奥会7个大项15个分项109个小项当中，截至2015年成功申办冬奥会时，我国开展的项目还不到三分之一。面对如此薄弱的发展现状，中国冬季运动采取跨界跨项选材，借助科研助力，利用“走出去、请进来”等多措并举，积极尝试“弯道超车”等超常规发展思路，逐渐推进全项目组队。

2018年的平昌冬奥会，中国体育代表团虽然只获得1金，但是参加了55个小项的角逐，这在中国代表团参赛历史上已经是项目最多的一次。

从平昌冬奥会参加55个小项并夺得1金，到北京冬奥会全项目参赛并要创造历史最佳成绩，这对中国冰雪人来说，要在一个奥运周期内完成如此大的跨越，将是一个怎样的挑战？然而，北京冬奥会恰似高效催化剂，催生着中国冰雪运动的蜕变。为了在四年时间里实现跨越，中国冰雪人奋力执行一个宏大的备战计划，即“扩面、固点、精兵、冲刺”，一年一个目标，一步一个脚印，稳步向前。

2018年底，扩面工作取得阶段性成果，31支国家集训队，覆盖北京冬奥会全部109个小项，运动员和教练团队共有近4000人，人数与平昌冬奥会周期同比增幅约7倍；

2019年，全面推进“固点”各项工作，备战选手由4000多人精简至1153人，全面覆盖109个小项的各支国家队、集训队已经建立。

努力初见成效。冰雪项目各国家集训队在2019—2020赛季国际赛事中取得的金牌与奖牌总数，都超过了上个赛季，但我们对此头脑清醒，国家体育总局局长苟仲文表示，中国冰雪项目存在争金夺牌重点项目优势不明显，一般项目、落后项目、新开展项目进步幅度不够，全项目参赛面临挑战等问题。

2020年，中国冬奥备战进入“精兵”之年，国家体育总局冬季运动管理中心提出重点突出“五精”：打造精锐之师、锻造精勇之士、明确精准目标、抓实精细训练、强化精致保障。与此同时，也全力以赴，以“零容忍”的态度做好反兴奋剂工作。

2020年新冠疫情暴发，无疑影响到中国运动员的备战节奏。非常时期有非常举措，结合不同阶段疫情发展态势，从国家体育总局到冬季运动管理中心，一手抓疫情防控，一手抓训练备战。中国冰雪各项目队在上个雪季基本顺利完成了外训外赛任务，把疫情对训练备战的影响降到了最低。

目前，各支运动队厉兵秣马，安心备战，强化体能，弥补短板，加强专项训练，同时力争北京冬奥会参赛资格，以实现“全项目参赛”的既定目标，并且在2021“冲刺”之年，做到稳扎稳打向前推进、服务保障全面扎实。中国冰雪人的不懈努力正在化作中国冰雪运动的全新变化。

…… ……

“两纲三划”备战规划，坚持以习近平新时代中国特色社会主义思想为指导，坚持党对一切工作的领导，通篇贯穿习总书记关于发展冰雪运动和做好北京冬奥会工作的重要思想。同时明确提出“全面参赛、全面突破、全面带动”的目标。

全面参赛，就是对标北京冬奥会109个小项全面建队、全项参赛，激励广大运动员、教练员以决战决胜的姿态打好每一场积分赛、资格赛，力争在整个冬奥会过程中，都有带有五星红旗标志的中国运动员英姿飒爽地站在赛场上；全面突破，就是要通过跨越式、超常规的措施，尽最大的努力调动一切资源，力争冰上项目跃上新台阶，雪上项目实现新突破，让更多冰雪项目刷新历史、实现奖牌乃至金牌的突破，让五星红旗在家门口高高飘扬，让《义勇军进行曲》一次次嘹亮奏响；全面带动，就是要通过高水平冰雪竞技的观感享受、优秀运动员的魅力展示，来激发越来越多的群众，特别是青少年参与冰雪运动的积极性和热情，充分享受其带来的健康和欢乐。

另外，建立“带动三亿人参与冰雪运动”工作机制，以增强人民体质、提高人民健康水平为出发点和落脚点，深入推动冰雪运动“南展西扩东进”战略，大力推广普及群众性冰雪运动，为举办一届“精彩、非凡、卓越”的奥运盛会增光添彩。

通过“两纲三划”，国家体育总局全方位对冬奥会参赛工作做出了战略规划。“两纲三划”是推动北京周期各项工作的时间表、线路图、施工图，标志着新周期各项工作已全面进入了新阶段，开启了新篇章，将引领我国冰雪运动向世界更高水平迈进，不断加快体育强国的建设进程。

带动三亿人参与冰雪运动

相比于“全项目参赛”以及“史上最好成绩”，通过举办北京冬奥会，带动三亿人参与冰雪运动则更加具有历史意义。北京冬奥会带给亿万普通民众的，将是共享冰雪运动的快乐。冬运中心领导认为，“带动三亿人参与冰雪运动”是北京冬奥会最重要的、标志性的遗产之一。

中国冰雪运动基础薄弱，主要原因在于参与人数太少。为此，《关于以2022年北京冬奥会为契机大力发展冰雪运动的意见》中明确提出："力争到2022年，我国冰雪运动总体发展更加均衡，普及程度明显提升，参与人数大幅增加，冰雪运动影响力更加广泛。"

作为冰雪运动主管部门，冬运中心今年来一直坚持冰雪运动"走进城市，走近大众"，大力推进"南展西扩东进"战略，举办大量活动，让越来越多的群众有机会参与到冰雪运动中来。

面对新冠肺炎疫情的影响，冬运中心创新方式方法。在"2020全国大众欢乐冰雪周"活动中，冬运中心积极探索疫情防控常态化条件下推广普及冰雪运动的新方式，通过"云赛事""云连线""云课堂""云培训"等方式开展各具特色的冰雪系列活动，将线上与线下相结合，让更多的人感受到冰雪运动的魅力和乐趣。

除了全国性的冰雪活动，各地也在根据本地实际，推动冰雪运动的普及开展。随着北京成功申办2022年冬奥会，中国冰雪产业发展进入快车道。根据《全国冰雪场地设施建设规划（2016—2022）》，到2022年，国内的冰场数量将由2015年的200座增加至650座，滑雪场数量将从2015年的500个增加至800个。冰雪产业市场规模将实现从2017年的3976亿元上升至2025年的1万亿元。实际上，根据《中国滑雪产业白皮书2019年度报告》，2019年我国滑雪场数量就已经达到770个。

很快，北京冬奥会就将在中国传统佳节春节期间举行，但是正如国际奥委会副主席小萨马兰奇所说，北京冬奥会的遗产在赛会举办前就已经显现。国际滑雪联合会秘书长莎拉·刘易斯也表示，她相信"等冬奥会举办时，人们会表现出更大的热情和投入度，冬季运动会成为人们日常生活的一部分"。

…… ……

2021年10月27日，国务院新闻办公室举行新闻发布会，全方位介绍了北京冬奥会和冬残奥会的总体筹办情况。截至当日，北京冬奥会、冬残奥会筹办工作稳步推进，运动员备战、参赛工作取得积极进展，北京、张家口两个赛区也全面提升了城市保障水平，确保北京冬奥会和冬残奥会如期、安全、顺利举行，为世界奉献一届简约、安全、精彩的奥运盛会。

与此同时，比赛场馆和基础设施均达到办赛要求，12个场馆全部完工，通过国际冬季单项体育组织认证，完全具备办赛条件。赛时场馆化运行模式全面实行。从结束的比赛看，国际体育组织、参赛运动员等各方面都给予了充分肯定。赛会服务保障全面推进，坚持“三个赛区，一个标准”，全面做好各项准备工作。

中国共有29支冰雪项目国家集训队、480名运动员正在全力备战北京冬奥会。冬残奥会备战方面，中国残联一手抓疫情防控，一手抓训练备战，毫不松懈。备战训练中，重点抓细落实疫情防控的各项措施，国家队实行封闭管理，在属地疾控部门的指导下，制定了“一人一队一策”的疫情防控方案，健全对内防控工作责任体系和管理制度。严格遵守各个赛区疫情防控规定，全流程、全项目、全方位参加了“相约北京”系列测试活动，举办了全国第十一届残运会暨第八届特奥会高山滑雪、单板滑雪、越野滑雪、冬季两项、残奥冰壶和残奥冰球这六个大项的全部比赛。

通过北京冬奥会、冬残奥会的申办、筹办，“三亿人参与冰雪运动”正在从愿景成为现实。而伴随着中国经济社会和科学技术的发展，日渐成熟的制冰技术让冰雪运动实现了全国覆盖。中国很多地区还利用VR、AR、旱雪、可拆卸装置等新技术、新材料、新工艺，建设群众身边的冰雪场地设施，冰雪运动已经日益成为老百姓喜爱的运动项目。筹办冬奥会的蓝图已经画就，备战冬奥会的号角已经吹响，让我们共同推动冰雪运动的发展，为体育强国建设做出各自的努力，贡献冰雪力量。

《“十四五”体育发展规划》对于北京冬奥会提出具体部署，要以筹备北京2022年冬奥会为契机，实现冰雪运动跨越式发展，并指出积极备战北京2022年冬奥会，实现冰雪运动整体实力和竞争力全面跃升，实现全项目参赛，力争取得冬奥会参赛史上最好成绩；推广普及冰雪运动，加快推进“南展西扩东进”战略实施，实现全域发展，带动三亿人参与冰雪运动；促进冰雪运动产业全面升级；提升冰雪运动国际影响力，打造“国际冰雪朋友圈”。

吹响冲锋号角，一起向未来！

聚焦北京冬奥会，一批老将仍充满战斗力，而年轻新秀的涌现，更是令人看到了中国冰雪“一起向未来”的发展潜力。

在短道速滑项目上，武大靖依然是当之无愧的领军人物，很多人对于他的认识，还停留在2018年平昌冬奥会上连破世界纪录的那个豪气青年，但为了北京冬奥会的目标，武大靖奋斗至今，他说：“就我个人而言，我只是想实现自己的目标和梦想。尽管训练漫长且枯燥，但我会在训练中为自己设置一个个小目标，就当作是督促自己，在日常的训练中如果能进步一点，我离梦想就更近了一步。”

与四年前的巅峰时刻相比，武大靖在本周期内遭受了不少波折与磨难，但他都坚强地挺了过来。伤疤与挫折一路相伴，但武大靖依然在做着最好的自己，朝着目标一点点前进。“当你足够优秀时，别人才会对你有所期待。”武大靖曾如此表示。

经历了新冠肺炎疫情的影响，武大靖在北京冬奥会前终于重返赛场，并在第四站世界杯夺得冠军，展现出一名优秀运动员的实力和为国坚守、为国而战的决心与信念，“爱国就是日复一日地坚持在冰场上滑出更快的速度，取得更好的成绩，代表祖国去参加比赛，能穿上印有国旗的运动服，站在赛场上与其他国家的选手一较高下，让五星红旗在赛场上高高飘扬”，这便是武大靖坚守的目标与奋斗的动力。

徐梦桃，这位准备向其第四届冬奥会发起冲击的老将，同样令人感动，尽管阔别赛场一年，但她在参加的新赛季首站世界杯赛场上便刷新历史，书写了夺得世界杯 26 枚金牌的新纪录，随后两周仍在不断刷新着自己的纪录。

“感谢大家这几天帮我数 27 金、28 金，今天咱们就官方统一一下‘暗号’：徐梦桃截至 2021 年 12 月 11 日，共获得国际雪联自由式滑雪空中技巧世界杯 48 枚奖牌，个人金牌 26 枚、银牌 12 枚、铜牌 10 枚。自 2009 年 12 月首届世界杯混合团体项目诞生，我参与其中至今共获得金牌 7 枚、铜牌 1 枚。截至当前，我共获得世界杯金牌总数 26 加 7 等于 33 枚，奖牌总数 48 加 7 加 1 等于 56 枚。截至 2021 赛季，我共获得世界杯年度总排名奖牌 9 枚，其中第一名 5 次、第二名 2 次、第三名 3 次。”结束世界杯第二站比赛后，徐梦桃在微信朋友圈里写下了上述留言，这个爽朗的姑娘自信大方地与人们分享着自己成功的喜悦。硕果累累的成绩，也让我们对于“美女桃”的北京冬奥之旅充满期待。

而与徐梦桃共同征战的贾宗洋、齐广璞同样发挥稳定，令人期待。

与此同时，刘佳宇、蔡雪桐姐妹花也开始征战世界杯赛场，尽管美国名将克洛伊·金未能出战美国铜山站进行奖牌争夺，而刘佳宇也因为相差一个名次而未能晋级决赛，但蔡雪桐克服前面发挥不佳的表现，一举斩获金牌，为中国的单板滑雪 U 型场地项目在这个冬天带来了一丝温暖。

在老将坚守之际，新人也在不断涌现，中国冰雪体育争夺面也更加宽广。在速度滑冰项目上，平昌冬奥会男子 500 米铜牌高亭宇改进了起跑技术，在本赛季不断刷新个人成绩，也创下了夺得世界杯金牌与银牌的最好成绩。更为可贵的是宁忠岩的出现，这位小将自 2019 年参加比赛开始就在男子 1500 米上表现出令人欣喜的实力，他也是继罗致焕于

1963年世锦赛夺冠之后中国速滑项目的一名新星，真乃后生可畏。

新秀当中最为亮眼的当属谷爱凌，这位中美混血选手长相甜美，一口流利的京片子，灵气十足。自2018年代表中国出战后，谷爱凌便将自己的目标定位于北京冬奥会。在新赛季的两站比赛中，谷爱凌在一周之内先后斩获自由式滑雪大跳台世界杯金牌和自由式滑雪U型场地冠军，让人刮目相看。“比得还行吧？”谷爱凌赛后也表示了对自己的表现比较满意。在北京冬奥会上，谷爱凌将在三个项目上展开争夺，分别是自由式滑雪U型场地、坡面障碍以及大跳台，除了练就出高难动作外，谷爱凌还表现出了强大的稳定能力。这位心态良好的“天才少女”也定会在北京冬奥会上大放光芒。

此外，单板滑雪大跳台上还爆出了一位令人惊喜的“天才小子”——苏翊鸣，他与谷爱凌同时在大跳台世界杯赛场上夺冠的场景令人记忆犹新。这位4岁就开始滑雪的少年，雪感极强，天赋很高。更为难得的是，对于滑雪的热爱与坚持，使得他放弃了此前参演多部电影的邀约，一心一意走在运动员的征程上。苏翊鸣在夺冠后表示，参加冬奥会是他从小的梦想，他要在明年的北京冬奥会上取得好成绩，为国争光。“当我站上领奖台，把国旗披到身后的那一刻，我特别特别感动，”苏翊鸣说自己特别幸运，因为背后有祖国强大的支持，“正是这种支持，我才可以心无杂念，百分之百专注地完成训练和比赛。”不断完成难度突破，不断刷新纪录，苏翊鸣说会继续提升自己：“每天提高一点点，到北京冬奥会时给大家展现出自己最好的水平。”“每天提高一点点”，苏翊鸣的话朴实无华，但对于极限运动来说，这点滴之间的进步与提升，是背后日复一日的刻苦训练与艰难探索，浸透着常人难以体会的努力与付出。

2022年2月4日，带着无限憧憬，带着又一次的热情，北京冬奥会的大幕将正式拉开。回顾过往，我们克服疫情，不惧艰辛，绘就一张又一张壮丽的蓝图；展望未来，我们定会谱出一曲又一曲新时代的奋斗之歌，讲好中国冰雪人一段又一段的精彩故事！

2022年2月4日，带着无限憧憬，带着又一次的热情，北京冬奥会的大幕正式拉开了……

2008年8月8日，在北京奥运会开幕式上，『鸟巢』内部灯光逐渐形成五环标志。

2008年8月8日晚8点整，万众瞩目的北京奥运会开幕式正式在国家体育场“鸟巢”举行。图为开幕式现场。

2015年7月31日，北京市民在奥林匹克公园中心区举行全民健身展示活动助力北京——张家口申办2022年冬奥会。大家边进行健身展示边等待大屏幕公布最终结果，当得到北京获胜的结果时，现场随即举行了庆祝活动。

2015年7月31日晚，中国申冬奥代表团在吉隆坡香格里拉酒店举行庆功会，庆祝北京——张家口联合申办2022年冬奥会成功。图为国际奥委会主席巴赫在庆功会上致辞。

2015年7月31日，张家口市崇礼县（现为崇礼区）居民来到崇礼广场进行全面健身展示活动。

冰墩墩
Bing Dwen Dwen
北京

2019年9月17日晚，2022年北京冬奥会和冬残奥会吉祥物发布活动在首钢冰球馆举行。冬奥会吉祥物“冰墩墩”和冬残奥会吉祥物“雪容融”面世。

璀璨夺目的水晶“高跟鞋”——首钢园滑雪大跳台

位于河北省张家口市崇礼区的国家跳台滑雪中心“雪如意”远景。

在国家游泳中心现场，工作人员给记者展现了“水冰转换”成果，为奥运遗产可持续性提供借鉴经验。

2020年12月8日，位于河北省张家口市崇礼区的国家跳台滑雪中心“雪如意”正在加紧建设。在北京2022年冬奥会期间，此处将承办跳台滑雪比赛。

随着中国申冬奥成功，热爱冰雪运动的人越来越多了。

五棵松体育场

国家体育场“鸟巢”夜景

惊艳亮相的国家速滑馆“冰丝带”

为实现"带动三亿人参与冰雪运动"的目标，以"冬奥有我，健康童年"为主题的2019世界雪日暨国际儿童滑雪节在全国114家滑雪场同时进行。

双奥之城　见证自信中国

DOUBLE OLYMPIC CITY WITNESSES A CONFIDENT CHINA

从 2008 年夏季奥运会到 2022 年冬季奥运会，北京成为奥林匹克历史上首个双奥之城；从 2008 年“北京欢迎你”，到 2022 年“一起向未来”，北京冬奥会的举办，再一次呈现了“无以伦比”的精彩，向世界展示了一个全新发展、蒸蒸日上的中国。

冰雪中国

出 版 人：李　飞

选题策划：崔　璨

责任编辑：崔　璨

装帧设计：郭冰奇、王春声

特别鸣谢：冠军基金、山西省冰雪运动中心

图片提供：王应辅、单兆鉴、刘兴华、

中国体育图片库 / www.sportsphoto.cn

山西教育出版社微信公众号

http://sxjycbs.tmall.com
山西教育出版社天猫旗舰店